For anyone who has wondered what their life might look like at the end of the road not taken...
謹將此書獻給那些曾好奇自己未選擇的人生道路盡頭是何模樣的人。
—— 布萊克．克勞奇

注意！
你即將開啟全新的複本

人生複本

DARK MATTER

布萊克・克勞奇 著

顏湘如 譯

BLAKE CROUCH

馬欣、筭菁、易智言、陳夏民、何敬堯、馮勃翰、鄭國威、張東君、懷觀、螺螄拜恩、黑咖啡聊美劇、我是查理、故事貿易公司——震撼推薦

各界好評

這個故事太耀眼了！令人難忘。克勞奇開創了全新的局面。

——《神隱任務》李查德

超優！如此刺激精采的冒險，講述關於愛、懊悔與量子疊加狀態的故事。好久沒有一本書能像這樣牢牢吸住我，完全停不下來，直衝結尾。

——《火星任務》安迪威爾

極品！百分百原創，不落俗套。雷射般精準的文句，滿滿的科幻驚悚元素，扣人心弦之外，愛情段落千迴百轉到前所未見的高度。這本小說好看到狂！——《第43個祕密》哈蘭科本

我簡直是囫圇吞棗般讀完這書，而且忍不住要讚嘆情節緊湊精采勾人上癮，太有創意，很久沒讀到這麼燒腦的小說。

——《骸骨花園》泰絲格里森

一流燒腦驚悚故事！不只讀來暢快，更挑戰人深思「第二次機會」的意義。這本精采滿點的科幻小說，保證一讀就放不下。

——《末日之旅》加斯汀柯羅寧

這本小說刷新了「驚悚」的定義——超亮眼的跨類型元素、點出存在與現實的關鍵問題，深入核心竟然是一個愛的故事。

——《殺人本能》喬瑟夫芬德

如果是我才不想發生《人生複本》那種事，但是作爲讀者，我看得很爽。

——陳夏民（逗點文創結社社長）

如果鏡中的你不是你，你願不願意成爲另一個人？如果人生軌跡被偷天換日，你的愛人、家人一夕消失，你願不願意爲記憶中僅存的光芒而拚搏？鬼才布萊克．克勞奇再次帶領我們闖入奇詭難料的小說冒險。

——何敬堯（新銳小說家）

這本書只要翻開就會一口氣讀完。你一定想過，如果生命裡的某個關鍵點，你做出了不同的選擇，人生會走向何方？主角被迫交換到平行宇宙裡的另一個世界，沒想到……作者竟能運用量子力學讓人在不同的平行宇宙間移動，非常有趣！——馮勃翰（《暢銷書密碼》選書策畫）

深夜一口氣看完這部燒腦小說，我想唯一適合的推薦詞就是：「很幸運地，我活在『我看過這本小說』的世界裡，而不是活在另一個沒有看過這本小說的平行世界。」

——鄭國威（PanSci泛科學總編輯）

這本令人欲罷不能的科幻懸疑小說，讓我邊讀邊想學過的物理、薛丁格的貓、《納尼亞傳奇》系列中的《魔法師的外甥》、三面都是鏡子的電梯……然後繼續滿腦子雜念不停地看下去。眞是刺激。

——張東君（台灣推理作家協會理事）

實在好喜歡這個故事，竟然把「平行宇宙」與「薛丁格的貓」兩個概念連結起來！事實上，我只花兩小時就讀完，因爲太急著想知道眞相了。

——懷觀（《未見鍾情》作者）

閱讀本書三階段：一、不寒而慄、全身發冷。二、震驚無比，腎上腺素爆發！三、痛哭流涕之際，深感人生充滿希望（左手拉右手迎向日出）。

解藥：此症無解，只能讀它千遍不厭倦。警告：劇情高潮迭起，難以控制閱讀時之面部表情，路人會覺得你看起來像神經病。

——螺螄拜恩（暢銷書人氣作家）

要是看過影展神片《彗星來的那一夜》，就一定不能錯過《人生複本》這部新科幻經典！作者將物理學理論「薛丁格的貓」所帶來的衝擊現象，在劇情中發展到極限。當原本獨一無二的人生只是千萬機率中的一個複本，該怎樣定義自己的過去與未來？讀者可以在這部作品中體會酣暢淋漓的刺激鬥智，以及令人回味反思許久的哲學問題，趕緊打開本書，進入新的人生複本吧！

——黑咖啡聊美劇（影劇觀察評論人）

暴衝型科幻驚悚……滿滿的燒腦元素，劇情出神入化，故事會誘導你跟定「傑森 1 號」的追尋苦旅，全方位、無限維度展開他的精采冒險。

——娛樂週刊

角逐年度最佳驚悚小說的作品，竟一舉攻上世界最強顛峰。

——華爾街日報

多重宇宙的科幻情節、緊迫倒數的設定，催逼主角進行搶救家庭的不可能任務。總還有一扇門會開著，也總還有一頁驚險等你經歷。

——紐約時報

第一人稱快節奏故事，相對於緊張指數節節衝高，敘事口吻卻十分輕柔，不糾結，科學設定竟能以簡明易懂的情節帶領讀者逐步逼近眞相……本書無疑是假期絕佳讀物、遁世必備良伴，想遠離塵囂、讓大腦漫遊另類現實，拿起這本小說就對了！

——舊金山紀事報

今年最絢爛繽紛，讓人想一路衝到底的小說，結尾合情入理到難以置信的地步。——衛報

一場峰迴路轉、在平行世界穿梭的尋家之旅，一本懸疑又毫不故弄玄虛的驚悚小說，掀起超暢快又超現實的閱讀高潮。

——紐約郵報

非常發人深省、重磅震撼，逼眞到令人顫慄的小說。

——今日美國

我橫衝直撞了二十分鐘，以光速推進到第一章結束……這本書就是這麼精采，勾你狂吞猛讀……殺手級的情節，夠黑、夠驚、夠奇異，名符其實的創意滿點。

——美國國家廣播電台

克勞奇嫻熟場景調度藝術，每處逆轉都給人震撼一擊。喜歡《松林異境》的人，肯定更愛、更難以放下這本。同時推薦給那些愛玩腦內雲霄飛車的讀者。

——書單雜誌星級好評

克勞奇先生，幹得好！科幻讀者肯定會愛上這本，你要是推理懸疑掛的，快跨出舒適圈，試試這本吧。我可以想像，這個新選擇會讓你異常興奮。

——犯罪狂熱雜誌

燒腦揪心會從翻開這本書的第一頁起，一直到最後一句，榨出你身上每一滴感受，闔上書你會像一條擰皺的毛巾癱軟無力……作者再次超越《松林異境》的癲狂，讓我們看到每日大小決定竟然造就我們今日的樣貌。這本小說不是用來讀的，是會快速吞食又想細品慢嘗的。選擇這本書，會是你此生最棒的決定！

——美國懸疑雜誌

《人生複本》最不可思議的地方是，它讓量子物理變得浪漫了。

——A.V. Club 影音平台

你絕沒讀過這麼新奇的故事，情節簡直像是奧林匹克長跑選手的肌肉：帶人一路直奔終點、精實且毫無贅肉。本書無疑會成爲暢銷電影的原著。

——Mashable 科技網誌

原可能發生的與業已發生的
直指向一個終點，那永遠都是現在
腳步聲回響在記憶中
順著我們未選擇的通道而下
朝著我們始終未開啓的門而去

——T. S. 艾略特〈燒毀的諾頓〉*

---

* T. S. Eliot（1888–1965），詩人、諾貝爾文學獎得主，這段詩句引自《四個四重奏》（*Four Quartets*）。

1

我愛週四的夜晚。

週四夜有一種專屬於它、凌駕於時空之上的感覺。

那是我們家的例行公事，就我們三人——是家庭之夜。

兒子查理坐在桌前，在一本素描簿上畫畫。他快十五歲了。這個夏天孩子長高了五公分，現在已經和我一樣高。

正在切洋蔥絲的我別過頭去，問：「可以看嗎？」

他舉起素描簿，讓我看他畫的一座山脈，頗像另一個星球上的景物。

我說：「我喜歡。只是畫著好玩？」

「作業。明天要交。」

「那就繼續畫吧，臨時抱佛腳先生。」

愉快而微醺的我站在廚房裡，並不知道這一切將在今晚結束。我所熟悉、深愛的一切，都將結束。

沒有人告訴你一切即將改變，即將被剝奪。沒有危險迫近的警訊，沒有徵兆顯示你站在懸崖邊。或許這正是悲劇之所以悲慘的原因，不只因爲發生了什麼，還因爲事情是**怎麼**發生的：在最意想不到之際，猛然挨一記悶棍，根本來不及退縮或抵擋。

軌道燈照在我的葡萄酒表面上閃閃發光，洋蔥開始刺痛我的眼睛。小書房裡，爵士樂手瑟隆尼斯・孟克的專輯在舊唱盤上旋轉。類比錄音有一種豐富的底蘊讓我百聽不厭，尤其是靜電在音軌間發出的劈啪聲。書房裡的絕版黑膠唱片堆積如山，我一再告訴自己，這幾天一定要找時間整理整理。

我的妻子丹妮樂坐在廚房中島桌旁，一手拿著幾乎已空的酒杯繞圈搖晃，另一手握著電話。她感覺到我在看她，咧嘴笑了笑，眼睛卻仍盯著螢幕。

「我知道。」她說：「我違反了家庭之夜的基本規則。」

「什麼事這麼重要？」我問道。

她抬起那雙西班牙人特有的黝黑眼眸平視我。「沒什麼。」

我朝她走去，溫柔地取走她手中的電話，放到流理台。

「妳可以煮麵了。」我說。

「我比較喜歡看**你**煮。」

「是嗎？」我更輕柔地說：「讓妳興奮了哦？」

「沒有，只不過光喝酒，什麼都不做比較好玩。」

她的氣息夾帶著酒香，還露出一種就理論而言不可能存在的笑容。那笑容至今依然令我神魂顛倒。

我一口喝乾杯中的酒。「應該再開一瓶？」

「不開就太愚蠢了。」

我旋開另一瓶酒的瓶塞時，她又拿起電話，將螢幕對著我。「我在看《芝加哥雜誌》評論瑪莎・奧特曼的節目。」

「評論得客氣嗎？」

「嗯，基本上像封情書。」

「算她幸運。」

「我一直在想……」她沒把話說完，但我知道她想說什麼。十五年前，我們相識之前，丹妮樂很有機會在芝加哥藝術界出人頭地。她在巴克鎮區有間工作室，作品在六七家藝廊展出，而且剛剛才在紐約安排了第一場個展。接著人生上場。我。查理。一場令她受重創的產後憂鬱。從此脫離原來軌道。

現在她爲中學生上一些美術家教課。

「我倒也不是不替她高興。說實話，她很優秀，絕對實至名歸。」

我說：「不知道妳聽了會不會好過一點？萊恩．霍德剛剛贏得帕維亞獎。」

「那是什麼？」

「一個綜合性獎項，獎勵生命與科學方面的傑出人士。萊恩是因爲神經科學方面的成就得獎。」

「很了不得嗎？」

「百萬獎金、無上榮譽，補助金滾滾來。」

「還有更辣的助教？」

「這顯然才是最大獎。他請我今晚去參加一個不算正式的小小慶功宴，但我婉拒了。」

「爲什麼？」

「因爲今天是屬於我們的夜晚。」

「你應該去的。」

「我寧可不去。」

丹妮樂舉起空杯。「所以你的意思是說，我們倆今晚都有痛飲的好理由囉。」

我吻了她，然後將新開的酒倒滿杯。

「你本來可以得那個獎的。」丹妮樂說。

「妳本來可以傲視芝加哥藝術界的。」

「但我們有這個。」她比了一下我們這間挑高、寬敞的褐石排屋。這是我認識她以前用繼承的遺產買下的。「我們還有那個。」她又指指查理，只見他正以一種美妙的專注神情畫畫，讓我想起丹妮樂作畫時心無旁騖的模樣。

當青少年的家長眞是件奇怪的事。養育一個小男孩是一回事，但一個即將成年的人仰賴你提供引導，完全又是另一回事。我覺得自己幾乎沒什麼可給。我知道有些父親對世界有一定的看法，既明確又自信，很清楚該對兒女說些什麼。但我不是，我只覺得自己年紀愈大，懂得愈少。我愛兒子，他是我的一切。然而我總覺得自己很失敗，就這麼把他趕進狼群，除了一些零星、不牢靠的想法之外，什麼也沒能給。

我走到洗碗槽旁的廚櫃前，打開櫃門，開始找義大利寬麵。

丹妮樂轉頭對查理說：「你爸爸本來可以得諾貝爾獎的。」

我笑了。「這麼說應該是誇張了。」

「查理，別被他騙了。他是天才。」

「妳太可愛了。」我說：「而且有點醉了。」

「本來就是，你自己知道。就因爲你愛你的家人，科學成就才沒能更上層樓。」

我只能面露微笑。每當丹妮樂喝醉，就會發生三件事：她的口音會跑出來，她會體貼到帶有攻擊性，她還會誇大其詞。

「有一天晚上你爸爸對我說——這你千萬不能忘記——純研究工作會讓人油盡燈枯。他說……」出乎我意外的，她一度激動到雙眼微濕，搖了搖頭，她快哭的時候總會這樣。就在最後一秒，她克服了，硬是擠出話來。「他說：『丹妮樂，我寧願在臨死前看到的是妳，而不是一個冰冷、乏味的實驗室。』」

我望向查理，正好瞧見他邊畫畫邊翻白眼。

八成是看到父母如此戲劇化的誇張演出，感到尷尬。

我盯著櫃子裡面看，等著哽在喉頭的疼痛感消失。那疼痛感消失後，我抓起義大利麵，關上櫃子。

丹妮樂喝著她的酒。查理畫著畫。

那一刻過去了。

「萊恩的派對在哪辦？」丹妮樂問道。

「小村啤酒館。」

「那是你的酒吧啊，傑森。」

「所以呢？」

她走過來，從我手上拿走那盒義大利麵。

「去跟你的大學老同學喝一杯吧。告訴萊恩你以他爲榮。記得頭要抬得高高的。告訴他我恭喜他。」

「我不會告訴他妳恭喜他。」

「爲什麼?」

「他對妳有其他心思。」

「少胡說。」

「是眞的。老早以前，從我們當室友的時候就有了。記得去年聖誕派對嗎?他不斷想騙妳跟他一起站到槲寄生底下，趁機搞曖昧。」

她只是笑了笑，說道：「等你回家，桌上就會擺好晚餐了。」

「也就是說我可以過去……」

「四十五分鐘。」

「要是沒有妳，我該怎麼辦?」

她吻了我。

「這個連想都別想。」

我從微波爐旁邊的小瓷碟上抓起鑰匙和皮夾，穿過飯廳，視線恰巧落在餐桌上方的四維超正方體吊燈。那是丹妮樂在結婚四週年時送給我的。有史以來最棒的禮物。

我走到前門時，丹妮樂高喊：「回來順便買冰淇淋!」

「薄荷巧克力碎片口味!」查理說道。

我抬起手臂，豎起大拇指。

沒有回頭。

沒有說再見。

這一刻就在不知不覺中溜走。

我熟悉、深愛的一切，到此結束。

我在羅根廣場住了二十年，而最好的時節莫過於十月第一個星期。這總會讓我想起費茲傑羅《大亨小傳》中的一句話：「等到秋高氣爽，又可以重新過日子了。」夜晚涼爽，天空清澈到看得見大把星星。酒吧裡擠滿失望的小熊隊球迷，喧鬧更勝平日。

我在人行道上，一塊閃著「小村啤酒館」字樣的俗麗招牌燈下停住腳步，從敞開的門口向內凝視。像這種街角酒吧，在芝加哥每個像樣的街區都隨處可見，而這一家碰巧是我經常光顧的酒館，因爲離家最近，和我的褐石屋只隔幾條街。

我穿過前窗霓虹招牌的藍光，走進大門。

當我沿著吧台，穿梭過包圍在萊恩·霍德身旁的人群時，酒保兼店主麥特向我點了點頭。

我對萊恩說：「我剛剛還在跟丹妮樂說你的事。」

他微微一笑，外表打扮優雅得不像個講座教師——身材保持得極好，皮膚曬得黝黑，穿了一件黑色套頭毛衣，鬍子修剪得精緻有型。

「見到你眞是太好了。你能來，我很感動。親愛的？」他碰了碰坐在旁邊那名年輕女子的裸肩。「妳不介意讓我的親密老友竊用妳的椅子一下吧？」

女子順從地讓位，我便爬上萊恩旁邊的高腳椅。

他越過人群對酒保高喊：「請替我們準備兩杯你們店裡最貴的酒。」

「萊恩，不需要。」

他抓住我的手臂。「今晚我們要喝最好的。」

麥特說：「我有二十五年的麥卡倫威士忌。」

「來兩杯雙份。記我的帳。」

酒保走開後，萊恩搥了我的手臂一下，很用力。乍看第一眼，你不會說他是科學家。他大學時期打過長曲棍球，至今仍保持運動員那種寬肩體態與靈活的行動力。

「查理和美麗的丹妮樂還好嗎？」

「好得不得了。」

「你應該把丹妮樂帶來，我從去年聖誕節以後就沒見過她。」

「她要我跟你說恭喜。」

「你娶了個好老婆，不過這也不算新聞了。」

「你很快就安定下來的機率有多大？」

「微乎其微。單身生活，還有那許許多多附帶的好處，好像還滿適合我的。你還在雷克蒙大學？」

「嗯。」

「好學校。大學部物理系，對吧？」

「沒錯。」

「那你教的是……」

「量子力學，主要是入門的東西，沒有什麼要命的挑逗魅力。」

麥特端著我們的酒回來，萊恩接過兩只酒杯，將一只放到我面前。

「今天這個慶功宴是……」我說。

「只是我帶的幾個研究生臨時起意辦的。他們根本就是想把我灌醉，好讓我爲他們開示。」

「這是你很重要的一年啊，萊恩。我還記得你的微分方程差點被當。」

「多虧你救我一命。還不只一次。」

剎那間，在那股自信與優雅背後，我瞥見了當年與我在一間令人作嘔的公寓同住了一年半的傻氣貪玩研究生。

我問道：「你得帕維亞獎的研究是……」

「證明前額葉皮質區是個意識產生器。」

「對，可不是嘛，我讀過你寫的相關論文。」

「你覺得如何？」

「目眩神迷。」

聽了這句讚美，他似乎是眞的開心。

「老實說，傑森，我絕不是假謙虛，我一直認爲發表學術論文的人會是你。」

「眞的？」

他越過黑色塑膠鏡框上緣細細打量我。

「當然是眞的。你比我聰明，這每個人都知道。」

我喝著威士忌，盡可能不去承認這滋味有多好。

他說：「就問你一個問題，現在你認爲自己比較像做研究的科學家還是老師？」

「我……」

「因爲我認爲自己首先是一個爲基本問題尋找答案的人。如果我周遭的人」──他比了一下大批湧入的學生──「夠敏銳，光只是接近我就能吸收知識……那再好不過。可是我對傳授知識這件事本身並不感興趣。最重要的還是科學，是研究。」

我留意到他聲音裡有一絲氣惱，又或是憤怒，在慢慢累積，好像爲了什麼事情逐漸激動起來。

我試著一笑帶過。「你在生我的氣嗎，萊恩？怎麼聽起來好像我讓你很失望似的。」

「你看看，我在麻省理工學院、哈佛、約翰霍普金斯等世界名校教過課，遇見了那些聰明絕頂的小混蛋，而傑森你呢？你本來可以改變世界的，只要當初下定決心走這條路，只要你堅持下去。結果你卻在大學裡給未來的醫生和專利律師上物理課。」

「不是每個人都能跟你一樣變成超級巨星，萊恩。」

「放棄了當然不能。」

我將威士忌一飲而盡。

「好啦，眞的很高興能來待這麼一下。」我跨下高腳椅。

「別這樣，傑森。我這麼說是一種恭維。」

「我很以你爲榮，兄弟，眞心的。」

「傑森……」

「謝謝你的酒。」

回到外頭後，我昂首闊步走下人行道。與萊恩之間的距離愈遠，我愈覺得生氣。卻不知道在氣誰。

臉熱燙燙的。一條條汗水沿著臉頰流下。

我想都沒想就闖紅燈過街，腳才跨出去就聽到馬路那頭傳來輪胎鎖死、橡膠吱吱嘎嘎作響的聲音。

我轉過頭，只見一輛黃色計程車朝我衝來，一時不敢置信地瞠目凝視。透過快速接近的擋風玻璃，計程車司機的臉看得一清二楚——留著小鬍子的男人，眼睛瞪得大大的，準備迎接撞擊，驚恐之情一覽無遺。

緊接著我雙手平貼在引擎蓋那溫熱的黃色金屬板上，司機將頭探出窗外，對我叫囂：「你這白癡，差點就沒命了！你沒長眼睛啊！」計程車後面也開始喇叭聲大作。

我退回人行道上，看著車流重新啓動。

分別有三輛車的駕駛貼心地放慢速度，好讓我看清他們豎起的中指。

全食超市的味道很像我在丹妮樂之前交往的那個嬉皮女孩——些許生鮮食品、研磨咖啡和精油的香氣。被計程車那麼一嚇，我激憤的情緒頓時一落千丈，瀏覽冰櫃找東西時，整個人彷彿處於一種迷濛、遲鈍、昏睡狀態。

再回到街上後感覺更冷了，一陣冷風從湖上吹來，預示嚴冬已迫在眉睫。

我提著裝滿冰淇淋的帆布袋，走另一條路回家。得多走六條街，雖然損失了時間，卻獲得了獨處機會。繼萊恩之後又來那輛計程車，我需要多一點時間平復。

我經過一處工地，夜裡十分荒涼，過了幾條街，是兒子小學母校的遊戲場，金屬滑梯在街燈下閃著亮光，鞦韆在微風中輕輕搖晃。

這樣的秋夜有股活力，碰觸到我內心某個原始角落。那是很久很久以前，我在愛荷華西部的童年往事。我想到高中足球賽，想到球場熾烈燈光照射在球員身上。我聞到轉熟的蘋果芳香，還有玉米田啤酒聚會上散發的啤酒酸臭味。我彷彿又坐在老舊小貨車車台上，趁夜駛過鄉村道路，感覺得到風吹在臉上，車尾燈光中紅土飛揚，一整個人生即將在眼前開展。

那正是青春的美好之處。一切都瀰漫著一種失重感，還沒有做出毀滅性的選擇，還沒有選定道路，前方岔路純粹只代表了無限可能性。

我喜愛我的人生，但也許久未曾感受到那種輕鬆。而今晚這樣的秋夜可說是最接近的了。

寒意讓我的腦子逐漸清明。

回家會是好事。我想把煤氣壁爐的火點燃。以前從未在萬聖節之前升火，但今晚冷得不像秋天，在這風裡走上一公里之後，我只想端著一杯酒，陪丹妮樂和查理坐在火邊。

街道從高架電車軌道下方切過。我從生鏽的鐵道底下穿越。

對我來說，電車比建築群的天際線更能代表芝加哥。

這是回家路程中，我最喜歡的一段，因爲最暗也最靜。

這一刻……

沒有列車進站。

兩個方向都看不見車頭燈。

聽不見酒吧的噪音。

只有遠處天空一架噴射客機的隆隆聲，已到達最後進場點，即將降落歐海爾機場。

等等……還有一個聲音傳來……是人行道上的腳步聲。

我回頭一瞥。

一個黑影朝我衝過來，我們之間距離縮短的速度快到我來不及理解是怎麼回事。

第一眼看到的是一張臉。

毫無血色的蒼白，高高弓起的眉毛像是畫的。

噘起的紅唇——太薄、太完美。

駭人的眼珠——大而漆黑，沒有瞳孔也沒有虹彩。

第二眼看到的是一把槍，離我鼻尖約十公分。

那張藝妓面具後傳來低沉沙啞的聲音說：「轉過去。」

我遲疑著，驚愕得動彈不得。

他用槍抵住我的臉。我於是轉身。

我還沒來得及講皮夾在前面左邊口袋，他便說：「我不是來搶錢的。往前走。」

我便往前走。

「快一點。」

我便走快一點。

「你想做什麼？」我問道。

「閉上你的嘴。」

頭上一輛列車轟然駛過，我們走出電車軌道底下的暗處，心臟在我胸口怦怦亂跳。我忽然被一股莫大的好奇心所驅使，密切留意起周遭環境。對街是一處設有大門的連棟住宅社區，而這一側的街區則有不少店家趕在五點前打烊了。

一間美甲沙龍。一間律師事務所。一間電器行。一家輪胎行。

這一帶宛如鬼城，街上空無一人。

「看到那輛休旅車了嗎？」那人問道。正前方路邊停了一輛黑色林肯領航員車款，警示器啾啾兩聲。「上駕駛座。」

「不管你想幹什麼……」

「還是你想在人行道上流血流到死？」

我只得打開駕駛座側的門，滑坐進去。

「我的購物袋。」我說。

「帶著。」他爬上我後面的座位。「發動引擎。」

我手一拉關上車門，將超市的帆布袋收放在副駕駛座的地板上。車內靜悄悄的，我甚至可以聽見自己的脈搏，咚咚咚快速地敲打著耳膜。

「你還在等什麼？」他問道。

我按下引擎啟動鈕。

「打開導航。」

我打開了。

「按下『搜尋紀錄』。」

我從來沒買過內建ＧＰＳ系統的車，所以花了好一會工夫才在觸控螢幕上找到正確按鍵。

上面出現三個地點。

一個是我家的地址。一個是我教書的大學。

「你一直在跟蹤我？」我問道。

「按普拉斯基道。」

我選了「六〇六一六-伊利諾州芝加哥市普拉斯基道一四〇〇號」，卻毫無概念那是什麼地方。GPS的女聲指引說：「前方迴轉，直行一·三公里。」

我打檔、轉動方向盤，正要駛入黑暗的街道。

身後那人說：「繫上安全帶。」

我拉下安全帶扣好，他也一樣。

「傑森，路線聽明白了嗎？」

「明白。」

開車經過我住的那一區時，我不禁想到這會不會是最後一眼。

紅燈亮了，我在住處附近的酒吧前停下，透過副駕駛座的深色車窗，看見店門依舊敞開。

我瞥見酒保麥特，還有夾在人群中的老同學萊恩，此時的他仍坐在高腳椅上，但已轉身背對吧台，手肘憑靠在磨損的木板上，爲那群研究生開示。說不定他正講起大學老室友令人驚駭的失敗經驗，並以此告誡學生，而他們也聽得入迷。

我很想大聲喊他，讓他知道我遇上麻煩了，我需要……

「綠燈了，傑森。」

我加速駛過十字路口。

GPS導航系統指引我們往東穿過羅根廣場上甘迺迪快速道路，那平板的女聲指示我：「三十公尺後右轉，然後繼續直行十五．七公里。」

往南的車輛不多，讓我得以將時速固定在一百一十公里。我握著方向盤的雙手不停冒汗，心裡一再嘀咕：**我今晚要死了嗎？**

我驀然想到，倘若真能活下來，也將以一種新的體悟過完下半輩子：我們離開這個人世和來到人世是一樣的，孤孤單單、一無所有。我很害怕，我從未像此時此刻這樣需要丹妮樂或查理或是任何人，但是誰也幫不上忙。他們甚至不知道我正在經歷些什麼。

州際公路繞過市區西側邊緣，威利斯大樓和它周邊那群較低矮的摩天大樓，在夜色中發出祥和溫暖的光芒。

在驚恐難當之際，我的心思飛轉著，拚命想理出一點頭緒。

GPS裡有我的住址，因此這不是偶然的遭遇。這人一直在跟蹤我，他認識我。由此可知，是我的某個舉動導致這項結果。

但是什麼呢？

我並不富有。除了對我和我心愛的人之外，我的人生一文不值。

我從未遭拘捕，從未犯過罪。從未和另一個男人的老婆上過床。

當然了，我偶爾會在開車時向人比中指，但在芝加哥難免嘛。

我最後一次也是唯一一次與人發生肢體衝突是在六年級，有個同學用牛奶從背後潑濕我的襯衫，我就往他鼻子揍了一拳。

我從未有意地誤解、傷害過任何人，至少不會造成現在開著一輛林肯領航員，還被槍抵在腦後的結果。

我只是一個在學校教書的原子物理學者。

我對待學生，哪怕是成績最差的，向來除了尊重還是尊重。被我當掉的那些人都是因爲他們自己不在乎，絕對沒有人能指責我毀了他們的人生。我甚至會**故意**放水，讓學生及格。

天際線在側面後照鏡中逐漸縮小，愈離愈遠，就像一道熟悉又令人安心的海岸線。

我壯起膽子問：「我以前得罪過你嗎？還是得罪過你的老闆？我實在不明白你到底想從……」

「你說得愈多，對你愈不利。」

我頭一次察覺他的聲音有點耳熟。我怎麼也想不起在何時何地聽過，但我們確實見過。我敢肯定。

我感覺到手機震動，收到一通簡訊。

接著又一通。

然後又一通。

他忘了拿走我的手機。

我看到時間是晚上九點五分。

我已離開家一小時多一點，無疑是丹妮樂想問我人在哪。遲了十五分鐘，而我一向準時。

我往後照鏡瞄一眼，可惜太暗了，只能看見一點點蒼白無血色的面具。我冒險做了個實驗，將左手從方向盤放下來擱在腿上，數到十。

他未置一詞。

我將手放回方向盤。

那個電腦語音打破靜默：「前方六．九公里，八十七街出口下交流道。」

我再次慢慢讓左手離開方向盤，偷偷將手伸進卡其褲口袋。手機放得很深，只能勉強用食指和中指碰到，費了好大力氣才用兩指夾住。

我一寸寸慢慢把它挖出來，每一碰到布料皺褶處，橡膠套子就會被卡住。這時候，我兩指指尖感覺到震動——有電話進來。

好不容易掏出手機後，我將它正面朝上放在腿上，手重新握住方向盤。

趁著導航語音更新下一個轉彎的距離，我往下偷瞄一眼手機。

有一通來自「丹妮」的未接電話和三通訊息：

丹妮：晚餐上桌了　2分鐘前

丹妮：快回家我們**餓死了**！　2分鐘前

丹妮：你迷路了嗎？:)　1分鐘前

我重新集中注意力開車，心裡一面在想不知道後座看不看得到手機螢幕的光。

觸控螢幕變暗了。我往下伸手按了開關鍵，滑一下螢幕，鍵入四位密碼，再點一下綠色「訊息」圖示。最上面便是丹妮樂傳的訊息，我打開對話紀錄時，後座的綁架者動了動身子。

我又重新用兩手握住方向盤。

「前方三公里，八十七街出口下交流道。」

手機閒置時限到了，螢幕自動鎖定，瞬間反黑。

該死。

我又偷偷放下手，重新鍵入密碼，開始打起我這輩子最重要的一封簡訊。食指笨拙地點觸螢幕，由於自動選字功能不斷攪局，每個字總得試兩三次才能打對。

槍口用力頂我的後腦勺。

我本能反應，手一歪便拐進快車道。

「你在幹嘛，傑森？」

我用一手將方向盤打直，重新轉回慢車道，另一手則往下伸向手機，直逼「傳送」鍵。

他冷不防探身越過前方座位，戴著手套的手繞過我的腰，一把搶走手機。

「前方一百五十公尺，八十七街出口下交流道。」

「你的密碼是多少，傑森？」見我不吭聲，他又說：「等等，我敢打賭我猜得到。出生月份年份顛倒過來，對不對？我們試試……三、七、二、一。對啦。」

我從後照鏡看見手機的光照亮他的面具。

他讀著被他攔截沒能送出的訊息：「『普拉斯基一四○○打一一……』，你這個壞孩子。」

我轉下州際公路的交流道。

GPS說：「左轉八十七街，繼續向東行駛六．一公里。」

我們駛進了芝加哥南區，穿過一個我們沒有理由涉足的街區。

經過一排又一排組合屋。一個個計畫住宅公寓。

空蕩蕩的公園，裡面有生鏽的鞦韆和沒有網子的籃球框。

一間間入夜後上了鎖並拉下鐵門的店家。幫派的塗鴉到處可見。

他問道：「你都叫她丹妮或丹妮樂？」

我喉嚨一緊。內心裡，憤怒、恐懼與無助感油然而生。

「傑森，我在問你。」

「去死吧。」

他湊上前來，話語隨著熱熱的氣息送進我耳裡。「你不會想跟我一起死的。我會讓你受到你這輩子沒受過的傷害，讓你嘗到你想都想不到的痛苦。你都怎麼叫她？」

我咬牙切齒地說：「丹妮樂。」

「從沒叫過丹妮？你手機上不是這麼寫的嗎？」

我眞想讓車子失速翻車，兩人同歸於盡。

我說：「很少。她不喜歡。」

「購物袋裡面是什麼？」

「你爲什麼想知道我怎麼叫她？」

「袋子裡是什麼？」

「冰淇淋。」

「你們的家庭之夜，對吧？」

「對。」

我從後照鏡看見他在我的手機上打字。

「你在寫什麼？」我問道。

他沒有回答。

此時已離開貧民區，駛過一片不毛之地，感覺甚至不像芝加哥，呈現市區輪廓的天際線也只剩遠方地平線上的一抹微光。房屋只剩斷垣殘壁，一片漆黑，毫無生氣。到處早已荒廢。

我們越過一條河，正前方是密西根湖，以一大片漆黑湖水終結這片都市荒野，倒也恰當。

彷彿已來到世界盡頭。

也許是我的世界盡頭。

「右轉普拉斯基道，向南行駛八百公尺後到達目的地。」

他格格竊笑。「哇，你和老婆有得吵了。」我兩手緊緊掐住方向盤。「傑森，今晚和你一起喝威士忌那個男的是誰？我從外面看不清楚。」

此時來到芝加哥與印第安納邊界地帶，四下黑漆漆。

我們經過一片鐵路調車場與工廠廢墟。

「傑森。」

「他叫萊恩・霍德，是我……」

「你以前的室友。」

「你怎麼知道？」

「你們倆感情好嗎？你的連絡人裡面沒他的名字。」

「不算好。你怎麼……？」

「我對你幾乎瞭如指掌，傑森。也可以說我專攻你的生平。」

「你是誰？」

「前方一百五十公尺，即將到達目的地。」

「你**是**誰？」

他沒回答，但我的注意力漸漸從他身上移開，轉而專注於四周愈來愈荒涼的景象。柏油路面在休旅車頭燈底下往後滑動。後頭一片空蕩蕩。前面空蕩蕩一片。左邊稍遠處是湖水，右邊有許多廢棄倉庫。

「到達目的地。」

我將車停在路中央。

他說：「入口就在正前方左手邊。」

車燈掠過一道三米高、搖搖欲墜的圍籬，頂端還有生鏽的有刺鐵絲。柵門半敞，一度用來拴門的鐵鍊已被剪斷，盤繞成圈躺在路邊雜草叢。

「直接開過去，用保險桿把門撞開。」

即使在近乎完全隔音的休旅車內，柵門咿咿呀呀打開的聲音依然尖銳。兩道錐形光束照亮一條殘破的路。在芝加哥嚴酷寒冬多年蹂躪之下，柏油路面處處龜裂凹陷。

我打開遠燈，光線照向一座停車場，只見到處是傾倒的街燈，彷彿打翻了火柴盒。再過去，一大片不規則的建築躍然眼前。

這棟飽受歲月摧殘的紅磚建築兩側，除了巨大圓筒槽，還有一對三十米高、聳入雲霄的煙囪。

「這是哪裡？」我問道。

「打到P檔，關掉引擎。」

我將車停下，打空檔，按下按鈕熄滅引擎。

頓時一片死寂。

「這是哪裡？」我再問一遍。

「你禮拜五通常都做什麼？」

「你說什麼？」

這時我頭的側邊忽然被重重一擊，整個人砰地往前撞到方向盤。我當下呆愣住，剎那間甚至懷疑是不是頭部中槍。

不過沒有，他只是用槍身打我。

我摸摸被打的地方。放下手時，指尖沾了黏黏的血。

「明天，」他說：「你明天有什麼計畫？」

明天。忽然覺得這是個陌生的概念。

「我……物理三三一六的課要考試。」

「還有呢？」

「沒有了。」

「你把衣服全脫了。」

我看了看後照鏡。

他讓我赤裸身子到底想幹嘛？

他說：「你要是企圖想做什麼，就應該在你還能控制車子的時候。從現在起，你就是我的了。好啦，衣服脫掉，要是讓我再說一遍，你就得見血。很多的血。」

我解開安全帶。

在拉開帽T拉鍊、扭動身體拉下兩邊袖子時，我仍抱著僅存的一絲希望：他還戴著面具，就表示不想讓我看見他的臉。如果他打算殺我，應該不會在乎我有沒有認出他。

是這樣的吧？

我解開襯衫鈕釦。

「鞋子也要嗎？」我問道。

「**全部**。」

我脫下球鞋、襪子。褪下長褲與四角褲，然後是上衣，一件不剩地，全堆在副駕駛座上。

我覺得脆弱。毫無掩蔽。有種怪異的羞恥感。

萬一他想強暴我呢？難道從頭到尾就是爲了這個？

他在座椅中間的置物箱上放了一把手電筒。

「下車，傑森。」

我這才發覺自己將這輛車視爲某種救生艇。只要待在車內，他便無法眞正傷害我。

他不會把車裡搞得髒兮兮。

我的胸口劇烈起伏著，開始換氣過度，視野內到處是爆炸的黑點。

「傑森。」

「我知道你在想什麼，」他說：「就算留在車上，我要傷害你也同樣易如反掌。」

我吸不到氧氣。開始恐慌起來。

但我終究還是勉強喘著氣說：「放屁。你才不會想讓我的血弄髒你的車。」

當我回過神，他已經抓住我兩隻手臂拖我下車，把我摔在碎石地上。我就愣愣地坐在那裡，等著思緒恢復清明。

湖邊總是比較冷，今晚也不例外。冷風猶如參差尖銳的利齒咬在我裸露的肌膚上，全身都起了雞皮疙瘩。

這一帶又黑又暗，比在市區裡可以多看到五倍星星。

我的頭怦怦抽動，又有一道鮮血流下側臉。但因爲有大量腎上腺素在體內橫衝直撞，也不覺得痛。

他往我身邊地上丟下一把手電筒，並用他自己手上那把照著我們開車進來時看見的那棟分崩離析的建築。「你先請。」

我抓起手電筒，掙扎起身，赤腳踩著濕透的報紙，踉踉蹌蹌朝建築走去，避開扭曲變形的啤酒罐和在光線下閃閃發亮的鋸齒狀玻璃碎片。

逐漸接近大門口之際，我腦中浮現這個荒廢停車場另一晚的景象。未來的另一晚。那是初冬時分，雪花紛飛的黑夜，夜色中點綴著警車車頂閃爍不定的紅藍燈。警員帶著尋屍犬湧入廢墟，當他們在內部某處檢視我赤裸、腐爛、遭殘害的屍體時，我在羅根廣場的住家前面也停了一輛巡邏警車。時間是凌晨兩點，丹妮樂穿著睡袍來應門。我已經失蹤數星期，她心裡有數我是不會回來了，她自以爲已經能平靜面對這個殘酷事實，然而看見年輕警察眼中的嚴峻、沉著，看見輕灑在他們肩上與帽上的細雪，看見他們畢恭畢敬地將警帽夾在腋下……她不知道原來自己內心還有一塊完好無缺的地方，終究被眼前這一切給打破了。她感覺到膝蓋發軟、全身無力，當她跌坐在門口踏墊上，睡眼惺忪、滿頭亂髮的查理，從她身後吱嘎作響的樓梯上下來，問道：「是爸爸的事嗎？」

隨著建築物慢慢靠近，門口上方褪色磚面出現了幾個字，但只看得清其中的「加哥電廠」。

他叫我走進磚牆間的一處開口。

我們手上的燈光掃過一間辦公室。

有壞朽到只剩金屬骨架的家具。

有台老舊的飲水機。

有人生過火的痕跡。

有一只破破爛爛的睡袋。

發霉地毯上還有幾個用過的保險套。

我們走進一道長廊。若沒有手電筒，這裡頭恐怕黑得伸手不見五指。

我停下腳步往前照亮，燈光卻被黑暗吞噬。走在捲翹起來的亞麻地板上踩不到什麼垃圾碎片，安靜許多，只聽見風在牆外遠處低聲呻吟。

感覺上，每一秒都比前一秒更冷。

他將槍口抵在我的後腰，逼我往前走。有一刻我心想，會不會是什麼精神變態盯上我了，他想在殺害我以前把我的一切打聽得清清楚楚。我經常和陌生人打交道。也許我們在學校附近那間咖啡館聊過幾句，又或是在電車上，又或是在我時常光顧的酒吧裡喝啤酒時。

他對查理和丹妮樂有什麼企圖嗎？

「你想聽我哀求嗎？」我問，聲音已開始沙啞分岔。「我會的，你要我做什麼我都做。」

可怕的是我沒撒謊。我會自甘墮落，會傷害別人，也幾乎會有求必應，只要他讓我回去，讓這個夜晚照既定規畫走下去，也就是放我回家，讓我實踐承諾：帶冰淇淋給家人。

「條件呢？」他問道：「要我放你走？」

「對。」

他的笑聲在廊道上彈跳回響。「就算你為了逃避這個什麼都願意做，我恐怕也不敢看。」

「『這個』到底是什麼？」

但他沒有回答。

我跪倒在地。

手電筒滾過地板。

「求求你，你不必這麼做。」我哀求道，聲音怪到幾乎連自己都認不出來：「你大可以直接走開。我不知道你為什麼想傷害我，可是你稍微考慮一下。我……」

「傑森。」

「……愛我的家人，我愛我的妻子，我愛……」

「傑森。」

「……我的兒子。」

「傑森！」

「我**什麼**都肯做。」

此時我不由自主地打起哆嗦——因爲冷，因爲害怕。

他往我肚子踢了一腳，氣息從肺部爆發出來的同時，我滾到地上仰躺著。他整個人壓上來，把槍管從我唇間強塞進嘴裡，一路塞到喉嚨深處，直到我再也嚥不下那陳年機油與炭渣殘留的氣味。

就在我將當晚的葡萄酒與威士忌吐滿地之前的兩秒鐘，他抽出手槍，大喊：「站起來！」

他抓住我一隻手臂，猛地將我拉起。

一面用槍指著我的臉，一面把手電筒重新塞到我手裡。

我凝視著那張面具，手裡的燈光照在武器上。

這是我第一次細看那把槍。我對武器幾乎一無所知，只知道那是手槍，有一個擊錘、一個旋轉彈膛，槍管末端還有一個大洞，看起來絕對有能力送我上西天。瞄準我的臉的子彈頭在手電筒的照耀下，微微閃著銅色光輝。不知爲何，我想像著這個人在一房一廳的公寓裡，將子彈一顆顆上膛，準備要做他此刻已經做了的事。

我會死在這裡，也許就是現在。每一刻感覺都可能是最後一刻。

「走。」他低吼道。

我起身往前走。

來到交叉口後轉進另一條通道，這條比較寬、比較高，還有拱頂。空氣濕悶。我聽到遠處有水在滴，答—答—答。牆壁是水泥砌的，腳下不再是亞麻地板，而是一層潮濕的青苔，愈往前走就愈厚也愈濕。

嘴裡仍殘留著槍的氣味，並摻雜著膽汁的酸味。

臉被凍得一點一點失去知覺。

腦子裡有個小小的聲音在吶喊，要我做點什麼、嘗試點什麼，什麼都好。別像隻任人宰割的綿羊，乖乖地一步接著一步往前走。爲什麼要讓他這麼輕鬆不費勁？

很簡單啊，因爲我害怕。害怕到幾乎直不起身子走路。

我的思緒零碎而雜亂。

如今我明白被害者爲何不反擊了。我不敢想像試圖打倒這個人、試圖逃跑，會有何結果。

而且最可恥的是：我心裡有一部分寧可一了百了，因爲死人不會感覺恐懼或痛苦。這是否意味著我是個懦夫？難道這竟是我死前要面對的最後一個現實？

不。我得做點什麼。

我們走出地道踏上一個金屬表面，赤腳踩上去都要凍僵了。我抓住一道生鏽的鐵欄杆，欄杆環繞著一座平台，毫無疑問的是，這裡感覺更冷、更空曠。

一輪黃色明月彷彿裝了定時器似的，緩緩爬升到密西根湖上空。

月光從一個偌大房間高處的窗戶流洩而入，亮得即使不用手電筒也能看清周遭一切。

我登時胃液翻湧。

我們正高高站在一道至少有十五米深的開放式樓梯上。

在這裡，看老舊燈光照著底下一排閒置發電機與頭頂上交叉成格狀的工字大梁，宛如一幅油畫。四周靜得像一座教堂。

「我們下去。」他說：「小心點。」

我們拾級而下。再兩階就到由上往下的第二層平台了，我右手死命握住手電筒，猛然轉身朝他的頭揮去……

……結果揮空，我順著勢頭又轉回原點，甚至過了頭。一下重心不穩，往下跌。我重重撞到平台，手電筒受到衝擊自手中飛出，掉落邊緣消失不見。

片刻後，我聽見手電筒在約十二米深的地板上爆裂。

劫持我的人昂揚著頭，從那毫無表情的面具後盯著我看，槍瞄準我的臉。

他用拇指按下擊錘，朝我跨前一步。

然後一腳跪下，以膝蓋用力頂住我的胸骨，將我釘在平台地上動彈不得，我哀哼一聲。槍碰到我的頭。

他說：「我不得不承認，你這麼奮力一搏，讓我爲你感到驕傲。其實也滿可悲的。我老早就看出你在打什麼主意，但至少你是雖敗猶榮。」

脖子側邊忽然一陣刺痛，讓我縮了一下。

「別反抗。」他說。

「你給我注射了什麼？」

他還沒回答，我便感覺有樣東西像貨櫃車般衝撞我的腦血管，剎那間無比沉重又無比輕盈，整個世界天旋地轉、天崩地裂。但這感覺來得快，去得也快。

接著又一針刺進我大腿。

我才大喊出聲，他已經將兩根針筒從欄杆邊緣往下丟。「走吧。」

「你給我打了什麼？」

「起來！」

我扶著欄杆勉強起身。剛才那麼一跌，膝蓋流血了，頭也還在流血。我又冷、又髒、又濕，牙齒打顫打得太厲害，好像一不小心就會斷裂。

我們往下走，體重壓得脆弱的鐵梯不停抖動。到了底層，跨下最後一級階梯後，沿著一排舊發電機走。

從下往上看，這個空間顯得更加巨大。

走到一半，他停下來，用手電筒照射其中一架發電機，只見機體旁放了一只帆布袋。

「新衣服。快點。」

「新衣服？我不懂……」

「你不必懂，穿上就是了。」

在莫大的恐懼中，我生出一絲幽微的希望。他要放了我？不然爲什麼要我換衣服？我有機會活命嗎？

「你是誰？」我問道。

「快點。你剩下的時間不多。」

我蹲在帆布袋旁。

「先把身子擦乾淨。」

我拿起最上面一條毛巾，用來擦去腳上的泥巴，還有膝蓋和臉上的血漬，接著穿上四角褲與牛仔褲，都恰恰合身。他剛才給我注射的東西，現在好像手指也有感覺了——摸索著要扣上格子花呢襯衫的鈕釦時，手指不再靈活自如。套上昂貴的皮製懶人鞋時，毫不費力且尺寸也合，和牛仔褲一樣。

現在不冷了。胸口像是有一團熱氣核心，慢慢將暖意散發到四肢。

「還有夾克。」

我從袋子底部拿出一件黑色皮夾克，兩手先後伸入衣袖。

「好極了。」他說：「現在坐下。」

我靠著發電機的鐵座慢慢坐下。這架機器體型龐大，約莫像個火車頭。

他坐在我對面，漫不經心地將槍口對著我。

月光從高處破窗折射而下，四散開來瀰漫全室，照見了——

糾結纏繞的電纜。齒輪。管線。槓桿與滑輪。

布滿龜裂的儀表與操縱裝置的控制盤。

另一個時代的科技。

我問道：「再來呢？」

「等什麼？」

「我們等。」

他揮揮手，不理會我的問題。

我整個人籠罩在一種怪異的平靜中。是一種錯置的平和感。

「你帶我來是想殺了我？」我問道。

「不是。」

靠著舊機器的感覺好舒服，好像全身陷在裡頭。

「可是你讓我這麼以爲。」

「別無他法。」

「什麼事別無他法？」

「把你弄到這裡來。」

「我們爲什麼來這裡？」

但他只是搖頭，然後伸出左手曲曲扭扭地鑽到藝妓面具底下搔癢。

這感覺很怪。好像一面看電影又一面在其中演出。

一股無法抗拒的困頓沉沉壓住雙肩。頭往下垂。

「隨著感覺走吧。」他說。

但我沒有。我抗拒著，同時心想他的思路變化之快令人不安。他彷彿變了個人，此刻的他與短短數分鐘前施展暴力的他之間呈現斷裂，我應該感到驚恐，不該如此鎭定，然而我的身體卻安詳地微微晃動，太安詳了。

我感到無以名狀的祥和、深沉、遙遠。

他幾乎像告解似的對我說：「這條路好漫長。我簡直不敢相信能坐在這裡看著你，跟你說話。我知道你不明白，但我有太多事情想問。」

「問什麼？」

「身爲你是什麼感覺？」

「什麼意思？」

他略一猶豫，才又說：「你對自己的境遇有何感想，傑森？」

我緩慢而從容地說：「想想你今晚對我做的事，這還眞是個有趣的問題。」

「你這一生快樂嗎？」

在此時此刻的陰影籠罩下，我的人生美得令人心痛。

「我有個令人稱羨的家，一份讓人滿意的工作，我們過得很舒適，大家都健健康康。」

我的舌頭有點不聽使喚，語句開始含糊不清。

「可是呢？」

我說：「我的人生很好，只是不那麼傑出罷了。本來是有機會的。」

「你扼殺了自己的野心？」

「它是自然死亡，因爲受忽視。」

「你知道到底出了什麼事嗎？有沒有一個特定時間點……」

「我兒子。那年我二十七歲，剛和丹妮樂交往了幾個月。她跟我說她懷孕了。我們在一起很愉快，但那不是愛。也可能是吧。我不知道。總之我們根本沒打算要組織家庭。」

「你們卻這麼做了。」

「當一個科學家，二十好幾是最重要的關鍵。如果沒有在三十歲以前發表一點重大的東西，你就只能引退了。」

也許純粹是藥物作用，但說話的感覺實在太好了。度過這一生中最瘋狂的兩個小時後，終於能重返舒暢的正常狀態。我知道事實並非如此，但就是覺得只要繼續交談，便不會有壞事發生。像是話語能保護我似的。

「你當時有什麼重大的研究計畫嗎？」他問道。

現在我得專心一志才能撐開眼皮。

「有。」

「是什麼？」

他的聲音聽起來很遙遠。

「我試著想爲一樣宏觀物體*製備量子疊加狀態。」

「你爲什麼放棄研究？」

「查理出生後第一年，有很嚴重的健康問題。做研究的話，我需要在無塵室裡待一千個小時，實在沒法很快地趕過去。可是丹妮樂需要我，兒子需要我。結果補助沒了，衝勁也沒了。有一瞬間我是新冒出頭的年輕天才，可是一退縮，就被取代了。」

「你後不後悔當初決定留在丹妮樂身邊，和她共度一生？」

「不後悔。」

「從不？」

想到丹妮樂，我再度激動起來，同時夾雜著此刻實實在在的恐懼感。我開始變得很害怕，連帶掀起一股痛徹心扉的想家愁緒。這一刻我**需要**她，這輩子我從未如此需要過任何人事物。

「從不。」

然後我趴倒在地，臉貼著冰冷水泥地面，藥物很快便制伏了我。

這時他蹲在我身旁，將我翻身。我仰望大片月光從這個遭世人遺忘之處的高窗灑入，隨著發電機旁那些旋轉、空洞的縫隙一開一闔，四下的黑暗也在眨巴眨巴的光與色彩中泛起皺褶。

「我還會見到她嗎？」我問道。

「不知道。」

我已不下千萬次想問他，他到底想對我怎麼樣，卻不知從何問起。

我的眼睛一再闔起，我努力地想撐開，卻註定要失敗。

他脫下一隻手套，光著手摸我的臉。很不自在。很小心翼翼。

他說：「你聽我說。你會害怕，但你可以把它變成你的。你可以擁有從未有過的一切。很抱歉，剛才不得不那麼嚇你，只是我得把你弄來這裡。眞的很抱歉，傑森。這麼做是爲了我們兩人。」

我用嘴型說，**你是誰？**

他沒有答腔，卻伸手從口袋掏出新的針筒和一瓶小小的玻璃安瓿。安瓿小瓶中裝滿清澈液體，在月光下閃亮如水銀。

他取下針頭蓋，將瓶中液體吸入針筒。

眼皮慢慢垂下之際，我看著他拉起左邊袖子，給自己打了一針。

然後他將安瓿與針筒丟在我們中間的水泥地上。我在雙眼緊閉之前看到的最後一個景象，就是那個安瓿小瓶朝我的臉滾來。

我低聲說：「再來呢？」

他說：「就算我說了，你也不會信。」

---

*macroscopic objects，物理學名詞，通常指單純肉眼可測量與觀察的物體，不牽涉到原子與分子尺度。

2

我意識到有人用力抓住我的腳踝。

接著一雙手滑到我肩膀下面。這時有個女人說：「他是怎麼離開箱體的？」

一個男人回答：「不知道。妳看，他醒了。」

我打開眼睛，卻只看到模糊的動作與光線。

男人高喊道：「趕快把他弄出去吧。」

我試著要說話，但一開口全是模糊、混沌的語句。

女人說：「戴申博士？聽得到嗎？我們現在要把你搬上推床。」

我往腳的方向看去，男人的臉逐漸聚焦。他穿著配有呼吸器的鋁箔防護衣，正透過面罩看著我。

他瞄了我頭後方的女人一眼，數道：「一、二、三。」

他們將我抬上推床，並在我的腳踝與手腕扣上約束帶。

「這完全是爲了保護你，戴申博士。」

我看著上方十二至十五米高的天花板如卷軸般開展。

我到底在哪裡？機棚嗎？

我腦中閃現一絲記憶——針頭打進我的脖子。我被注射了什麼。這應該是瘋狂的幻覺。

無線電嘎嘎作響。「撤離小隊，請報告，over。」

女人語氣透著興奮地說：「找到戴申，已經上路，over。」

我聽到輪子尖銳的轉動聲。

「收到。最初狀況評估？over。」

「脈搏，一一五。血壓，一四〇／九二。體溫，三十七・二。氧濃度，九十五％。肌酐，〇・八七。預計三十秒後抵達。over。」

一陣嗡鳴聲嚇了我一跳。我們穿過緩緩開啓、像金庫一樣的雙扇門。

老天爺。

冷靜。這不是眞的。

輪子吱嘎聲響更快、更急了。

底下是一條以塑膠墊覆蓋的走道，頭頂上是刺得我瞇起眼睛的日光燈。

身後的門轟然關閉，發出不祥的哐啷聲，有如監獄的門。

他們將我推進手術房，只見規模驚人的手術燈下站了一個身形魁梧，穿著正壓式防護衣的人。

他好似認識我，低頭透過面罩微笑對我說：「歡迎回來，傑森。恭喜，你成功了。」

回來？

我只看得見他的眼睛，卻全然想不起以前見過他。

「你覺得哪裡痛嗎？」他問道。

我搖搖頭。

「你知道你臉上的割傷和瘀傷是怎麼來的嗎？」

搖頭。

「你知道你是誰嗎？」

點頭。

「你知道現在在哪裡嗎？」

搖頭。

「你認得我嗎？」

搖頭。

「我是醫療執行長雷頓·范斯，我們是同事也是朋友。」他舉起一把手術剪。「我得把你這身衣服剝掉。」

他移除了監測裝置，開始剪開我的牛仔褲與四角褲，然後丟進一個金屬盤。當他剪開我的襯衫，我凝視著從上方直射而下的耀眼燈光，極力壓制心中驚慌。

但我全身赤裸，被綁在推床上。

不，我提醒自己，現在是我**幻想**自己全身赤裸被綁在推床上。因爲這一切都不是眞的。

雷頓舉起裝著我衣鞋的托盤，交給站在我頭部後方、不在視線內的某人。「全部檢驗。」

隨即響起腳步聲匆匆離開手術室。

在雷頓消毒我手臂內側一小塊表皮的前一秒，我已感受到異丙醇酒精引起的強烈刺痛。

他在我手肘上方綁了止血帶。

「只是抽點血。」他說著從器具盤拿起一支粗的注射針。

他技術很好，甚至沒感覺到針頭刺入。

雷頓抽完血後，將推床推向手術房另一頭的玻璃門，門邊牆上裝有觸控螢幕。

「真希望能告訴你這是最好玩的部分。」他說：「如果你心思太紊亂，想不起接下來會如何，說不定會更好。」

我想問再來要做什麼，卻仍說不出話。雷頓的手指在螢幕上飛快跳動，隨後玻璃門打開，他推我進入一個剛好能容納一張推床的小房間。

「九十秒，」他說：「不會有事的。到目前還沒有一個受試者被弄死過。」

這時響起充氣的嘶嘶聲，然後玻璃門滑動關閉。天花板上的嵌燈發出冷冷藍光。

我伸長脖子想看個清楚。只見兩側牆壁布滿精巧縫隙。

天花板噴出一陣細細的冷水霧，把我從頭到腳包覆住。

冰冷水珠一附在肌膚上隨即凍結，冷得我全身緊繃起來。

當我打起哆嗦，牆壁開始發出嗡嗡聲。牆壁縫隙流洩出些許白色蒸氣，尖銳嘶聲持續不斷，而且愈來愈大。

蒸氣開始源源湧出，接著噴發出來。氣流在推床上方對衝，小房間頓時瀰漫濃濃霧氣，遮蔽了頭頂上的燈光。冰珠在皮膚上爆裂，引發陣陣刺痛。

風扇開始逆轉。不到五秒鐘，室內氣體都抽了出去，留下一股奇特味道，彷彿夏日午後雷雨來臨前夕——乾雷與臭氧。

氣體與過冷液體在皮膚上起了反應，產生滋滋作響的泡沫，那種燒灼感就像泡在酸液中。

我低聲吼叫，扭動身軀想掙脫束縛，覺得自己快撐不下去了。我的忍痛度算高的，但這已經快要跨越「再不停止就讓我死了吧」的界線。

我的思緒以光速爆發。眞有這麼強力的藥物嗎？竟能在產生幻覺與痛苦的同時，還讓人意識清醒到如此可怕的地步？

太強烈、太眞實了。萬一這些是確實發生的事呢？會不會是中情局搞的把戲？會不會是我被送到某個黑心醫院當作人體實驗犧牲品？我被綁架了嗎？

溫水以壯闊聲勢從天花板射出，有如消防水管噴出的水柱，將折磨人的泡沫給沖散。水關閉後，熱風轟隆隆從縫隙吹出，彷彿沙漠熱風打在肌膚上。

痛苦消失了。我徹底清醒。

後面的門打開來，推床重新推出去。

雷頓俯視著我。「感覺沒那麼糟，對吧？」他推著我穿過手術室，進入隔壁病房，並解開我手腳的約束帶。

他用戴著手套的手把我從推床上拉坐起來，我頭很暈，房間旋轉了一會才恢復正常。

他細細觀察我。

「好些了嗎？」

我點點頭。

這裡有張床和一個抽屜櫃，換洗衣服整整齊齊疊在櫃子上面。牆壁有軟墊包覆，無稜無角。我慢慢移到擔架邊緣後，雷頓抓住我一邊的手肘，扶我站起來。

我兩條腿軟綿綿，一點作用也沒有。

他帶我來到床邊。

「我讓你在這裡換衣服，等你的檢驗結果出來以後，我會再來。不會太久的。我出去了，你沒問題吧？」

我好不容易能出聲了：「我不知道這是怎麼回事。我不知道我在哪……」

「心思紊亂的情況會過去的。我會密切監控。我們會幫你度過這一關。」

他推著推床走到門口時忽然停住，回頭透過面罩看了我一眼。「兄弟，能再見到你眞好。簡直就像任務管制中心的人看到阿波羅十三從太空順利返航一樣。我們眞的都以你爲傲。」

三道門鎖很快地連續上鎖，彷彿槍聲連響三下。

我下床走到抽屜櫃旁，腳步搖晃不穩。

由於實在太虛弱，花了幾分鐘才穿好衣服——好看的長褲、亞麻襯衫，沒有腰帶。

就在門的正上方，有一部監視器對著我。

我回到床上，獨自坐在這間單調、安靜的房裡，試圖喚醒最後一點具體的記憶。就這麼嘗試一下，竟有如在離岸三米處溺水的人。岸上散落著零碎記憶，我看得見，也幾乎快摸到了，可是肺不斷進水，我無法把頭抬出水面。愈是努力想蒐集碎片，就愈費力，手揮動得更厲害，也更加慌張。

當我坐在這間鋪了軟墊的白色房間，所能想到的只有——

瑟隆尼斯．孟克。紅酒味。站在一個廚房裡切洋蔥。一個青少年在畫畫。

等一下。

不是一**個**青少年。

是**我的**青少年。我兒子。

不是一**個**廚房。

是**我的**廚房。是我家。

那是家庭之夜。我們正在一起做飯。我能看見丹妮樂的笑容，能聽見她的聲音與爵士樂，能聞到洋蔥味，和丹妮樂氣息中紅酒的酸甜味，能看見她眼中的遲滯目光。我們家庭之夜的廚房，多麼安全又完美的地方。

可是我沒有留下來。不知道爲什麼，我出門了。爲什麼呢？

眼看就要想起來了……

連珠砲似的開鎖聲傳來，病房門隨之打開。雷頓已經將防護衣換成普通的醫師袍，他站在門框裡咧嘴笑，好像難以抑制內心泉湧的期待。此時可以看出他大約和我同年，有種寄宿學校學生的英挺之氣，臉上隱約可見星星點點、傍晚重新長出的鬍碴。

「好消息，全部清除了。」他說。

「清除什麼？」

「輻射暴露、生物危害、傳染病。明天早上會有完整的血檢報告，不過你已經解除隔離了。喔，對了，這個給你。」

他遞給我一個夾鏈袋，裡面裝了一副鑰匙和一個鈔票夾。

塑膠袋外面貼著一張紙膠帶，上面用黑色麥克筆潦草寫著「傑森·戴申」。

「出去吧？大家都在等你。」

這袋東西顯然是我的個人物品，我放進口袋後，跟著雷頓走出手術室。

走廊上，有六七名工作人員正忙著拆下牆上的塑膠布。他們一看見我，全都開始鼓掌。

一名女子高喊：「超酷的，戴申！」

當我們走近，玻璃門迅速打開。

我漸漸恢復了力氣與平衡感。他帶我走樓梯，上樓時，金屬梯階在腳下哐啷哐啷響。

「走樓梯還好吧？」雷頓問。

「還好。我們要去哪裡？」

「作匯報。」

「可是我根本……」

「你最好還是想想面談時要說什麼。你也知道，就是實驗計畫那些有的沒的。」

爬了兩層樓之後，他打開一扇大約三公分厚的玻璃門。我們走進另一條廊道，一側是成排落地窗，望出去是一座機棚。這些走道似乎是將四層樓高的機棚團團圍住，像環繞一個中庭。

我不由自主移往窗邊想看清楚些，卻被雷頓拉回來，帶著我從左邊第二扇門進入一個燈光微暗的房間。裡面有個女人穿著一身褲裝站在桌子後面，像在等我。

「嗨，傑森。」她招呼道。

「嗨。」

她目不轉睛凝視著我，這時候雷頓在我左手臂綁上監測帶。

「你不介意吧？」他問：「我想再測一下你的生命徵象會比較好。很快就能解脫了。」

雷頓輕推我的下背部，驅使我繼續往內走。我聽見門在身後關上。

那名女子四十來歲，矮小、黑髮，低低的瀏海緊貼在眼睛上方。不知爲何，那雙眼睛竟顯得既親切又凌厲，令人一見難忘。

燈光柔和，不具威脅，很像戲院電影放映前的感覺。

這裡面有兩張直背木椅和一張小桌，桌上有一台筆電、一壺水、兩只水杯、一個不銹鋼保溫壺，和一只冒著熱氣並讓室內充滿咖啡香的馬克杯。

牆壁和天花板都是霧面玻璃。

「傑森，等你入座，我們就可以開始了。」

我猶豫了整整五秒鐘，盤算著要不要直接走出去，但直覺告訴我這不是好主意，而且可能會造成不可收拾的後果。於是我坐到椅子上，伸手去拿水壺，自己倒了杯水。

女子說：「你餓的話，可以叫人拿吃的進來。」

「不用了，謝謝。」

最後她坐到我對面，將滑落的眼鏡往上扶了一下，然後在筆電上打了些字。

「現在是……」她看看手錶。「……十月二日，凌晨十二點七分。我是雅曼達·盧卡斯，員工編號九五六七，今晚與我會談的是……」她向我打了個手勢。

「嗯，傑森·戴申。」

「謝謝你，傑森。我先描述一下背景做爲紀錄。十月一日晚上十點五十九分左右，技師查德·哈吉在做例行內部場地審查時，發現戴申博士躺在棚廠地上昏迷不醒。撤離小隊立刻出動，在十一點二十四分將戴申博士移往隔離室。雷頓·范斯醫師爲戴申博士進行輻射除污與初步的實驗淨化後，陪同他來到地下二樓的大會議室，開始第一次任務匯報面談。」

她抬頭看我，此時臉上帶著笑容。

「傑森，你能回來，我們實在太興奮了。雖然時間很晚，可是大部分組員都特地從城裡趕過來。你應該猜到了，大家都在玻璃後面看著呢。」

四周響起了掌聲與歡呼，還有幾個人喊著我的名字。

燈光轉亮了些，剛好能讓我看穿牆面。以玻璃圍起的小會談室四周，環繞著劇場式階梯座位，有十五到二十個人站著，多數都面帶微笑，甚至有幾個在拭淚，彷彿我是完成了某項英雄任務凱旋歸來。

我發現其中有兩人攜帶武器，手槍槍托在光線下一閃一閃。這兩人既無笑容也未拍手。

雅曼達將椅子往後退，接著站起身，也開始和其他人一起鼓掌。

她似乎也深深感動。

我腦子裡卻只有一個念頭：我到底發生了什麼事？

掌聲停歇後，雅曼達重新坐下。

她說：「請原諒我們的熱情，不過到目前為止，你是唯一回來的人。」

我完全不知道她在說什麼。此時我內心交戰，既想直說，卻又擔心這麼做恐怕不妥。

燈光再次打暗。我牢牢握住水杯，活像抓住一條救生索。

「你知道自己去了多久嗎？」她問道。

去哪裡？

「不知道。」

「十四個月。」

天哪。

「你感到震驚嗎，傑森？」

「可以這麼說。」

「老實說，我們可是如坐針氈、屏息以待、全神貫注。等了一年多，我們一直想問的是：你看到了什麼？你去了哪裡？你是怎麼回來的？全都告訴我們吧，請從頭說起。」

我啜了一口水，緊抓著最後一點可靠的記憶——在家庭之夜離開家。我簡直像是巴住崖壁上一個鬆動欲墜的把手點。

接下來……我在涼爽秋夜裡沿著人行道走。可以聽到所有酒吧都在轉播小熊隊賽事，鬧哄哄的。

去哪呢？我要去哪裡？

「慢慢來，傑森。我們不急。」

萊恩．霍德。那是我要去見的人。

我走到小村啤酒館，和我昔日的大學室友萊恩．霍德喝了一杯，不，是兩杯，而且是世界頂級威士忌。

這多少和他有關嗎？我再度懷疑：這一切是真實發生的事嗎？

我舉起水杯，無論是杯壁冒汗的景象，或是我指尖感受的濕冷，看起來都百分之百真實。

我直視雅曼達的雙眼。

我細看牆壁。牆面沒有融化。

如果這是藥物導致的迷幻之旅，也是我前所未聞的一種。沒有視覺或聽覺畸變，沒有欣快感。不是這個地方感覺不真實，只是我不該在這裡。甚至可以說**我的**存在才是虛假的。其實我也不太確定這是什麼意思，總之內心有這種感覺。

不，這不是幻覺，這完全是另一回事。

「我們試試另一個方法。」雅曼達說：「你在棚廠醒來以前，最後的記憶是什麼？」

「我在一間酒吧。」

「你在那裡做什麼？」

「去見一個老朋友。」

「這間酒吧在哪裡？」她問道。

「羅根廣場。」

「這麼說你人還在芝加哥。」

「對。」

「好，你能不能形容……？」

她的聲音瞬間安靜下來。

我看見高架電車軌道。很黑。很靜。

對芝加哥來說，太靜了。

有人過來。一個想傷害我的人。

我的心跳開始加速。手開始冒汗。

我把杯子放回桌上。

「傑森，雷頓跟我說你的生命徵象數值變高了。」

她的聲音又回來了，但依然隔著一大片海洋。

這是惡作劇嗎？有人在整我嗎？

不，別這麼問，別說這些話。繼續當他們心目中的你。這些人沉著冷靜，還有**兩人持槍**。不管他們要聽你說什麼，就說吧。否則萬一他們發現你不是他們想的那個人，會怎樣呢？

也許你永遠無法離開這個地方。

我的頭開始抽痛。我舉起手，摸摸後腦勺，碰到一個腫塊，痛得我瑟縮了一下。

「傑森？」

我受傷了嗎？有人攻擊我嗎？我會不會是被強行帶來的？這些人儘管表面友善，會不會和對我不利的人是一夥的？

我摸摸頭的側邊，感覺到第二次重擊的傷處。

「傑森。」

我看見一副藝妓面具。我全身赤裸又無助。

「傑森。」

才短短數小時前，我還在家裡準備晚餐。

我不是他們認爲的那個人。等他們知道之後，會怎麼樣呢？

「雷頓，請你下來一下好嗎？」

不會有好事。

我需要馬上離開這個房間。我需要離開這些人。我需要想一想。

「雅曼達。」我把自己強拉回當下，盡力驅除心裡的疑問與恐懼，但這就像試圖撐住一道即將崩潰的堤防，撐不久，也撐不住。我說道：「眞是尷尬。我實在累斃了，而且老實說，輻射除污可不是好玩的。」

「你想休息一下嗎？」

「可以嗎？我只是需要讓腦子清醒清醒。」我指著筆電說：「也希望別對著這玩意說出什麼蠢話來。」

「當然可以。」她打了幾個字。「現在停止記錄了。」

我站起來。

她說：「我可以帶你去個別的房間……」

「不用了。」

我打開門步入走廊。雷頓．范斯正等候著。

「傑森，我要你躺下來。你的生命徵象出現異常。」

我扯下監測臂帶，交給醫生。

「多謝關心，但我眞正需要的是廁所。」

「噢，當然沒問題，我帶你去。」

我們往走廊另一頭走去。

他用一側肩膀頂開厚重的玻璃門，重新帶我進入樓梯間，此時裡頭空無一人，只聽到通風設備將暖氣從附近一個排氣孔抽出的運轉聲。我抓著欄杆，探身去看這個開放空間的中心。

往下兩層，往上兩層。

雅曼達在面談一開始是怎麼說的？我們在地下二樓？也就是說這些全都在地下？

「傑森？你來嗎？」

我跟在雷頓後面，強忍著雙腿無力、頭痛萬分，爬上樓去。

到了樓梯最頂端有一道強化鋼門，旁邊一塊牌子寫著「一樓」。雷頓刷了門卡、按了密碼，開門後讓我先進去。

正前方對面牆上貼了「速度實驗中心」的字樣。

左邊：一排電梯。

右邊：一處安檢哨，有個一臉兇悍的警衛在金屬探測門和旋轉閘門之間，後面就是出口。

這裡的安全戒備主要似乎是對外，比較著重於防止外人進來。

雷頓引我經過電梯，走過走廊，來到盡頭的一道雙扇門，他再次拿出門卡開門。

進入後，他打開燈，眼前出現一間設備完善的辦公室，牆上裝飾著一些飛機照片，有商用客機、超音噴射軍機與動力引擎。

桌上一張裱框相片吸引了我，是一個年紀較大的男人抱著一個男孩，男孩看起來很像雷頓。他們站在機棚內，一具正在組裝的巨大渦輪風扇前。

「用我的專用洗手間吧，我想你會自在些。」雷頓指向內側角落的一扇門。「我就在這裡，需要什麼就喊一聲。」他說著往桌子邊緣一坐，從口袋掏出手機。

廁所冰冷，潔淨無瑕。裡面有一個馬桶、一個小便斗、一個淋浴間，內側牆面半高處開了一扇小窗。

我坐到馬桶上。我覺得胸口好悶，幾乎無法呼吸。

他們等我回來已經等了十四個月，絕不可能讓我走出這棟建築，至少今晚不可能。或許不會太久，因爲我並不是他們以爲的那個人。

除非這一切是個精心策畫的試驗或遊戲。

雷頓的聲音從門外傳進來：「你在裡面都還好吧？」

「欸。」

「我不知道你在那玩意裡面看見什麼了，但我希望你知道我是站在你這邊的，兄弟。你要是很害怕，就告訴我，這樣我才能幫你。」

我起身。

他又接著說：「剛才我從外面看著你，我不得不說，你看起來有點恍神。」

我要是跟他走回大廳，有可能中途逃跑，直接衝過警衛哨嗎？我腦中浮現那個站在安檢門旁的大塊頭警衛。恐怕很難。

「我想你的身體狀況不會有問題，但我擔心的是你的心理狀態。」

我必須踩上陶瓷便斗的邊緣，才搆得著窗戶。窗玻璃似乎被窗戶兩側的拉桿給鎖住了。窗口大小只有六十公分見方，不確定能不能爬得過去。

雷頓的聲音在浴廁間裡回響著，當我悄悄回到洗手台邊，才又清楚聽到他說的話。

「……你最不該做的就是試圖自己解決。我們實話實說吧，你就是那種愛逞強的人，自以爲什麼都難不倒你。」

我走到門邊。門上有個旋轉門鎖。我用顫抖的手慢慢轉動鎖舌。

「可是不管你有什麼感覺，」這時他的聲音很近，只離幾公分。「我都希望你能告訴我，如果有必要把這個匯報延到明天或是下……」

他忽然打住，因爲聽到鎖舌輕輕「喀嗒」一聲，迅速上鎖。

片刻間，毫無動靜。

我小心地後退一步。

門動了一下，幾乎細不可察，接著便開始在門框裡，劇烈地卡喇卡喇晃動起來。

雷頓喊道：「傑森，傑森！」隨後說：「立刻派保全人員到我辦公室。戴中把自己鎖在廁所裡了。」

門被雷頓撞得不停顫動，但仍牢牢鎖著。

我奔向窗戶，爬上小便斗，打開窗子兩側的拉桿。

雷頓正對著某人大喊，雖然聽不清楚，但好像有腳步聲接近。

窗戶開了。夜風湧入。

即使站在便斗上面，我也不確定爬不爬得上去。

我跳離便斗邊緣，躍向打開的窗框，卻只有一手伸得夠長搆著了。

就在不知什麼東西猛力撞擊廁所門的同時，我的鞋底擦過光滑垂直的牆面，毫無阻力與著力點。

摔落在地後，我又重新爬上便斗。

雷頓對某人叫嚷：「快點！」

我再跳一次，這回兩手都伸過了窗台，抓點不是太好，只是沒摔下來而已。

廁所門被撞破時，我正好扭動身子爬出窗口。

雷頓大喊我的名字。

我在黑暗中墜落了半秒鐘。面朝下重重跌落在路面。

我站起身，驚愕、茫然，耳朵嗡鳴，血順著側臉流下。

我出來了，身在兩棟建物之間的一條暗巷內。

雷頓現身在上方那個打開的窗口。

「傑森，別這樣。讓我幫你。」

我轉身就跑，也不知道要上哪去，只是一頭衝向巷底的通道。

我到了巷底。接著奔下一段紅磚梯，來到一個辦公園區。

單調的低矮建物圍聚在一座小得可憐的水池邊，池中央有個打了燈的噴泉。

這個時間，外面自然一個人也沒有。

我飛奔過幾條長椅、修剪過的灌木叢、一座涼亭和一塊路標，路標上畫了個箭頭，底下寫著「往步道」。

我很快地回頭一瞥：剛剛逃離的那棟建築有五層樓高，毫無特色，普通到可能轉眼即忘，而此時門口湧現人潮，有如被捅落的蜂窩。

到了水池盡頭，我離開人行道，走上一條碎石步道。

汗水刺痛了雙眼，肺葉也像著火似的，但我還是努力擺動手臂，一步一步往前疾走。

每跨一步，辦公園區的燈光便又遠了些。

前方什麼也沒有，只有一片漆黑，我向它移近、走入其中，好像這一生就靠它了。

一陣醒腦的強風打在臉上，我不禁開始懷疑現在要往哪去，遠處不是應該會有點燈光嗎？哪怕只是一個小點？但我卻跑進一個巨大的黑暗深淵。

我聽見波浪聲。來到一處沙灘。

沒有月亮，但星光夠亮，隱約能看到密西根湖翻騰的水面。

我往陸地那頭辦公園區方向看去，聽到風中斷續傳來人聲，瞥見手電筒光束劃破黑暗。我轉身往北跑，鞋子吱吱嘎嘎踩過被浪打得光滑的石頭面。沿岸前方數公里處，可以看見市區高空泛著模糊夜光，那裡有一幢幢摩天大樓緊鄰水岸。

我回頭看見幾道光往南移，與我反方向，也有一些往北移，漸漸向我逼近。

我突然轉向離開水邊，越過自行車道，朝一排矮樹叢走去。

人聲愈來愈近。我懷疑夜色是否夠深，足以掩蔽我的行蹤。

一道一米高的防波堤擋住去路，我於是攀越水泥堤岸，小腿前側都磨破了皮，接著趴跪著爬過那排灌木，被樹枝勾破襯衫和臉，還劃傷了眼皮。

出了灌木叢，剛好闖進一條與湖岸平行的公路中央。

我聽到從辦公園區的方向傳來引擎高速旋轉聲。

強光刺得我睜不開眼。

我穿越馬路，跳過一道鐵絲網圍籬，忽然間已經闖進某戶人家的院子，我左閃右躲，以免被翻倒的腳踏車和滑板給絆倒，然後沿著屋側往前衝，這時屋內有狗狂吠起來，燈急促亮起時我已經來到後院，再次跳過圍籬後，發現自己正直穿過一座棒球場空盪盪的外野，心想不知道還能撐多久。

答案以驚人的速度出現。

到了內野邊緣，我就癱倒了，全身汗如雨下，每寸肌肉都疼痛不已。

狗還遠遠地吠著，但回頭望向湖邊，已經看不到手電筒的光，也聽不到人聲了。

我不知躺了多久，好像過了好幾個小時才終於能平順地呼吸，不再氣喘吁吁。

我好不容易坐起身。

夜很涼，風從湖面吹來，在四周的樹梢間橫衝直撞，在內野場上掃落一陣秋葉雨。

我勉強站起來，又飢又渴，一面試圖分析自己人生最後這四小時的遭遇，只是當下完全收不到腦波訊號。

我拖著腳步走出球場，進入南區一個多半是勞工階級聚居的街區。

街上空無一人。只見一排又一排平和寧靜的住家。

我走了一公里半，或許不只，然後來到一個商業區，站定在空空的十字路口，注視著頭上的紅綠燈在深夜裡加快速度循環著。

主要街道橫跨兩個街區，四下杳無人跡，只見對街那個髒兮兮的酒吧窗口，有三塊制式的啤酒廣告招牌光芒耀眼。當一群顧客踩著蹣跚步伐、吞雲吐霧、大聲喧嘩地走出來，遠遠出現了一輛車，這是我二十分鐘內看見的第一輛車。

是一輛計程車，亮著「休息」的燈號。

我走上十字路口，站在紅綠燈下方揮舞雙臂。計程車接近時放慢了速度，企圖從我身邊繞過去，但我往旁邊一站，讓它不管怎麼繞都會撞到我，迫使它停下。

司機搖下車窗，怒氣沖沖。「你在搞什麼鬼？」

「我需要搭車。」

計程車司機是個索馬利亞人，瘦巴巴的臉上留著鬍子，卻是一塊一塊稀疏斑駁，他透過一副巨無霸厚鏡片瞪著我。

他說：「現在凌晨兩點，我收工了，不載客了。」

「拜託。」

「你不識字嗎？看看燈號。」他拍拍車頂。

「我得回家。」

車窗開始上升。我從口袋掏出裝著我個人物品的塑膠袋，一把扯開，讓他看鈔票夾。

「我可以多付你……」

「走開，別擋路。」

「我可以付兩倍車資。」

車窗登時停住，只差十五公分就到頂。

「現金。」

「現金。」

我快速地數起那疊鈔票。從這裡到北區大概要七十五美元，而且還得加倍。

「要走就上車！」他吼道。

有幾個酒吧客人發現計程車停在十字路口，可能是需要搭車，信步便往這邊走來，一邊喊著要我別讓車開走。

我數完身上的資產了——三百三十二元外加三張過期的信用卡。

我爬上後座，告訴他我要去羅根廣場。

「距離四十公里耶！」

「我會付你雙倍的錢。」

他從後照鏡裡怒視我。

「錢呢？」

我拉出一張百元鈔遞向前座。「剩下的到了以後再付。」

他搶過鈔票，立刻加速通過十字路口，與那群醉漢擦身而過。

我仔細檢視一下鈔票夾，在鈔票與信用卡下面有一張伊利諾州駕照，上面大頭照裡的人是我，但我從未見過這張駕照。另外還有一張健身房會員卡和健保卡，我從未去過那家健身房，也從未買過那家公司的保險。

司機從後照鏡偷瞄了我幾眼。

「你今天晚上很不順。」他說。

「看得出來哦？」

「我以爲你喝醉了，結果不是。你衣服破了，臉上還有血。」

凌晨兩點站在十字路口中央，一副無家可歸、精神錯亂的樣子，換作是我，恐怕也不想載這種客人。

「你遇上麻煩了。」他說。

「對。」

「什麼事？」

「我也說不清楚。」

「我載你去醫院。」

「不，我想回家。」

3

我們在冷清的州際公路上往北行駛，市區大樓的輪廓逐漸接近。每駛過一公里路，我就覺得神智又正常了些，主要還是因爲馬上就要到家了。

無論這是怎麼回事，丹妮樂都會幫我釐清。

司機把車停在我的褐石屋對面，我付清了車資。

我匆匆過街爬上門階，從口袋掏出那串不是我的鑰匙。正試著找出能插進鎖孔的鑰匙時，我發現這不是我家的門。不對，這是我家的門，我住在這條街，信箱上也是我的門牌號碼。可是門把不對，木頭材質太過優雅，而門上那鐵製的哥德風鉸鍊，似乎更適合出現在中世紀旅店。

我轉動門鎖。門往裡面晃開。

不知哪裡不對勁。非常、非常不對勁。

我踏入門檻，進到餐廳。

這不像我家的氣味，聞起來只有淡淡的塵味，似乎久無人住。燈暗著，不是只有幾盞，而是全部沒亮。

我關上門，在黑暗中摸索著，直到手擦掠過一個調光開關。一盞鹿角吊燈照暖室內，燈下有一張極簡風玻璃桌，不是我的，還有幾張椅子，也不是我的。

我喊出聲來：「有人嗎？」

屋裡安安靜靜。安靜得令人作嘔。

在**我的**家裡，餐桌後方壁爐架上有一張大大的生活照，是丹妮樂、查理和我站在黃石國家公園的「靈感台」上拍的。

在**這間**屋裡，擺的是同一座峽谷的高對比黑白照，較具藝術風格，但照片中沒有人。

我繼續往廚房走去，一進入，便有感應器開啓嵌燈。

很豪華。昂貴。也毫無生氣。

在**我的**家裡，有一張查理一年級做的卡片（通心粉藝術），用磁鐵固定在白色冰箱上。我每回看到總會情不自禁面露微笑。

在**這個**廚房，嘉格納牌冰箱的不鏽鋼表面連塊污漬也沒有。

「丹妮樂！」

在這裡，連我聲音的共鳴都不一樣。

「查理！」

這裡東西比較少，回音比較多。

走過客廳時，我發現我的舊唱盤擺放在一套最先進的音響旁邊，而我收藏的爵士黑膠唱片則精心收放在特製的嵌入式層架上，還按照字母順序排列。

我爬樓梯上二樓。

走廊是暗的，燈的開關也不在原來的地方，但無所謂。照明設備多半都以感測器控制，我頭上又亮起幾盞嵌燈。

這不是我家的硬木地板。比較高級，木板較寬，質地也略爲粗糙。

浴室和客房之間本來掛著我和家人在威斯康辛谷拍的三連拍照片，如今卻換成海軍碼頭的素描，是畫在牛皮紙上的炭筆畫。右下角畫家的署名吸引了我的目光——丹妮樂·華戈絲。

我走進左手邊的下一個房間。

我兒子的房間。

但卻不是。裡面完全沒有他的超寫實畫作，沒有床，沒有漫畫海報，沒有作業凌亂散布的書桌，沒有熔岩燈，沒有背包，沒有亂丟一地的衣服。

只有一個電腦螢幕安置在十分寬闊卻堆滿書本與紙張的書桌上。

我愕然地走到通道盡頭，將一扇毛玻璃拉門滑入牆內，進到一間讓人感覺冰冷的豪華主臥室，這間臥室也跟屋內其他東西一樣，不是我的。

牆上又掛了幾幅炭筆／牛皮紙素描，和走廊上那幅風格相同，不過房裡的主要裝飾是一個嵌在桃花心木立架裡的玻璃展示櫃。強烈燈光從底部打上來，照亮一張得獎證書，證書以軟墊皮套裱起，靠在一根絲絨支柱上。另外支柱上還用細鍊掛著一枚金幣，上頭印刻著朱利安·帕維亞的肖像。

證書上寫著：

帕維亞獎

傑森·艾希禮·戴申 將宏觀物質置於量子疊加狀態，提升了人類對宇宙的起源、進化與特質的認識與了解，貢獻卓著。特頒此獎，以資表揚。

我往床尾坐了下來。

我很不舒服。太不舒服了。

家應該是個避風港，是一個安全舒適、家人圍繞的地方。但這根本不是我的家。

我突然一陣胃液翻湧。急忙衝進主臥房的浴室，一把掀起馬桶座，往潔白無瑕的馬桶裡大吐特吐。

我口渴難當。便轉開水龍頭，直接把嘴湊到水流底下。然後往臉上潑水。

接著又晃回臥室。

不知道手機跑哪去了，不過床頭櫃上有支固定線路的電話。

我從來沒有眞正撥打過丹妮樂的手機號碼，所以回想了好一會，最後還是按了。

響了四聲。

接電話的是個男人，嗓音深沉，充滿睡意。

「喂？」

「丹妮樂呢？」

「我想你打錯了。」

我唸出丹妮樂的手機號碼，他說：「對，你沒打錯，但這是我的號碼。」

「這怎麼可能？」

他掛斷了。

我又重打一次，這回才響一聲他便接起。「現在是凌晨三點，別再打來了，混蛋。」

試第三次時，直接進入那個男人的語音信箱。我沒有留言。

我下床回到浴室，照著洗臉台上方的鏡子，細細端詳自己。

我的臉上有瘀傷、有刮傷、有血漬，還有一道道泥巴痕跡。雖然鬍子需要刮，眼中也布滿血絲，但我還是我。

倦意有如一記重拳打中我的下巴。

我膝蓋忽地一軟，幸好及時扶住洗臉台面。

就在這時候，樓下……有聲響。

輕輕的關門聲？

我直起身子。再次警覺起來。

回到臥室後，我靜靜移到門邊，往走道上看過去。

我聽到有幾個人在輕聲說話。

聽到無線對講機的雜訊聲。

聽到腳踩在硬木階梯上，悶悶的吱嘎聲。

人聲愈來愈清晰，先是在樓梯間的牆壁回響，到了樓頂溢湧而出，順著廊道漫流。

牆上出現他們的影子，有如鬼魅般搶著上樓來。

我正試圖跨前一步進入走廊，忽然有個男人的聲音——是冷靜、慎重的雷頓——從樓梯間溜了出來：「傑森？」

走五步，我便來到走廊上的浴室。

「我們不是來傷害你的。」

他們的腳步聲已經進入走廊。

一步步慢慢地、規律地往前。

「我知道你覺得困惑迷惘。在實驗室的時候，你要是說點什麼就好了。我沒有發現你的情況有多糟，對不起，是我疏忽了。」

我小心地關上門，推入門栓。

「我們只想帶你回去，以免你傷害自己或其他人。」

這間浴室比我的大一倍，有一個鋪了花崗岩磚的淋浴間，和一座大理石面的雙槽洗臉台。馬桶對面正是我在找的東西：牆上有個大大的內嵌架，掀開拉門，裡面是讓髒衣服直直落到地下室的滑槽。

「傑森。」

浴室門外，我聽見無線電劈啪響。

「傑森，拜託你跟我談談。」冷不防地，挫折感自他聲音中湧現。「我們所有人放棄自己的生活，努力不懈，就是爲了今晚。出來吧！這根本是莫名其妙！」

查理九歲或十歲時，某個下雨的週日午後，我們玩起地下冒險的遊戲。我一次又一次把他從髒衣物滑槽放下去，把這裡當成洞穴入口。他甚至揹了個小背包，還將手電筒綁在頭頂充當頭燈。

我打開拉門，很快地爬上架子。

雷頓說：「去臥室。」

腳步聲啪噠啪噠經過走廊。

想從滑槽下去似乎很勉強。可能太勉強了。

我聽到浴室門開始晃動，門把急轉，接著有個女人的聲音說：「喂，這裡鎖著。」

我往滑槽底下看。

烏漆抹黑。

浴室門夠厚實，他們第一次衝撞只些微裂開。

這玩意我恐怕根本擠不下去，可是當他們第二次撞門，門板轟然一聲脫離鉸鍊，倒在磁磚上，我發覺自己已別無選擇。

他們衝入浴室時，我從鏡子裡飛快地瞥見雷頓．范斯與實驗室一名保全顧問的身影，後者手裡似乎還拿著一把電擊槍。

雷頓與我在鏡中四目對視了半秒鐘，拿電擊槍的人旋即轉身，舉起武器。

我兩手抱胸，讓自己往下墜。

正當浴室裡的叫嚷聲在頭上愈離愈遠，我猛的撞上一個空洗衣籃，塑膠籃應聲裂開，我也從洗衣機和烘衣機中間滾了出來。

他們的腳步聲已經往這兒來，正咚咚咚地奔下樓梯。

我這一跌，一陣刺痛貫穿右腿。我連忙爬起身，朝通往住家後院的落地窗衝去。

銅製門把上了鎖。

腳步聲接近了，說話聲也變大，無線電雜訊中夾雜著尖聲下達的指令，嘰嘰作響。

我轉開鎖、拉開落地窗，以最快的速度跑過紅杉木平台，平台上有個足以誇口的烤肉架，比我的更高級，還有一座我從未擁有過的按摩浴缸。

下了階梯進入後院，經過一片玫瑰園。我試著去開車庫門，但上了鎖。

屋內鬧出這麼大的動靜，家中每盞燈都點亮了。想必有四五個人在一樓跑來跑去找我，一面互相叫喊。

後院有一道高達兩米半的圍籬，用以遮蔽外界目光，當我打開圍籬門的搭扣鎖，正好有個人跑上後院平台，高喊我的名字。

巷子裡沒有人，我也沒停下來思考該往哪個方向，只顧著跑。

到了下一條街，我回頭一瞄，看見有兩個人在追我。

遠處有輛車的引擎轟隆起動，隨後便聽到輪胎急速旋轉摩擦路面的尖嘎聲。

我往左轉，全速衝刺到下一條巷子。

每家後院幾乎都有高高的圍籬護衛著，但從這裡過去的第五家，搭造的卻是及腰的鑄鐵圍籬。

一輛休旅車一個甩尾急轉彎，加速駛進巷內。

我連忙逃向矮籬。

由於沒力氣跳過去，只好笨手笨腳翻爬過頂端的金屬尖齒，摔進後院。我爬過草地，來到車庫旁的小庫房，門上沒有掛鎖。

庫房門咿呀一聲打開，我溜進去時有個人剛好跑過後院。

我將門關上，以免被人聽見我的喘氣聲。

我實在喘不過氣來。

庫房裡黑漆漆的，充滿汽油和舊草屑的味道。我背靠著門，胸口猛烈起伏著。汗水從下巴滴落。我抓掉臉上一條蜘蛛絲。

在黑暗中，我用雙手觸摸三夾板牆，手指撫掠過各種工具，有樹剪、鋸子、齒耙、斧頭的斧刃。

我從牆上取下斧頭，握住木柄，用一根指頭劃了一下斧尖。什麼也看不見，但感覺上已經多年未磨，斧刃上有多處深缺口，已不再鋒利。

我眨著被汗水刺痛的眼睛，小心地打開門。

沒聽到一點聲響。

我用手肘再頂開幾公分，直到能再次看見後院。

是空的。

在這個寧謐平靜的狹縫中，奧坎剃刀定律在我耳邊呢喃——當兩種理論的所有條件相等時，最簡單的解答通常就是正確的。那麼我認為有個祕密的實驗組織，為了控制人的心智或天曉得什麼原因而下藥綁架我，這麼想符合該定律的邏輯嗎？恐怕不然。若是如此，他們就得給我洗腦，讓我相信我家不是我家，否則就得在短短幾小時內，弄走我的家人、搬空屋裡的東西，好讓我再也認不出來。

再不就是……腦子裡長瘤，把我的世界搞得天翻地覆？這個可能性會不會比較大？

也許這顆瘤已經默默在我腦袋裡長了幾個月或幾年，最後終於摧毀我的認知過程，扭曲我對一切事物的知覺。

這麼一想，我忽然深信不疑。

否則還有什麼能以如此毀滅性的速度打得我毫無招架之力？

還有什麼能讓我在數小時間失去身分、與現實脫節，並質疑自認為熟知的一切？

我等著。

等著。

再等著。

最後，走到外面草地上。

沒有說話聲了。沒有腳步聲了。沒有影子。沒有引擎聲。

夜晚再度顯得健全而眞實。

我已經知道接下來要往哪去。

芝加哥慈恩醫院與我家整整隔了十條街，我在凌晨四點五分，一跛一跛地走進急診室的強光中。

我討厭醫院。

我在醫院裡眼看著母親去世。

查理一出生的前幾週也在新生兒加護病房度過。

候診室裡幾乎沒人。除了我之外，只有一個夜班工人和苦著臉的一家三口，工人抱著綁了繃帶的手臂，繃帶上血跡斑斑，而那一家子的父親則抱著哭得滿臉通紅的小嬰兒。

在服務台處理文件的女護士抬起頭來，此時此刻雙眼還能如此炯炯有神，倒是出人意外。

她透過壓克力隔板問道：「有什麼需要我幫忙的嗎？」

我還沒想到該說什麼，甚至不知道該從何解釋自己的需求。

見我沒有立刻回答，她說：「你出了車禍嗎？」

「不是。」

「你臉上全是傷。」

「我不太對勁。」我說。

「什麼意思？」

「我想我需要找人談談。」

「你無家可歸嗎？」

「不是。」

「你家人呢？」

「不知道。」

她上下打量我——進行迅速而專業的評估。

「什麼名字呢，先生？」

「傑森。」

「等一下。」

她從椅子上站起來，消失在轉角處。

三十秒後，服務台旁邊的門發出嗡嗡聲，解鎖打開。

護士微笑著說：「跟我來。」

她帶我到一間病房。

「醫生馬上就來。」

等她出去，門關上後，我坐到診察台上，在炫目的光線下閉上雙眼。我這輩子從來沒這麼累過。

我下巴點了一下，隨即挺直身子。

差點坐著就睡著了。

門開了。

一個胖胖的年輕醫生拿著板夾走進來，身後跟著另一名護士——染了一頭金髮，身穿藍色手術衣，一臉凌晨四點的倦容，就好像背著千斤重擔。

「是傑森嗎？」醫生問道，但既沒有伸出手，也沒有試圖掩飾值大夜班的冷漠態度。

我點點頭。

「姓什麼？」

我遲疑著，不知該不該說出全名，但話說回來，也許這只是腦瘤作祟，或是我腦袋裡出了問題。

「戴申。」

我告知寫法，他便照著草草寫下來，那應該是個人基本資料表吧。

「我是主治醫師藍道夫。你今晚爲什麼掛急診？」

「我覺得我精神出了問題。可能是長瘤或什麼的。」

「爲什麼這麼說？」

「事情變得很奇怪。」

「好，能不能請你說得詳細一點？」

「我……好吧，這些話聽起來很瘋狂。我只是想讓你知道我自己也明白。」

他從板夾往上瞄了一眼。

「我家不是我家。」

「我不懂。」

「就是我說的這樣。我家不是我家。我的家人不見了。裡面的東西都……高級得多。全部都重新裝潢過，而且……」

「但還是你的住址？」

「對。」

「所以你是說裡面變得不一樣，但外面還是一樣？」他的口氣像在跟小孩說話。

「對。」

「傑森，你臉上的傷是怎麼來的？你衣服上的泥巴呢？」

「有人在追我。」

我不該告訴他的，只可惜我太累了，無力過濾思緒。我聽起來一定百分之百像個瘋子。

「追你？」

「是的。」

「誰在追你？」

「不知道。」

「那你知道他們**爲什麼**追你嗎？」

「因爲……事情很複雜。」

他評估、狐疑的眼神遠比服務台的護士更細膩且訓練有方。我差點就沒看出來。

「你今晚有沒有吃藥或喝酒？」他問道。

「早一點的時候喝了些葡萄酒，後來又喝了威士忌，但已經是幾個小時前了。」

「抱歉，我再問一次——值班值太久了——你爲什麼認爲自己的精神有問題？」

「因爲過去這八小時，我的人生根本說不通。一切感覺都很眞實，但又不可能是眞的。」

「你最近頭部有沒有受傷？」

「沒有。不過，我的後腦好像被人打過，摸到很痛。」

「是誰打你？」

「我也不確定。現在我幾乎什麼都不確定。」

「好。你有用藥嗎？不管是現在或過去。」

「我一年會抽幾次大麻菸。但最近沒有。」

醫生轉向護士說：「要叫芭芭拉來抽血。」

他把板夾往桌上一丟，從醫師袍口袋掏出一支小手電筒。

「可以讓我檢查一下嗎？」

「可以。」

藍道夫的臉湊上前來，近在咫尺，可以聞到他氣息中有混濁的咖啡味，也可以看到他刮鬍子時在下巴留下的新傷口。他把光線直接照入我右眼，有一會，我的視野中心只剩一個亮點，暫時將世界其他事物都銷融了。

「傑森，你有沒有傷害自己的念頭？」

「我沒有自殺傾向。」

光線射入我的左眼。

「你以前有沒有因爲精神疾病住院的紀錄？」

「沒有。」

他用柔細、冰涼的手輕輕拉起我的手腕，測量脈搏。

「你從事哪一行？」他問道。

「我在雷克蒙大學教書。」

「結婚了嗎？」

「結婚了。」我下意識地摸摸手上的結婚戒指。

不見了。

天哪。

護士動手捲起我左手的袖子。

「你妻子叫什麼名字？」醫師問道。

「丹妮樂。」

「你們處得好嗎？」

「好。」

「你不覺得她會想知道你在哪裡嗎？我認爲我們應該打電話給她。」

「我打過了。」

「什麼時候？」

「一小時前，在我家。是另一個人接的。說打錯了。」

「說不定你按錯號碼了。」

「我知道我老婆的電話號碼。」

護士問道：「打針沒問題吧，戴申先生？」

「沒問題。」

她替我消毒內側手臂時說：「藍道夫醫師，你看。」她摸摸那裡的一處針孔，是幾個小時前雷頓替我抽血時留下的。

「這是什麼時候的事？」他問。

「我不知道。」我想最好還是別提我剛剛才逃離的實驗室。

「你不記得有人拿針戳你的手臂？」

「不記得。」

藍道夫對護士點了點頭，她警告我說：「會有點刺痛喔。」

他問道：「你手機帶在身上嗎？」

「手機不知道跑哪去了。」

他抓起板夾。「再跟我說一次你妻子的名字，還有電話號碼。我們會試著替你聯絡她。」

我說了丹妮樂的名字，並一口氣唸出她的手機和我們家的電話號碼，而我的血也在同一時間注入塑膠試管內。

「你會替我做頭部掃描嗎？」我問道：「看看到底怎麼回事。」

「當然會。」

他們給了我八樓一間單人房。

我在浴室將臉洗淨，踢掉鞋子，便爬上床去。

強烈睡意襲來，但我大腦裡的科學家卻不肯關機。我無法停止思考。

針對一個個假設進行組織、拆解。努力地以邏輯思考貫穿所有發生的事情。

此刻的我無法知道哪些是真，哪些是假。我甚至沒有把握自己結過婚。

不對，等一下。

我舉起左手，端詳無名指。

戒指沒了，可是手指底端留有一道淺淺凹痕，證明確實有戒指存在。本來是有的，它留下痕跡了。這表示被人拿走了。

我撫摸著凹痕，對於它代表的意義感到既恐懼又安慰——這是**我的**現實世界的最後遺跡。

我在想……

當我的婚姻這最後的具體事證也消失不見，會怎麼樣？

當我再無依靠，會怎麼樣？

芝加哥的天空一步步趨近黎明，漫天紫雲透著絕望，我這才沉沉睡去。

4

丹妮樂聽見前門砰一聲關上時，雙手正浸在溫熱的泡沫水中。隨著腳步聲接近，她放下手中已經用力刷洗半分鐘的燉鍋，從洗碗槽抬起頭來，轉頭往後看。

傑森出現在廚房與餐廳之間的拱門下，咧著嘴笑，就像她母親說的，像個傻瓜。

丹妮樂重新將注意力轉回到碗盤上，口中說道：「冰箱裡給你留了一盤。」

從碗槽上方窗子裡霧濛濛的倒影，她看著丈夫將帆布購物袋放在中島上，然後朝她走來。

他張開手臂環抱住她的腰。

她半開玩笑地說：「你要是以爲買幾桶冰淇淋就能了事，我就眞的無言了。」

他貼靠到她身上，在她耳邊輕聲說：「人生苦短，別生氣，這是浪費時間。」他剛剛不知喝了哪種威士忌，濃濃酒味仍殘留在氣息中。

「四十五分鐘怎麼搞到都快三個小時？」

「因爲本來說喝一杯，後來變成兩杯，又變成三杯，就沒完沒了。眞的很對不起。」

他輕吻她的頸背，頓時彷彿有一道電流直竄而下她的脊柱。

她說：「沒這麼簡單就放過你。」

這時他開始吻她的頸側。他已經好一段時間沒有這樣碰她。

他兩手滑入水中。

與她十指交纏。

「你應該吃點東西。」她說：「我替你熱一熱。」

她想繞過他去開冰箱，卻被他擋住去路。

此時面對著他，她直視他的雙眼，或許是因爲他們倆都喝了酒，但兩人之間的空氣有股強力電流，就好像每粒分子都充了電。

他說：「天哪，我好想妳。」

「你到底喝了多少，竟然……」

他冷不防地吻了她，將她推靠在廚櫃上，流理台緊緊壓迫著她的背，他的手先是撫摸她的臀，然後將她紮進牛仔褲的上衣拉了出來，這時她的肌膚感受到他手的溫度，有如火爐般熾燙。

她將他推回到中島。「拜託，傑森。」

她在廚房微暗的光線下細細打量他，試圖理出他這股生龍活虎的精力從何而來。

「你出去的這段時間有事發生。」她說。

「沒事，我只是忘了時間而已。」

「這麼說你沒有在萊恩的派對上碰到什麼年輕辣妹，讓你覺得自己又回到二十五歲？你看看你回到家活像發情似的，還說……」

他笑起來，笑容燦爛。

「怎麼了？」她問。

「妳就是這麼想的？」他往她靠前一步。「我離開酒吧的時候，心不在焉，腦子不知道在想些什麼，也沒看車就闖進馬路，差點被一輛計程車撞個正著，嚇都嚇死了。不知道該怎麼說，總之從那一刻起，不管是在店裡、走路回家時，或是站在我們家廚房裡，我都覺得充滿生氣。好像終於眞眞正正看清自己的人生，看清自己必須感激的一切——妳、查理。」

她感覺到對他的怒氣漸漸融化。

他說：「我們好像都太一成不變，深陷在那些固定軌跡裡，不再能看清自己心愛的人的眞實面貌。可是今晚，就是現在，我又看到妳了，就像我們第一次相遇，妳的聲音和氣味對我來說都是一個新境界，此刻我正浸淫其中。」

丹妮樂走過去，捧起他的臉親吻他。

然後拉起他的手，牽他上樓。

走廊上很暗，而她已想不起丈夫最後一次有令她如此心跳怦然之舉，是什麼時候的事。

來到查理房前，她暫停一下，將耳朵貼到關閉的房門上，清楚聽到兒子耳機裡轟然傳出音樂嘈嘈切切的雜音。

「警報解除。」她低聲說。

他們盡可能躡手躡腳走過吱嘎作響的走廊。

進臥室後，丹妮樂鎖上門，打開斗櫃最上層抽屜，想找根蠟燭來點，但傑森等不及了。

他將她拉向床邊，拖著她一起倒在床墊上，然後翻身壓在她上面，一面吻她，一面將手伸進她衣服裡面，摩娑著她的胴體。

她感覺臉頰、唇上濕濕的。

是淚水。

他的。

她兩手包住他的臉，問道：「你怎麼哭了？」

「我覺得剛才好像失去了妳。」

「你有我啊，傑森。」她說：「我就在這裡，寶貝，你還有我。」

當他在漆黑臥室裡爲她解衣，她從未如此渴望過一個人。憤怒不見了，酒後的睡意消失了，他帶著她回到他們第一次在她位於巴克鎮的 loft 風公寓裡做愛的時光。市區燈光從大大的窗戶照射進來，爲了讓十月清爽涼風一點一點吹入，窗子敞開著，隨風而入的還有深夜裡酒客踉蹌回家的喧鬧聲、遠處的鳴笛聲與這座休憩中的大都會的引擎聲——它並未完全停擺，它從不停息，只是維持在一種舒緩的基調閒置。

高潮時，她極力忍住不高喊出聲，但她無法壓抑，傑森也一樣。

今晚辦不到。

因爲有種不同的感覺，一種更好的感覺。

過去這幾年，他們並沒有**不幸福**，甚至稱得上十分幸福。只是她實在太久、太久沒有那種如癡如醉的瘋狂愛戀在心窩裡沸騰、恨不得把世界攪得翻天覆地的感覺了。

5

「戴申先生？」

我抽搐一下醒過來。

「嗨，抱歉嚇著你了。」

有位醫師正俯視著我，她身材矮小、綠眼、紅髮，身穿白袍，一手端著咖啡，另一手拿著平板電腦。

我坐起身來。

床邊窗外天色已亮，整整五秒鐘，我完全不知自己身在何處。

透過窗玻璃看出去，低低雲層籠罩著城市，截斷了三百米以上的高樓。從這裡居高臨下，可以看見遠方的湖水與介於當中密密麻麻、綿延三公里長的芝加哥城區，在一片中西部特有的陰霾下，所有景物都灰濛濛的。

「戴申先生，你知道這是哪裡嗎？」

「慈恩醫院。」

「對了。昨晚你走進急診室，神智相當混亂，是我的同事藍道夫醫師讓你住院的。今天早上他離開前，把你的病歷交給我，我叫茱莉安．史屏。」

我往下瞄一眼手腕上的點滴針，然後目光順著管子望向高掛在金屬架上的袋子。

「妳給我打的是什麼？」我問道。

「只是普通的水。你脫水脫得厲害，現在覺得怎麼樣？」

我很快地自我診斷。反胃。頭脹痛。嘴巴裡像有棉花。

我指向窗外，說道：「就像那樣，全身瀰漫著一種奇怪的雲霧。」除了生理上的不舒服，我還感覺到一種壓迫的空虛感，好像雨水直接落在靈魂上。好像整個人被掏空了。

「你的核磁共振結果出來了。」她邊說邊開啓平板電腦。「掃描結果正常，有幾處輕微瘀傷，但不嚴重。倒是藥物篩檢的結果更重要得多。我們發現有些微酒精，和你告訴藍道夫醫師的相符，不過還有其他東西。」

「什麼？」

「氯胺酮。」

「沒聽說過。」

「這是一種手術麻藥，俗稱K他命，副作用之一就是短期失憶，這應該是你神智混亂的部分原因。另外還篩檢出一種我從未見過的東西，是一種精神作用性的化合物，非常奇怪的混合藥物。」她啜飲一口咖啡。「我不得不問一下……你不是自己使用這些藥的？」

「當然不是。」

「昨天晚上，你給了藍道夫醫師你妻子的名字和兩個電話號碼。」

「她的手機和室內電話。」

「我整個早上都試著聯絡她，不過那個手機號碼的主人是一個名叫雷夫的男人，室內電話則一直轉到語音信箱。」

「妳能把她的號碼再唸一遍給我聽嗎？」

史屏唸出丹妮樂的手機號碼。

「沒錯。」我說。

「你確定嗎？」

「百分之百確定。」見她將視線移回到平板上，我問道：「你們在我體內發現的這些藥物，可不可能造成長期的意識狀態改變？」

「你是說妄想？幻覺？」

「正是。」

「老實說，我不知道這是什麼樣的精神藥物，所以我無法肯定它會對你的神經系統造成什麼影響。」

「這麼說它還是可能繼續影響我？」

「還是那句話，我不知道它的效用持續多長，或者要多久才能排出體外。但我覺得你目前並不像受到任何藥物影響。」

前一晚的記憶再次浮現。

我看見自己全身赤裸，被人用槍抵著走進一棟荒廢的建築物。

針頭刺入我的脖子。刺入我的腿。

和一個戴著藝妓面具的男人之間，一段怪異談話的片段。

一個擺滿舊發電機，瀰漫著月光的房間。

回想起昨夜，心頭所感受到的情緒重量雖與真實記憶無異，卻又襯著一種夢或是噩夢般的奇異感覺。

我在那棟舊屋裡被人做了什麼手腳？

史屏拉過一張椅子，坐到我床邊。拉近距離後，可以看見她臉上滿是雀斑，猶如灑了一臉淺色細沙。

「我們來談談你跟藍道夫醫師說的事。他寫說……」她嘆了口氣。「抱歉，他筆跡太潦草了。『病患聲稱：我家不是我家。』你還說你臉上會有割傷和瘀傷，是因為有人在追你，可是一問到他們為什麼追你，你卻說不出所以然。」她從平板螢幕抬起頭來。「你是教授？」

「是。」

「在……」

「雷克蒙大學。」

「是這樣的，傑森。你睡覺的時候，因為我們找不到你妻子的任何蹤跡……」

「什麼叫你們找不到她的任何蹤跡？」

「她叫丹妮樂．戴申，對吧？」

「對。」

「三十九歲？」

「是啊。」

「整個芝加哥都找不到符合這個姓名年齡的人。」

這句話將我擊垮了。我別過頭去，目光從史屏身上重新移回窗外。天陰沉沉的，連時間都被掩蓋了。上午、中午、下午——難以分辨。細小雨珠附著在窗玻璃的另一面。

此時此刻，我甚至不確定該害怕什麼了：是這個事實的確可能成眞？或是我腦中的一切有可能瓦解潰散？之前認爲是腦瘤作祟，感覺還要好得多了，至少有個解釋。

「傑森，我們也冒昧地查過你，你的名字、職業，以及我們能找到的所有資料。我希望你能非常謹愼地回答我。你眞的以爲自己是雷克蒙大學的物理教授嗎？」

「我不是**以爲**。我就是。」

「我們搜尋了包括雷克蒙在內、芝加哥每所大專院校科學系所的教職員網頁。但教授名單中都沒有你。」

「那不可能，我已經在那裡教了……」

「我還沒說完，因爲我們確實找到一些關於你的訊息。」她在平板上打了幾個字。「傑森．艾希禮．戴申，一九七三年出生於愛荷華州德尼森，父親朗多．戴申，母親愛麗．戴申。這裡說你母親在你八歲時去世。是怎麼死的？如果你不介意我問的話。」

「她有潛在的心臟疾病，又罹患惡性流感，轉變成肺炎。」

「眞遺憾。」她又接著唸：「一九九五年，芝加哥大學畢業，二〇〇二年，取得同一所大學的博士學位。目前爲止都對嗎？」

我點點頭。

「二〇〇四年獲頒帕維亞獎，同一年，《科學》雜誌以封面故事報導你的研究，稱讚那是『年度大突破』。你還擔任哈佛、普林斯頓、柏克萊的客座講師。」她抬起頭，正好迎上我茫然的眼神，便將平板轉過來，讓我看她正在讀的關於傑森．戴申的維基百科網頁。

我所連接的心臟監測器上，心律明顯變快。

史屏說：「二〇〇五年，你接下速度實驗中心——一個噴射推進實驗室——首席科學家的職務，在那之後就沒有再發表過新的論文或擔任教職。這裡最後說，八個月前你哥哥去申報你失蹤，還說你已經超過一年沒有公開露面。」

我實在太過震驚，幾乎換不過氣。

我的血壓啓動了心臟監測器的某種警報，開始發出刺耳的嗶嗶聲。

一個身形魁梧的男護士出現在門口。

「沒事，」史屏說：「能不能請你把它關掉？」

護士走向監測器，關掉警報。

他走了以後，醫師將手伸過床邊欄杆，摸摸我的手。

「我想幫你，傑森。看得出來你嚇壞了。我不知道你發生了什麼事，而且我覺得你自己也不知道。」

湖上來的強風把雨吹斜了。我看著雨滴在窗上畫出一條條水痕，使得窗外世界模糊成一幅灰色的印象派都市風景畫，其間還點綴著遠方車頭、車尾燈的光。

史屏說：「我報警了。等一下會有一名警探過來聽取你的說詞，看看能不能徹底查明昨晚究竟發生了什麼事。這是我們首先要做的事。現在，我已經放棄聯繫丹妮樂，不過倒是找到了你住在愛荷華市的哥哥麥可的聯絡資訊。我想徵求你的同意打電話給他，讓他知道你人在這裡，並和他討論你的狀況。」

我不知道該說什麼。我已經兩年沒和哥哥說話。

「我好像不太希望妳打電話給他。」我說。

「可以理解，不過你要明白，根據醫療保險流通與責任法規定，假如我依據專業判斷患者因爲喪失能力或情況緊急，而無法同意或反對告知，我有權決定是否應該將你的情況告知家屬或朋友。我認爲你目前的心智狀態已屬能力喪失，也覺得和一個認識你、知道你過往的人商量，才是對你最好的做法。因此我會打給麥可。」

她往地板瞄一眼，似乎不想告訴我接下來要說的話。

「第三件事，也是最後一件。」她說：「我們需要精神科醫師的協助來掌握你的病情。我會把你轉到芝加哥瑞德醫院，那是一家比較靠近北區的心理衛生中心。」

「我承認，我無法完全清楚地理解現在是怎麼回事，但我沒有發瘋。我很願意和精神科醫師談談，事實上我也很樂於接受這樣的安排。可是我不會自願住院，如果妳是想問這個的話。」

「那不是我想問的。請恕我冒昧，傑森，這件事你沒有選擇。」

「什麼？」

「這叫做心理健康控制，而且法律規定，如果我認爲你可能對自己或他人造成威脅，便可下令強制你住院七十二小時。你要知道，這樣對你是最好的。你不適合……」

「我是自行決定走進這家醫院的，因爲我**想要**知道自己怎麼了。」

「那是正確的抉擇，也正是我們要做的：找出你與現實脫節的原因，安排你接受必要的治療，以便能完全康復。」

我看著監測器上的血壓升高。我不想再次啓動警報器，於是閉上眼睛，吸氣。吐氣。再吸足一大口氧氣。

血壓降低了。

我說：「所以你們要把我關進軟墊房裡，沒有皮帶，沒有尖銳物品，用藥物讓我神智恍惚嗎？」

「不是那樣。你來我們醫院是想要好起來，對吧？這個就是第一步。你得信任我。」史屏站起身，將椅子拖回房間另一頭的電視底下。「就再休息一下吧，傑森。警察很快就到了，然後今天傍晚我們就會把你轉到芝加哥瑞德醫院。」

我看著她離去，澄清謎團的威脅當頭重壓而下。

萬一構成現在的我的所有信念與記憶片段——我的職業、丹妮樂、我兒子——純粹只是我雙耳之間的灰質所發射出的悲劇空包彈，那該怎麼辦？我還要奮力當那個我自以為的男人嗎？或是乾脆脫離他與他所愛的一切，進入這個世界希望我成為的那個人的軀殼？

萬一我神智錯亂，又該如何？

萬一我知道的一切都是錯的呢？

不對，打住。

我**沒有**神智錯亂。

昨晚抽的血裡有藥物，我身上有瘀傷，我的鑰匙打開了不是我家的門。我沒有腦瘤。我的無名指上有婚戒痕跡。我此時身在這間病房，這一切都實實在在地發生了。

我不能認為自己瘋了。

我只能解決這個問題。

當電梯到達醫院大廳打開門時，我與兩名身穿廉價西裝與濕外套的男人擦肩而過。他們看起來像警察，而就在他們步入電梯時，與我四目交接，我心想他們是不是上樓來找我的。

我經過候診區，走向自動門。由於我住的不是受到嚴密監視的病房，溜出來比我預期的簡單許多。我只是換了衣服，等到走廊淨空，慢慢走過醫護站，裡頭的人連眉毛都沒抬一下。

接近出口時，我一直以爲會有警報響起，有人大喊我的名字，或是警衛跑過大廳來追我。

沒多久我已站在雨中，天色感覺像傍晚，從繁忙的車流看來應該是下午六點左右。

我急急步下台階，走上人行道，一直到下一條街才放慢腳步。

我回頭看一眼。

沒有人跟蹤我，至少我看不出有人跟蹤。

只有一片傘海。

我慢慢淋濕了。不知道自己要往哪去。

來到一家銀行前，我離開人行道，跑進入口門簷下躲雨。我靠在一根石灰岩柱旁，看著雨水直直打落在路面，行人穿梭其間。

我從褲子口袋掏出鈔票夾。昨晚的計程車費讓我原已微薄的財產大大失血，如今只剩一百八十二美金，信用卡則毫無用處。

回家是絕不可能，不過離我住處幾條街外有一間廉價旅館，簡陋到我覺得自己應該負擔得起住房費。

我再次步入雨中。

外頭一分一秒地變暗。變冷。

因爲沒穿外套或夾克，才走不到兩條街的距離就已經渾身濕透。

戴斯旅館應該就位在小村啤酒館對街。沒想到不是。遮篷的顏色不對，整個門面高檔得怪異。那是一棟豪華公寓大樓。我甚至看見一個門房撐著傘站在路邊，替一名身穿黑色風衣的女人攔計程車。

沒走錯路吧？

我往後瞄一眼經常光顧的酒吧。

小村啤酒館的前窗應該有霓虹招牌閃爍，此時卻只見門口柱子上掛著一塊厚重的銅字木板招牌，被風吹得搖晃還吱吱嘎嘎響。

我繼續往前走，只不過加快了腳步，雨水猛力打入眼中。

我經過了……

幾家鬧哄哄的酒館。

幾家正準備迎接晚餐尖峰時段的餐廳——服務生迅速地將亮晶晶的酒杯與銀器擺上白色亞麻桌巾，一面背誦當天的特別菜色。

一間陌生的咖啡館，裡頭充滿咖啡機磨豆的刺耳聲響。

我和丹妮樂最愛的義大利餐館，看起來一點也沒變，也讓我想起我已經將近二十四小時沒有進食。

但我仍繼續走。

直到連襪子都浸濕了。

直到全身不由自主地發抖。

直到夜幕降臨，我站在一棟三層樓的旅館外面，旅館窗上裝了鐵欄杆，門口上方有一塊大得令人反感的招牌寫著：

皇家飯店

我走進去，在龜裂的棋盤式地板上滴出一灘水來。

這裡出乎我意料之外，不是那種破舊或髒得嚇人的地方，只是遭人遺忘，風光不再。這兒的大廳很像我記憶中，曾祖父母在愛荷華那間搖搖欲墜的農舍裡的客廳。老舊家具彷彿已經擺放上千年，當世界前進的時候，它們卻被時光給冰封。空氣中散發著霉味，大爵士樂團的演奏輕輕地從隱藏式音響流洩而出，是四〇年代的曲風。

櫃台前有個上了年紀、穿著半正式禮服的接待人員，看見我這副落湯雞模樣仍面不改色，只是接過濕答答的九十五元現金，然後交給我三樓房間的鑰匙。

電梯非常狹窄，一路氣喘吁吁地勉力爬升到三樓，活像個胖子在爬樓梯，而這段時間我則是目不轉睛瞪著自己倒映在銅門上扭曲變形的五官。

出電梯後的走廊昏暗又狹小，幾乎無法兩人並排行走。差不多走到一半時，我找到我的房間號碼，費了好大勁才用鑰匙轉開那個舊式門鎖。

裡面沒什麼特別。

一張單人床，脆弱的金屬床架加上凹凸不平的床墊。

一間浴室，約莫像衣櫥大小。
一個抽屜櫃。
一架傳統映像管電視機。
窗邊有張椅子，窗外似乎有什麼東西一閃一閃的。
我繞過床尾，刷地拉開窗簾往外看去，發現旅館招牌頂端正好在齊眼高度，距離近到可以看見綠色霓虹燈光中雨水紛落。
我瞥見下方人行道上，有個男人倚著燈柱，煙在雨中繚繞而上，香菸灰燼在他帽簷下的暗處忽閃忽滅。
他是在那裡等我嗎？
也許我太神經質，但還是走到門邊檢查門鎖，並拴上門鍊。
接著我踢掉鞋子，脫去衣褲，用浴室裡唯一一條毛巾擦乾身子。
這間房最大的優點就是立在窗下那個舊式鑄鐵暖爐。我把溫度調得很高，將兩手放在如堤防環繞的熱氣中。
我把濕衣服披掛在椅背上，椅子推到暖氣爐旁邊。
在床頭櫃的抽屜裡發現一本基甸會《聖經》，和一本偌大的芝加哥大都會電話簿。
我趴在被壓得咿呀作響的床上，匆匆將電話簿翻到D開頭的部分，開始搜尋我的姓氏。
很快就找到我的姓名。
傑森．戴申。地址正確。電話號碼正確。
我拿起床頭櫃上的電話，撥了自己家裡的電話。

電話響四聲後，我聽到自己的聲音：「嗨，我是傑森，其實也不盡然，因爲眞正接起電話的並不是我，是答錄機。你知道該怎麼做。」

嗶聲尚未響起，我便掛斷。

那不是我們家的答錄留言。

瘋狂的感覺再度逼近，恐怕會讓我像胎兒一樣蜷縮起來，也會讓我粉碎成千千萬萬片。

但我將它阻擋下來，重新唸起我的新咒語：我不能認爲自己瘋了。我只能解決這個問題。

實驗物理——胡扯，是所有科學——的主旨就在於解決問題。然而，不可能一次全部解決。總會有一個較大的、最重要的問題，一個大目標。可是一旦你滿腦子只想到問題有多麼巨大，就會失焦。

關鍵在於從小處著手，先專心解決你能回答的問題，開闢出一點可以站立之地。等付出努力後，**如果**夠幸運，便有可能解開最重要的謎題。就像看一張特殊合成照片要一步步往後退，最後完整影像才會自動出現。

我必須把擔憂、猜疑、恐懼隔離開來，只專注於這個問題，就像在實驗室一樣——一次解決一個小問題。開闢出一點可以站立的乾地。

此時困擾我的最大問題是：**我發生了什麼事？**這個問題沒有答案。暫時還無法回答。我當然有一些約略的懷疑，可是懷疑會導致偏見，而偏見不會導向眞相。

爲什麼丹妮樂和查理昨晚不在家？爲什麼我看起來好像獨居？

不行，這個問題還是太大、太複雜。要縮小範圍。

丹妮樂和查理在哪裡？

有好一點，但還要再縮小。丹妮樂會知道我兒子的下落。

所以就從這個開始：丹妮樂在哪裡？

昨晚在那個不是我家的屋裡，我看到牆上掛了幾幅素描，那是丹妮樂．華戈絲的畫作。她以婚前的姓名署名，爲什麼呢？

我將無名指舉到從窗外射入的霓虹燈光下。

婚戒的痕跡不見了。

眞的曾經有過嗎？

我從窗簾扯下一條鬆脫的線頭，綁在無名指上，當作我與以往熟知的世界的實際連結。

然後又回去找電話簿，匆匆翻到V開頭的部分，找到唯一一個丹妮樂．華戈絲時停下來，一把將整頁撕下後撥打她的號碼。

聽到她錄在答錄機上熟悉的聲音讓我感動，然而留言本身卻讓我深感不安。

「我是丹妮樂，我出門畫畫去了，請留言。掰。」

不到一小時，我的衣服已經暖了，也差不多乾了。我梳洗、更衣後，走樓梯下到大廳。外頭街上風在吹，但雨勢已歇。靠在燈柱旁抽菸的男人走了。我餓得頭昏眼花。

經過六七家餐廳後才找到一家不至於讓我傾家蕩產──一間光線明亮卻髒兮兮的披薩店，賣的是巨無霸厚片披薩。店內沒有地方坐，我只好站在人行道上狼吞虎嚥起來，心裡一邊納悶，是不是這塊披薩眞如我所想的有改變人一生的力量？或者是我餓到失去判斷力？

丹妮樂的地址在巴克鎭。我身上還剩七十五塊和一點零錢，所以可以搭計程車，不過我想走路。

行人與車流數量都顯示出週五夜晚的氛圍，空氣中也有相當程度的能量浮動著。

我往東走，去找我的妻子。

丹妮樂住的是一棟黃磚建築，正面牆上爬滿了最近因為天氣轉冷而逐漸枯褐的常春藤。門鈴仍是老式的黃銅面板，我在第一排從下往上第二個門鈴的位置，看見她婚前的姓名。

我按了三次門鈴，但沒有回應。

透過鑲在門邊高高的玻璃窗，我看見一名穿晚禮服外加大衣的女子，踩著細細的高跟鞋，卡嗒卡嗒從走廊另一頭走來。我退離窗邊，在門被推開時轉過身去。

她在講手機，隨著她經過也飄過一陣酒氣，看來她今晚的節目已經提早熱烈展開。她快步奔下階梯，沒注意到我。

我趁著門還沒關上，趕緊推門進入，然後爬樓梯來到四樓。

丹妮樂住處的門位在走廊盡頭。

我敲敲門，靜候著。

無人應門。

我又回到樓下大廳，不知道是否應該乾脆在這裡等她回來。可是萬一她出城去了呢？如果她回家時發現我像個跟蹤狂在她住處附近流連，會作何感想？

快到大門口時，我的目光掃過一處布告欄，上面貼滿廣告傳單，從藝廊開幕到讀書會到詩歌創作朗誦比賽，什麼都有。

吸引我注意的是貼在欄位正中央那張最大的告示。其實是一張海報，宣傳丹妮樂・華戈絲將在一間名叫「力與美」的藝廊辦展覽。

我停下來，很快瞄一眼開幕時間。

十月二日，星期五。

今天晚上。

回到街上，又下起雨來。我攔了一輛計程車。

藝廊位在十來條街外，我們沿著達曼路行駛，值此夜晚交通尖峰時段，這裡儼然成了計程車停車場，我的神經張力也彷彿隨之緊繃到極點。

我放棄搭車，加入重金屬派的文青人潮，行走在冰寒細雨中。

「力與美」是由舊包裝工廠改建的藝廊，排隊等候進入的人龍綿延了大半條街。渾身發抖、可憐兮兮地等了四十五分鐘後，我終於脫離雨水，付了十五元門票，與一組十人團體被匆匆帶進一間前廳，看見丹妮樂的全名以巨大塗鴉字體寫在四周環繞的牆面上。

在一起這十五年來，我和丹妮樂參加過許多展覽與開幕式，卻從未見識過這樣的場面。

一個身材瘦削、留著鬍子的男人從牆裡一道暗門現身。

燈光轉暗。

他說：「我是史蒂夫・康卡利，各位即將看到的作品正是由我製作。」他從門邊一個抽取架扯下一個塑膠袋。「請將手機放進袋子裡，到另一邊再還給你們。」

收集手機的袋子在眾人之間一一傳遞。

「簡單說明一下各位接下來十分鐘的人生歷程。創作者請大家先將理性思考擱置一旁，盡量以感性來體會她的裝置。歡迎參觀『纏結』。」

康卡利拿走那袋手機後，將門打開。我最後一個進入。

頃刻間，我們這群人聚集在一個瞬間變得漆黑的幽閉空間裡，從門砰然關閉的回音聽得出這是一個如倉庫般的偌大房間。

頭上逐漸淡入點點亮光，我的注意力也隨之往上轉移。

是星星。看起來逼真得驚人，一顆顆都蘊含著一種氤氳光色。有些近，有些遠，偶爾還有一顆劃過虛空。

我看出前面擺設了什麼。

我們當中有人喃喃低呼一聲：「我的天哪。」

那是一個用壓克力板搭成的迷宮，透過某種視覺效果，看起來彷彿在星空底下連綿不絕。一波波光線如漣漪般穿梭在嵌板之間。

我們一群人慢慢前行。

通往迷宮共有五個入口，我站在所有入口的中心交會點，看著其他人漫步走向各自的通道。我注意到從剛才就一直有個低低的聲音，與其說是音樂，倒更像是電視雜訊類的白噪音，低沉而持續地沙沙作響。

我選了一條通道，進入迷宮後，透明感消失了。壓克力板被近乎眩目的強光吞噬，就連腳下也一樣。

一分鐘後，有幾塊嵌板開始顯示循環影像。

誕生——孩子哭嚎，母親喜極而泣。

被判死刑的男人吊在繩圈底下又扭又踢。

暴風雪。

大海。

沙漠景致綿延開展。

我繼續往前。進入死巷。繞過險彎。

影像出現得愈來愈頻繁，循環愈來愈快。

車禍中撞得稀巴爛的汽車殘骸。

正在享受激情歡愛的一對愛侶。

病患被醫生和護士用輪床推過醫院走道時，眼中所見的情景。

十字架。

佛祖。

五芒星。

和平標誌。

核子爆炸。

燈熄了。星星再次出現。

我又能看透壓克力板，只不過現在透明板與某種數位濾波器重疊——有雜訊與大群昆蟲與雪花紛飛。

這使得迷宮中的其他人彷彿是在遼闊荒野上游移的幢幢黑影。

雖然才剛經歷了令人困惑又恐懼的二十四小時，又或者正**因爲**那些經歷，此時此刻目睹的景象才會穿透出來，給予我重重一擊。

儘管看得見迷宮中的其他人，卻不覺得與他們同處一室，甚至不覺得我們在同一個空間。他們似乎相隔好幾個世界，迷失在他們自己的向量空間裡。

剎那間，我感覺一股迷失感排山倒海而來。不是哀傷或痛苦，而是一種更原始的感覺。

一種領悟與隨之而來的驚怖——爲了我們周遭無窮無盡的冷漠而驚怖。

我不知道這是不是丹妮樂的裝置藝術想傳達的主要訊息，但我確實有此體悟。

剛剛我們所有人都遊蕩過自己生命的凍原，賦予無意義的事物價值，因爲我們愛恨的一切，我們信仰、奮鬥、殺戮與犧牲性命所爲的一切，都和投射在壓克力板上的影像一樣毫無意義。

在迷宮出口處有最後一個循環影像——**晴朗藍天下，一男一女各牽著孩子的小手，三人一齊奔上草坡**——板子上緩緩出現以下一段話：

什麼都不存在。

一切都是夢。

上帝—人類—世界—太陽、月亮、荒蕪的星空—夢，全都是夢；這些並不存在。除了虛空之外，一切都不存在—而你……你不是你——你沒有身軀、沒有血液、沒有骨骼，你只是一個念頭。

——馬克・吐溫

我走進另一間前廳，發現同團的其他人正圍聚在塑膠袋邊，取回手機。

再過去，進到一間燈光明亮又寬敞的展示廳，有光亮的硬木地板、裝飾著藝術品的牆面、小提琴三重奏……還有一名女子穿著艷麗無比的黑色禮服，站在臨時搭的活動平台上對參觀民眾說話。

我整整花了五秒鐘才認出她是丹妮樂。她艷光照人，一手端著酒杯，另一手打著手勢。

「——眞是最美好的一夜，對所有前來支持我新作品的各位，我心中充滿感激。這確實意義非凡。」

丹妮樂舉起酒杯，用西班牙語敬道：「¡Salud!」（乾杯）

眾人也回敬她，趁著大家飲酒之際，我朝她走去。

近距離的她電力四射、生氣沛然，我費盡力氣才壓制住大聲呼喚她的衝動。這個丹妮樂散發著十五年前我們初次相遇時的活力，當時的她尚未被年復一年的生活——常態、亢奮、憂鬱、妥協——轉化成那個與我同床共枕的女人：一個了不起的母親，也是了不起的妻子，卻仍總得對抗他人談論她原本能有何成就的流言蜚語。

我的丹妮樂眼中有一種力道與距離，有時也讓我畏懼三分。

這個丹妮樂則有些飄飄然。

現在我離她不到三米遠，心怦怦直跳，不知道她會不會發現我，就在這時候……

四目交接。

她睜大眼睛、張開嘴，看不出她看到我的臉，是驚嚇、高興或只是詫異。

她擠過人群，張開雙臂摟住我的脖子，用力一拉，同時說道：「我的天哪，真不敢相信你來了。你沒事吧？我聽說你出國一陣子還是失蹤了什麼的。」

我不知道該如何回應，便只是說：「總之我來啦。」

丹妮樂已經多年沒擦香水，但今晚擦了，聞起來像是沒有我的丹妮樂，像是在我們各自的氣味混合成一**體**之前的丹妮樂。

我不想放手——我需要她的觸摸——但她已經退開來。

我問她：「查理呢？」

「誰？」

「查理。」

「你在說誰？」

我心裡像被什麼擰了一下。

「傑森？」

她不知道我們的兒子是誰。我們真的有個兒子嗎？查理存在嗎？

他當然存在。他出生的時候我在場。他掙扎尖叫著來到這個世界十秒鐘後，我便將他抱在懷裡。

「你沒事吧？」她問道。

「沒事。我只是剛剛通過那個迷宮。」

「你覺得如何？」

「差點都要掉淚了。」

「這全是你的功勞。」她說。

「什麼意思?」

「我們一年半前的那次對話呀。你來找我那次,記得嗎?是你啓發了我的靈感,傑森。我打造迷宮的每一天都會想到你,會想到你說的話。你沒看到獻詞嗎?」

「沒有,在哪裡?」

「在迷宮入口。這是爲你而做的。我把它獻給你,我也一直試著聯絡你,希望你今晚來當我的特別來賓,可是誰也找不到你。」她微笑著說:「現在你來了,這才是最重要的。」

我心跳得好快,整個廳室簡直就要旋轉起來,忽然間萊恩.霍德已經站在丹妮樂身旁伸手摟著她。他身穿花呢套裝,頭髮花白,比我最後一次見到他更白皙些,身材也沒那麼好,不可思議的是,就在昨晚,他還在小村啤酒館爲了贏得帕維亞獎而舉辦的慶功宴上。

「好呀,好呀。」萊恩與我握手說道:「帕維亞先生親臨現場了。」

丹妮樂說:「兩位,我得去招呼一下,盡盡主人的本分,不過傑森,這裡結束後,在我家有個祕密聚會,你要來嗎?」

「樂意之至。」

我目送丹妮樂消失在人群中,萊恩說:「想不想喝一杯?」

當然想了。

主辦藝廊可說是卯足全勁——穿著禮服的侍者端著一盤盤點心與香檳,大廳另一頭還有個餐飲吧台,上方掛著三幅相連的丹妮樂自畫像。

吧台服務生替我們倒酒(麥卡倫十二年威士忌)進塑膠杯時,萊恩說:「我知道你近況好得很，可是我擁有這些。」

眞奇怪，他完全不像昨晚我在經常光顧的酒吧裡所看見，那個被仰慕者如眾星拱月般圍住、自負又神氣的男人。

我們端著威士忌，找了一個安靜角落，遠離丹妮樂與環繞在她身旁的喧鬧人群。

當我們站在那裡，看著愈來愈多人從迷宮中出來，我問道：「你最近都在做什麼？我好像跟丟了你的軌跡。」

「我轉到芝加哥大學去了。」

「恭喜。這麼說你在教書囉？」

「細胞與分子神經科學。我也一直在做某種很酷的研究，和前額葉皮質區有關。」

「聽起來滿有意思的。」

萊恩靠近了些。「說眞的，一直有謠言瘋傳，整個圈子裡的人都在談。有人說」──他壓低聲音──「你精神失常，發了瘋，被關在哪間精神病院。還說你死了。」

「我人就在這裡，腦子很清楚，有體溫、有呼吸。」

「那我替你製造的那個複合物……應該是發揮功效了吧？」

我只是愣愣地瞪著他，不知道他在說什麼，見我沒有立刻回答，他又說：「好，我明白。他們讓你簽了一大堆保密協定，都快把你整個人埋掉了。」

我啜了一口酒，肚子還覺得餓，酒精太快就衝上腦門。另一個侍者從旁經過時，我從銀盤上抓起三個迷你鹹派。

萊恩只要心有疑慮，便不會輕易罷休。

「其實不是我想抱怨什麼，」他說：「我只是覺得我替你和中心做了很多黑工。我們倆是老交情了，我也知道你現在的成就非比尋常，可是我不知道……我想你已經從我這裡得到你想要的，而且……」

「什麼？」

「算了。」

「不，拜託你說出來。」

「我只是想說你大可以對大學時代的老室友多一點尊重。」

「你在說什麼複合物？」

他看著我，幾乎毫不掩飾鄙夷之情。「去你媽的。」

廳裡愈來愈擁擠，我們默默站在外圍。

「你們倆在一起嗎？」我問道：「你和丹妮樂？」

「可以這麼說。」他回答。

「什麼意思？」

「我們交往一陣子了。」

「你一直對她很有意思，對吧？」

他只是不自然地笑笑。

我的視線掃過人群，找到了丹妮樂。她當下被一群記者團團圍起，神情自若，記者們則翻開活頁本，振筆疾書記錄她的談話。

「還順利嗎？」我雖這麼問，卻不是真的想知道答案。「你和我的……和丹妮樂。」

「太棒了。她是我夢寐以求的女人。」

他露出謎樣的笑容，有那麼幾秒鐘，我眞想殺了他。

凌晨一點，我坐在丹妮樂家的沙發上，看著她送最後一個客人出門。過去這幾個小時可說是一大挑戰，既要努力和丹妮樂藝術界的朋友維持尚稱有條理的談話，還要找機會與她眞正獨處。但我顯然還會繼續錯失這個時機，因爲萊恩．霍德，現在和我妻子上床的這個男人，也還沒走，當他癱坐在我對面的沙發上，我有預感他今晚可能會留下過夜。

我端著厚重的威士忌酒杯，啜飮杯底剩餘的些許單一純麥，沒有醉，但微醺的感覺好得要命，雖然心神墜入謎樣的兔子洞裡，酒精卻發揮了極佳的緩衝效果。

而兔子洞底的這個仙境，據說就是我的人生。

不知道丹妮樂是否希望我離開。不知道我是否就是那個賴到最後仍不肯走的不識相客人，殊不知主人早就想下逐客令了。

她關上門，拴上門鏈。踢掉腳上的高跟鞋，踉踉蹌蹌走向沙發，一屁股跌坐在抱枕當中，大嘆一聲：「累死了。」

她打開沙發旁邊茶几的抽屜，取出一把打火機和一支彩色玻璃菸斗。

丹妮樂懷上查理之後便戒了大麻，從此再也沒有抽過。我看著她吸了一口，然後將菸斗遞給我，反正這一夜都已經夠怪異了，抽一口又何妨？

不久我們三人都飄飄欲仙起來，只覺得這間寬敞、安靜的 loft 風公寓，除了牆上掛滿各式各樣光怪陸離的藝術品，還有一種細細的嗡嗚聲。

客廳南面有一扇可當成背景的大窗，丹妮樂刷一聲拉起百葉窗，玻璃窗外立刻出現閃閃爍爍的市景。

萊恩將菸斗遞給丹妮樂，她開始重填菸草時，我的老室友忽然倒在椅子上，仰頭瞪著天花板。看他不停舔著牙齒前側，我不禁微微一笑，這向來是他抽大麻的習慣動作，早在研究所時期就是這樣。

我望著窗外那片燈海問道：「你們兩個有多了解我？」

此話一出，似乎引起了他們注意。

丹妮樂將菸斗放到桌上，坐在沙發上轉身面對我，兩隻膝蓋縮抱在胸前。

萊恩驀地睜大雙眼，從椅子上坐挺起來。

「你這話是什麼意思？」丹妮樂問道。

「你們信任我嗎？」

她伸出手摸摸我的手。簡直就是觸電的感覺。「當然了，親愛的。」

萊恩說：「即使我們倆不和，我也一直很敬佩你的氣度與正直。」

丹妮樂面露憂色。「你沒事吧？」

我不該這麼做，**眞的**不該這麼做。

但是我要。

「純屬假設，」我說：「有位男科學家，也是物理學教授，住在芝加哥。他一直沒有實現功成名就的夢想，但卻活得快樂，大致上也算滿足，而且娶了」——我看著丹妮樂，想到剛才萊恩在藝廊形容她的話——「他夢寐以求的女人。他們生了一個兒子，過著幸福的生活。

「有天晚上，這個男人去一家酒吧見老朋友，是他大學時期的死黨，最近剛贏得一項大獎。但就在他走路回家途中，發生了怪事。他後來沒能回家。他被綁架了。一連串事情都很詭異，可是當他好不容易完全清醒過來，人卻在南芝加哥的一間實驗室裡，而且一切都變了。他住的地方不一樣，也不再是教授，更沒有和那個女人結婚。」

丹妮樂問道：「你是說他**覺得**這些事情變了，或者是眞的變了？」

「我是說從他的角度看，這已經不是他的世界。」

「他長了腦瘤。」萊恩假設道。

我看著老友說：「核磁共振掃描的結果沒有。」

「那可能有人在捉弄他，在玩一個計畫周密、全面滲透到他生活中的惡作劇。我好像在哪部電影看過類似情節。」

「不到八個小時，他家內部就徹底換新，而且不只牆上掛的畫不一樣，還有新的電器設備、新的家具，電燈開關也改了位置，惡作劇不可能搞得這麼複雜。再說，這麼做用意何在？他只是個平凡的男人，怎會有人如此大費周章地捉弄他？」

「不然就是他瘋了。」萊恩說。

「我沒瘋。」

屋內頓時悄然無聲。

丹妮樂拉起我的手。「你想跟我們說什麼，傑森？」

我看著她說：「今晚稍早，妳說我和妳的一次談話啓發了妳的創作靈感。」

「沒錯。」

「妳能跟我說說我們談了什麼嗎？」

「你不記得了？」

「一個字也不記得。」

「那怎麼可能？」

「拜託了，丹妮樂。」

她停頓好一會，細細凝視我的雙眼，或許是想確認我不是開玩笑。最後才開口說：「那應該是春天的事了。我們已經有一段時間沒見面，而自從多年前分道揚鑣以後，我們其實就沒說過話。當然了，我一直在留意你成功的消息，也很以你爲傲。

「總之，有一天晚上，你突然跑到我的住處來，說你那陣子老是想起我，起初我還以爲你只是想復合，沒想到是另有原因。你眞的一**點**都不記得？」

「就好像我根本不在場。」

「我們開始談起你的研究，談起你捲入一項保密的計畫，你還說——這我記得清清楚楚——你說你恐怕再也見不到我了。那時我才明白你不是來敘舊情，而是來道別。然後你跟我說人的一生就是一連串的選擇，你搞砸了其中幾個，但最大的失誤卻是和我有關。你說對這一切你很抱歉，說得令人感動萬分。你走了以後，我再也沒有聽說你的消息或再見過你，直到今天晚上。現在我有個問題問你。」

「問吧。」在酒精與迷藥的作用下，我試圖釐清她話中的含意，卻不禁暈眩起來。

「今天在開幕酒會上，你一看見我劈頭就問我知不知道『查理』在哪裡。那是誰？」

丹妮樂最令我喜愛的特質之一就是誠實。她絕對心口如一，不會過濾，不會自我修訂。她有什麼感覺便直說，沒有絲毫詭詐心機，不懂得算計。

因此當我直視丹妮樂的眼睛，發現她此話確確實實是由衷之言，幾乎就要心碎了。

「那不重要。」我說。

「顯然很重要。我們已經一年半不見，而你一開口就問這個？」

我一口喝乾了酒，用臼齒嘎吱嘎吱咬著最後即將融化的冰塊。

「查理是我們的兒子。」

她臉上一下子沒了血色。

「等一下。」萊恩語氣尖銳地說：「這段對話好像愈來愈像醉話了。這是怎麼回事？」他看看丹妮樂，又看看我。「你在開玩笑嗎？」

「不是。」

丹妮樂說：「我們沒有兒子，你清楚得很。我們已經分手十五年了，這你知道啊，傑森，你**明明**知道。」

我想我現在可以試著說服她，我知道這個女人太多事情了——有一些童年的祕密，都是她在過去五年的婚姻生活中才告訴我的。但我擔心「揭密」後會產生反作用，她不但不會把這些當成證據，還會認爲我在要把戲、玩手段。我敢打賭，要想說服她相信我沒撒謊，最好的方法就是明明白白的眞誠態度。

我說：「丹妮樂，我所知道的是，我和妳住在我位於羅根廣場的褐石排屋，我們有一個十四歲的兒子叫查理。我是一個平凡教授，在雷克蒙大學教書。妳是個了不起的賢妻良母，犧牲自己的藝術事業當家庭主婦。而你呢，萊恩，你是個知名的神經科學家，是**你得到帕維亞**

獎，是你在全世界到處巡迴演說。我知道這話聽起來太瘋狂，但我沒有長腦瘤，沒有人在捉弄我，我也不是失心瘋。」

萊恩乾笑一聲，但聲音中明顯帶著一絲不安。「爲了方便論證起見，姑且假設你剛剛說的一切都是眞的，或者至少你相信那是眞的。在這整段說詞中的未知變數，就是你最近這幾年在研究的東西，也就是那個祕密計畫。你能告訴我們些什麼？」

「無可奉告。」

萊恩費力地站起來。

「你要走了？」丹妮樂問道。

「很晚了，我受夠了。」

我說：「萊恩，不是我**不願意告訴你**，是我**沒辦法**告訴你。我完全不記得了。我是物理學教授。我在實驗室醒來，每個人都認爲我是那裡的一份子，但我不是。」

萊恩拿起帽子走向大門。

半跨出門檻時，他轉身面向我說：「你不對勁，我帶你去醫院吧。」

「我去過了。我不會再回去。」

他看著丹妮樂。「妳要他走嗎？」

她轉向我，尋思著——我猜——要不要和一個瘋子獨處。萬一她決定不相信我，怎麼辦？

最後她搖搖頭說：「沒關係。」

「萊恩，」我說道：「你替我製造了什麼複合物？」

他只是怒瞪著我，有一度我以爲他會回答，因爲他臉上的緊繃感慢慢消退，好像在研判我到底是瘋了或者只是個喝醉的混蛋。

一剎那間，他作出了決定。

嚴厲的神情重現。

他說道：「晚安，丹妮樂。」聲音中沒有一點溫度。

然後轉身。

離開。

砰一聲關上了門。

丹妮樂穿著瑜伽褲和挖背背心，手裡端著一杯茶走進客房。

我已經沖了澡。

絲毫沒有舒服一點的感覺，但至少身上乾淨了，醫院裡疾病與漂白水的臭味也沒了。

她往床墊邊緣坐下，將馬克杯遞給我。

「洋甘菊。」

我用兩手捧著熱熱的陶杯，說道：「妳不必這麼做，我有地方可去。」

「你就住下來，不用再多說。」

她翻爬過我的腿，坐到我身邊，背靠著床頭板。

我啜飲著茶。茶水溫熱、微甜，有安定心神的效果。

丹妮樂望過來。「你去醫院的時候，他們覺得你有什麼問題？」

「他們不知道，只是想讓我住院。」

「精神病院？」

「對。」

「你不答應？」

「對，我就離開了。」

「所以本來會強制執行。」

「沒錯。」

「你確定這不是目前最好的做法嗎，傑森？我的意思是，如果有人對你說了你對我說的話，你會作何感想？」

「我會認爲他瘋了，但那是我錯了。」

「那你告訴我，」她說：「你覺得你發生了什麼事？」

「我也不太確定。」

「可是你是個科學家，你會有理論。」

「我的資料不足。」

「你的直覺是怎麼想的？」

我啜飲一口洋甘菊茶，品嘗著茶水滑落喉嚨的那股溫熱。

「我們每個人都是懵懵懂懂地度日，渾然不知自己身在一個更大、更奇怪到無法想像的現實當中。」

她拉起我的手握在手裡，儘管她不是我所認識的丹妮樂，儘管是在此時此刻，坐在這張床上，身在這個錯誤的世界裡，我仍難掩對這個女人的瘋狂愛戀。

我轉頭看著她，看著那雙眼神遲滯卻熱切的西班牙眼眸。我不得不用盡全身力氣才能克制住自己的手不去碰她。

「你害怕嗎？」她問道。

我回想起用槍指著我的男人，回想起那個實驗室，回想起跟蹤我回到我的褐石屋企圖逮捕我的那隊人馬，又想到在我旅館房間窗下抽菸的男人。除了有關我身分的諸多元素與眼前的現實不吻合之外，在這四面牆外頭還有真真切切的一群人想找到我。

他們以前傷害過我，也可能還想再傷害我。

逐漸清醒後，有個念頭猛地重壓而下——他們會不會追蹤我到這裡來？我是不是讓丹妮樂身陷險境？

不。

如果她不是我妻子，如果她只是我十五年前的女友，怎會有人注意到她？

「傑森？」她又問了：「你害怕嗎？」

「非常。」

她抬起手，輕輕摸一下我的臉說：「瘀青。」

「不知道怎麼來的。」

「跟我說說他的事。」

「誰？」

「查理。」

「妳一定覺得很彆扭吧。」

「不能說沒有。」

「好吧，我告訴妳，他今年十四歲，快滿十五了。他的生日是十月二十一日，在芝加哥慈恩醫院出生，是早產兒。體重只有八百七十九公克。最初幾年他需要很小心照顧，不過他是個鬥士，現在已經跟我一樣高、一樣健康了。」

她眼中淚水湧現。

「他有妳的深色頭髮和幽默感。成績一向都是中上。右腦非常發達，像媽媽。很迷日本漫畫和滑板。愛畫一些瘋狂的景致。現在說他的觀察力和妳一樣敏銳，應該不算太早。」

「別說了。」

「怎麼了？」

「我們沒有兒子。」

她閉上眼睛，淚水從眼角擠出，流下雙頰。

「妳敢向我發誓，妳對他毫無記憶？」我問道：「這不是什麼遊戲？只要妳現在告訴我，我就不會……」

「傑森，我們十五年前就分手了。說得確切一點，是你提出的。」

「不是這樣。」

「前一天我告訴你我懷孕了，你需要時間考慮。然後你到我的公寓來，說那是你所作過最艱難的決定，可是你有研究工作要忙，最後會贏得大獎的研究。你說接下來的一年你都要待在無塵室裡，說我不該受到如此對待，我們的孩子也不該受到如此對待。」

我說：「事情不是那樣。我跟妳說日子會不好過，但我們會熬過來。我們結了婚，妳生了查理，我失去了補助，妳放棄了畫畫，我變成教授，妳變成全職母親。」

「可是今晚的我們，沒有結婚、沒有小孩。你剛剛從那個即將讓我成名的裝置藝術開幕酒會過來，而你也確實獲得了那個獎。我不知道你的腦子是怎麼回事，也許你真的有互相矛盾衝突的記憶，但我知道什麼才是眞的。」

我低頭注視從茶水表面升起的蒸汽。

「妳覺得我瘋了嗎？」我問道。

「我不知道，不過你不太對勁。」

她看著我，眼中滿是同情，富同情心向來是她最大的特點。

我摸摸套在手指上、宛如護身符的線圈。

我說：「妳也許相信我現在說的話，也許不相信，但我要妳知道：**我**是信的。我絕不會對妳撒謊。」

自從在那間實驗室恢復意識至今，這恐怕是我所經歷過最不眞實的一刻——和既是我妻子又不是我妻子的女人，坐在她公寓客房的床上，談論著我們顯然從未有過的兒子，和不屬於我們的生活。

半夜裡，我獨自在床上醒來，心怦怦地跳，黑暗在旋轉著，嘴裡乾得難受。

心慌了整整一分鐘，不知自己身在何處。

不是酒精或大麻菸的緣故。

是一種更深層的迷惘。

我用被單緊緊裹住身子，卻仍忍不住發抖，每分每秒都感覺全身更加疼痛，兩腿痠癢不寧，頭陣陣抽痛。

眼睛再度睜開時，房裡充滿陽光，丹妮樂就站在我身邊，神情憂慮。

「你身子好燙，傑森。我應該帶你去掛急診。」

「我沒事。」

「你看起來不像沒事。」她在我額頭上放一條冰毛巾，問道：「這樣覺得如何？」

「很好，但妳不必這麼做。我可以搭計程車回旅館去。」

「你敢離開試試看。」

中午過後不久，我退燒了。

丹妮樂重新給我煮了雞湯麵，我就坐在床上吃，她則是坐在角落的椅子上，眼中帶著一種我再熟悉不過的距離感。

她在沉思，在琢磨著什麼，沒有發現我在看她。我不是有意盯著她，只是無法從她身上移開目光。她依然是百分之百的丹妮樂，只不過……

頭髮較短。

身材較好。

化了妝，穿著打扮——牛仔褲搭合身T恤——讓她看起來比三十九歲年輕許多。

「我幸福嗎？」她問道。

「什麼意思？」

「在你說我們一起度過的人生中……我幸福嗎？」

「我還以爲妳不想談呢。」

「昨晚我怎麼也睡不著，滿腦子就想著這個。」

「我想妳是幸福的。」

「即使沒有我的藝術？」

「妳當然會想念。妳會去見成名的老朋友，我知道妳爲他們高興，但我也知道那刺痛了妳。就像它也刺痛了我。那是我們之間的黏合劑。」

「你是說我們兩個都是失敗者？」

「我們沒有失敗。」

「**我們**幸福嗎？我是說在一起生活。」

我將湯碗擱到旁邊。

「幸福啊。雖然有一些小摩擦，婚姻生活就是這樣，但我們有一個兒子、一個家、一個家庭。妳是我最好的朋友。」

她正視著我，露出一抹奸笑問道：「我們的性生活怎麼樣？」

我笑而不答。

她說：「天哪，我竟然讓你臉紅了？」

「是啊。」

「可是你沒回答我的問題。」

「可不是嘛。」

「怎麼了？有那麼糟嗎？」

她這是在調情。

「不，好極了。只是妳讓我覺得尷尬。」

她起身往床邊走來。

坐到床上，用那雙深沉的大眼睛瞅著我。

「妳在想什麼？」我問道。

她搖搖頭。「我在想，如果你不是瘋了或是滿口胡言，那我們剛剛的對話可真是人類史上最奇怪的一段對話了。」

我坐在床上，看著芝加哥上空的天光漸漸消退。

不管昨晚是什麼樣的風暴帶來降雨，如今都已停歇，風雨過後，天空清朗，樹葉變了色，逐漸轉暗的光線偏折成一片金黃，有一種懾人的特質，我卻只能以失落來形容。

那是詩人羅勃・佛洛斯特*之筆也留不住的金黃。

外頭廚房裡，鍋子空隆空隆響，廚櫃開開關關，烹調中的肉香循著走廊往回飄入客房，那氣味熟悉得令人狐疑。

我爬下床，整天下來兩腳第一次穩穩踩在地上，接著朝廚房走去。

播放著巴哈的音樂，紅酒已經開瓶，丹妮樂站在廚房中島前，穿著圍裙、戴著蛙鏡，在皀石流理台上切洋蔥。

「好香啊。」我說。

「幫我攪拌一下好嗎？」

我走到爐子前，掀起一只深鍋的蓋子。

蒸氣升騰撲向我的臉，讓我有回家的感覺。

「你覺得怎麼樣？」她問道。

「好像變成另一個人。」

「所以呢……好些了嗎？」

「好多了。」

這是一道傳統的西班牙料理：混合各種當地豆類植物與肉燉成的豆泥，其中加了西班牙臘腸、義大利培根和血腸。丹妮樂每年會煮個一兩次，通常都在我生日那天，或是某個雪花紛飛的週末，我們只想整天一起喝酒、煮東西的時候。

我攪拌一下濃湯，又把蓋子蓋上。

丹妮樂說：「這道豆泥料理是……」

我沒來得及制止自己便脫口而出：「妳媽媽留下的食譜。或者說得確切一點，是**她**媽媽的媽媽留下的。」

---

*Robert Frost（1874-1963），美國詩人，此處的典故出自其詩作〈黃金事物不久留〉（Nothing Gold Can Stay）。

丹妮樂停下手中的刀。

回頭看著我。

「讓我做點事情吧。」我說。

「你還知道我哪些事？」

「在我看來，我們已經在一起十五年了，所以我幾乎無所不知。」

「可在我看來，我們只交往兩個半月，而且是八輩子以前的事了。而你竟然知道這是我們家幾代相傳的食譜。」

霎時間，廚房裡安靜得令人心裡發毛。

我們之間的空氣中彷彿帶著正電，以某種頻率在我們知覺的邊緣嗡嗡作響。

過了一會她才終於說：「你要是想幫忙，我正在準備鋪在豆泥上的東西，我可以告訴你有哪些，不過你八成已經知道了。」

「切達乾酪絲、芫荽和酸奶？」

她露出幾乎細不可察的笑容，並揚起一邊眉毛。「我沒說錯，你已經知道了。」

我們在大窗邊的餐桌用餐，燭光倒映在玻璃上，窗外還有市區的燈光燁燁，那是我們本地的群星。

食物豐盛、火光中的丹妮樂美麗動人，打從我跌跌撞撞跑出那間實驗室，第一次有了踏實的感覺。

晚餐結束後——碗空了，第二瓶紅酒也見底了——她伸手越過玻璃桌面碰觸我的手。

「傑森，我不知道你出了什麼事，但我很高興你還是想辦法找到了我。」

我想吻她。

她收留了我，在我迷失的時候。

在這個世界完全讓人想不通的時候。

但我沒有吻她，我只是緊握她的手說：「妳根本不知道妳幫了我多大的忙。」

我們收拾桌面、將碗盤放進洗碗機，然後著手清理剩下來堆滿水槽的碗盤。

我負責洗，她負責擦乾、歸位，就像一對結縭多年的夫妻。

我忽然沒頭沒腦地說了一句：「萊恩．霍德呀？」

她正在擦拭湯鍋內部，忽然停下來看我。

「你對這個有什麼意見想分享嗎？」

「沒有，只是……」

「什麼？他是你的室友、你的朋友。你不贊成？」

「他一直在打妳的主意。」

「你這是在忌妒嗎？」

「當然。」

「拜託，成熟點吧。他是個完美的好人。」

她又繼續擦鍋子。

「你們有多認眞？」我問道。

「我們出去約會過幾次。誰都還沒在對方家留過牙刷。」

「我倒覺得他很想。他好像完全被迷倒了。」

丹妮樂得意地笑笑。「怎麼可能不被迷倒？我這麼有魅力。」

我躺在客房床上，開著窗，好讓城市喧囂像聲響機器一樣爲我催眠。

我透過高高的窗子，呆呆凝望沉睡中的城市。

昨晚，我最初的動機是回答一個簡單的問題：**丹妮樂在哪裡？**

結果我找到她了——一個成功的藝術家，獨居。

我們從未結過婚，從未有個兒子。

除非我被一起有史以來最精心策畫的惡作劇所戲弄，否則丹妮樂的生活性質似乎證實了過去四十八小時以來不斷揭露的事實……

這不是我的世界。

即便這幾個字閃過腦海，我也難以確定這是什麼意思，又該從何考量這句話眞正的分量。

於是我又說了一次。

試著套用在自己身上。看看有多符合。

這不是我的世界。

輕輕的敲門聲將我從夢中驚醒。

「請進。」

丹妮樂進來後，爬上床到我身邊來。

我坐起來，問道：「沒事吧？」

「我睡不著。」

「怎麼了？」

她吻了我，感覺不像親吻結婚十五年的妻子，倒像是十五年前第一次親吻她。十足的能量衝擊。

當我壓到她身上，兩手順著她的大腿內側往上撫摸，將絲質睡衣撩上她赤裸的臀部時，驀然打住。

她喘息問道：「你怎麼停了？」

我差點就說：**我不能這麼做，妳不是我老婆**，但這根本不是事實。

她**就是**丹妮樂，是這個瘋狂世界裡唯一幫過我的人，而且沒錯，也許我是想找到正當理由，但實在上下左右被搞得太混亂，也太驚恐、絕望，因此我不只是想要，也需要，我想她也一樣。

我定定俯視她的雙眼，只見那眼眸在窗口流洩進來的光線下迷濛閃爍。

那雙眼睛能讓人墜入其中，且不停墜落。

她不是我兒子的母親，她不是我的妻子，我們沒有共同生活過，但我依然愛她。我愛的不只是存在我腦海中、活在我過去歷程中的丹妮樂，我也愛此時此刻躺在這張床上、壓在我身子底下、有血有肉的女人，不管這是什麼地方，因為物質組合是一樣的——一樣的眼睛、一樣的聲音、一樣的氣味、一樣的味道……

接下來並非夫妻之間的魚水之歡。而是一段愛撫、摸索、有如發生在汽車後座、未採取防護措施（因爲誰管得了那麼多）、彷彿質子互相撞擊般的熾烈性愛。

片刻過後，汗流浹背、渾身震顫的我們交纏在一起，躺著望向窗外的城市燈火。

丹妮樂的心臟在胸腔內狂跳，我可以從脇邊感覺到她噗通噗通的心跳速度開始緩和下來。

愈來愈慢。

愈來愈慢。

「你沒事吧？」她小聲地說：「我可以聽到你腦子裡的齒輪在轉動。」

「要是沒有找到妳，眞不知道我會怎麼做。」

「但你找到了呀。不管發生什麼事，我都會在你身旁，你知道的，對吧？」

她的手指輕撫過我的手。摸到我無名指上的線圈時停了下來。

「這是什麼？」她問道。

「證據。」我說。

「證據？」

「我沒瘋的證據。」

四下再度變得安靜。

我不確定幾點了，但肯定已經過了凌晨兩點。

酒吧現在也要關了。

街道安靜沉緩，一如風雪夜之外的日常夜晚。

從窗縫洩入的風是這個季節裡最冷的風。

它從我們汗水淋漓的身體細細流淌而過。

「我得回我家去。」我說。

「你在羅根廣場的家？」

「對。」

「爲什麼？」

「我家裡顯然有個工作室，我想進電腦看看我到底在研究些什麼。也許還能找到一些文件資料、筆記之類的，讓我知道自己發生了什麼事。」

「明天一早我可以開車載你去。」

「最好還是不要。」

「爲什麼？」

「可能不安全。」

「爲什麼會不……」

外面客廳大門傳來砰砰砰巨響，像是有人用拳頭猛捶。我想像警察就是這麼敲門的。

我問道：「這個時間會是誰啊？」

丹妮樂爬下床，光著身子走出房間。

我花了一會工夫在扭成一團的棉被裡找到內褲，才剛穿上，丹妮樂正好穿著毛巾布浴袍走出她的臥室。

我們一起進入客廳。丹妮樂走到門邊時，重重的敲門聲仍持續不斷。

「別開門。」我低聲說。

「當然。」

她正要湊到貓眼上去看，電話忽然響了。

我們倆都嚇一跳。

丹妮樂穿過客廳，走向放在茶几上的無線電話。

我從貓眼往外瞄，看見有個男人站在走廊上，背對著門。

他在講手機。

丹妮樂接起電話說：「喂？」

那個男人一身黑色裝扮──馬汀大夫鞋、牛仔褲、皮夾克。

丹妮樂對著話筒說：「哪位？」

我靠向她，指指大門，用嘴型問道：**是他嗎？**

她點點頭。

「他想做什麼？」

她指了指我。

這時我能聽到男人的聲音同時從門外和她的無線電話筒中傳來。

她對著電話說：「我不知道你在說什麼。這裡只有我，我一個人住，所以不會在凌晨兩點讓一個陌生男人進……」

門轟然打開，門鏈應聲斷裂，飛到客廳另一頭，那個男人舉著手槍走進來，槍管前方加裝了一支黑色長管。

他瞄準我們兩人，當他踢門關上後，我聞到新舊交雜的菸味飄入公寓中。

「你要的人是我，」我說：「跟她一點關係都沒有。」

他比我矮上三五公分，但身材比較壯，理了光頭，一雙灰色眼睛與其說是冷酷倒不如說是疏離，好像不把我當人，而是當訊息看待。全是一與零。如同機器一般。

我覺得口乾舌燥。

實際發生的情況與我大腦的分析處理之間有種奇怪的距離，像斷線，像延遲。我應該做點什麼、說點什麼，卻好像被這個男人的突然出現給嚇呆了。

「我會跟你走，」我說：「只是……」

他將槍口微微從我身上移開，往上舉。

丹妮樂說：「等一下，不要……」

一聲槍響打斷了她，裝了滅音器之後的聲音減弱不少。

剎那間，我被一陣細細的紅霧蒙住雙眼，而丹妮樂坐在沙發上，那雙黑色大眼睛之間的正中央開了一個洞。

我尖叫著要衝向她，不料體內每個分子忽然都卡住，肌肉也因爲痛苦莫名而不由自主地緊繃起來。我重重摔倒壓垮了茶几，整個人就在碎玻璃當中發抖、低嚎，並告訴自己這不是眞的。

抽菸的男人將我無力反擊的兩條手臂扭到背後，並將我的手腕交叉成十字狀，再用束線帶綁起。

接著我聽到撕扯聲。他在我嘴上貼了防水膠帶，然後坐在我身後的皮椅上。

我隔著膠帶嘶喊，哀求著不要發生這種事，但事情還是發生了，我無力改變。

我聽到男人的聲音在身後響起——口氣冷靜，聲域高得出乎我意料之外。

「喂，我在這裡……不，還是你們回來吧……沒錯。放回收桶和垃圾桶那裡。院子的後柵門和公寓的後門都開著……兩個應該就可以了。我們這裡情況很不錯，不過你也知道，最好還是別拖拖拉拉……對……對……好，可以。」

剛才那令人痛不欲生的一擊應該是電擊槍造成的，如今痛苦終於慢慢趨緩，只是我仍虛弱得動彈不得。

從我所在之處，只能看見丹妮樂兩條腿的下半截。我看著一道鮮血從她的右腳踝往下流過腳背，流過腳趾縫，開始凝聚在地板上。

我聽到男人的手機響了。

他接起後說：「嗨，寶貝……我知道，我只是不想吵醒妳……對，臨時有事……不知道，可能早上吧。等我這邊結束以後，帶妳去『金蘋果』吃早餐怎麼樣？」他笑了一聲。「好，我也愛妳，做個好夢吧。」

我頓時淚眼迷濛。

我隔著膠帶大喊，喊到喉嚨火辣刺痛，心想或許他會射殺我或把我打暈，只要能結束此刻的劇痛，怎樣都好。

但他似乎毫不在意。只是靜靜地坐在那裡，任由我憤怒嘶喊。

6

丹妮樂坐在計分板下方的觀眾席上，底下是爬滿常春藤的外野牆面。這是個週六午後，是例行賽的最後一場主場賽事，她和傑森和查理正一起觀看小熊隊在爆滿的主場上慘遭修理。

暖和的秋日萬里無雲。

無風。

無時空。

空氣中充滿——

烤花生香。

爆米花香。

塑膠杯中啤酒滿溢。

觀眾的吶喊聲讓丹妮樂出奇心安，而他們坐得離本壘板夠遠，每當球員揮一記飛出牆外的高飛球，他們總能留意到揮棒與球棒敲擊聲——亦即光速對比音速——之間的時間差。

查理小時候，他們常來看球賽，但最後一次進瑞格利球場已經是八百年前的事。昨天傑森提出建議時，她以爲查理不會感興趣，但想必是搔到兒子心靈深處某個懷舊的癢處，他竟然願意來，而且此時的他顯得輕鬆愉快。他們都很快樂，陽光底下的三人行，吃著芝加哥式熱狗、看著球員在鮮綠草地上跑來跑去，幾乎滿足得不能再滿足。

丹妮樂夾坐在她生命中最重要的兩個男人中間，將微溫的啤酒一飲而盡時，忽然覺得今天下午的感覺有些不同，卻又不確定是因爲查理或傑森或她自己。查理完全專注於當下，沒有每隔五秒鐘就看手機。而傑森的快樂神情，她已多年未見。此時她心裡只浮現了一句話「**無事一身輕**」。他的微笑似乎更開朗、更燦爛，也更不吝於展露。

而且他兩隻手始終離不開她身上。

如此說來，差異或許在她。

或許是這罐啤酒、是那水晶般閃耀的秋日陽光，還有群眾共同展現的充沛能量。也就是說，或許只是因爲秋日裡，在她居住的城市中心觀賞一場棒球賽所感受到的盎然生氣，讓她有異樣的感覺。

看完球賽，查理有自己的計畫，他們便送他到羅根廣場一個朋友家，然後回家換個衣服，再出門享受兩人獨處的夜晚時光——往市區方向去，沒有計畫，沒有特定目的地。

一趟週六夜的漫遊。

行駛在湖濱大道夜晚的浩蕩車流中，丹妮樂的目光越過車齡十年的雪佛蘭 Suburban 的中央置物箱望過來，說道：「我大概知道我想先做什麼了。」

三十分鐘後，他們已經坐在一座串滿燈光的摩天輪車廂裡。

緩緩升上海軍碼頭的上空之際，丹妮樂注視著這座城市的優美輪廓，傑森則緊緊摟著她。旋轉到最高點時（距離下方的樂園四十五米高），丹妮樂感覺到傑森扶著她的下巴，將她的臉轉向他。

整個車廂內只有他們兩人。

即使在這麼高的地方，夜風中依然有漏斗炸餅與棉花糖的香甜氣味。也能聽見孩童騎乘旋轉木馬的笑聲。

還有一名女子在遠遠下方的迷你高爾夫球場上一桿進洞，發出欣喜尖叫。

傑森的濃烈激情劃破這一切。

當他親吻她，她可以感覺到他防風夾克底下的狂烈心跳，彷彿電鑽鑽著他的胸腔。

進城後，他們找了一家有點超乎經濟能力的高級餐廳用餐，整頓飯聊個不停，就好像已經多年未曾交談。不是聊別人，也不是聊記不記得什麼時候如何如何，而是聊想法。

他們乾了一瓶西班牙的田帕尼優紅酒。又點了一瓶。

心想或許就在城裡過夜吧。

丹妮樂已經好久沒見到丈夫如此熱情，如此自信。

他充滿了火一般的熱情，再次熱愛自己的生命。

第二瓶酒喝到一半，他發現她看著窗外，便問：「妳在想什麼？」

「這是個危險的問題。」

「我知道。」

「我在想你。」

「想我什麼？」

「我覺得你好像企圖和我上床。」她笑著說：「我的意思是，我覺得你很努力，但你其實不必如此。我們都已經是老夫老妻，但我覺得你，怎麼說呢……」

「在追妳？」

「沒錯。你別誤會，我不是在抱怨，絕對不是。這種感覺很棒。我只是想不明白到底怎麼回事。你還好嗎？該不會是出了什麼事，而你沒告訴我吧？」

「我很好。」

「所以說全都只是因爲兩天前的晚上，你差點被計程車給撞了？」

他說：「我不知道是不是整個人生從我眼前閃過，還是怎麼了，總之回家以後，覺得一切都變了，變得比較眞實，尤其是妳。即使現在，我都像是第一次見到妳，還會緊張到胃抽痛。我每分每秒都在想妳，都在想我們做了哪些決定才會有這一刻的產生，我們才能一起坐在這張美麗的餐桌前。然後我又想到所有可能導致這一刻永遠不會出現的事件，感覺實在是……我不知道……」

「怎麼樣？」

「好脆弱。」接著他若有所思了片刻，最後才說：「只要細想我們興起的每個念頭、我們可能作出的每個決定、通往新世界的諸多分支點，就覺得可怕。今天看完球賽，我們去了海軍碼頭，然後到這裡吃晚餐，對吧？但這只是其中一個版本。在不同的現實中，我們沒去碼頭，而是去聽音樂會。在另一個現實中，我們待在家裡。又另一個現實中，我們在湖濱大道上出了車禍，哪裡也沒去成。」

「可是其他那些現實並不眞的存在。」

「事實上，它們就跟妳我正在經歷的此時此刻一樣眞實。」

「那怎麼可能？」

「這是個謎，但有一些線索可循。大多數天文物理學家都認為，將恆星與銀河系凝聚在一起的力量，也就是讓整個宇宙**運作**的東西，其實來自一種我們無法直接測量或觀察的理論性物質，他們稱之為『暗物質』。目前已知的宇宙，大部分都是由這種暗物質組成的。」

「但那到底是什麼？」

「誰也沒法確定。物理學家一直在努力建構新理論，試著解釋它是什麼，又從何而來。我們知道它有重力效應，和普通物質一樣，但肯定是由某種全新的東西構成。」

「一種新形態的物質。」

「正是。有一些研究理論物理的弦論學家認為這可能是平行宇宙存在的線索。」

她看似沉思片刻，然後才問道：「那麼其他那些現實世界……在哪裡呢？」

「妳想像自己是條魚，在池塘裡游來游去。妳可以往前或往後、往左或往右，但絕不會游出水面。就算有人站在池塘旁邊看著妳，妳也不會知道。對妳而言，那個小池塘就是整個宇宙。現在妳再想像有人伸手進水裡，把妳撈出池塘。妳會發現原本以為是全世界的地方，只不過是個小水池。妳會看到其他池塘、樹木、上面的天空。妳會發覺連作夢都想不到，自己所屬的現實竟然那麼大、那麼神祕。」

丹妮樂往椅背靠去，啜了一口酒。「這麼說，其他那千千萬萬個池塘，此時此刻就環繞在我們四周，只是我們看不見囉？」

「一點都沒錯。」

傑森說話向來就是這樣。假設一些瘋狂理論，拉著她徹夜長談，有時候會實際測試，但多半都只是想引她注意。

從前總能成功。

現在也成功了。

她一度轉移目光，從桌邊的窗子望出去，看著河水流過，四周建築物的燈光照在有如吹製玻璃般的河面上，不停地熠熠飛旋。

過了許久她終於回過頭來，越過杯緣上方看著他，兩人四目相對，燭光在中間搖曳不定。

她說：「你覺得在外面的那些池塘裡，會不會有另一個你埋首於研究？在人生的際遇阻礙了你之前，把二十多歲時的計畫全都實現了？」

他微微一笑。「我也想過。」

「說不定也有一個我成了知名藝術家？卻是犧牲了這一切換來的？」

傑森傾身向前，將盤子推到一旁，好在桌面上握著她的雙手。

「就算外頭有百萬個池塘，還有許許多多的妳和我過著類似與不同的生活，也不會有任何一個比此時此地更好的版本了。在這世上，這是我最肯定的一件事。」

7

天花板上一顆赤裸燈泡發出明晃晃又閃爍不定的光，照射在小室裡。我被綁在鐵床上，腳踝與手腕被鍊在一起，以帶鎖鉤環固定在水泥牆的環眼螺栓上。

門上的三道鎖往後撤，但我被打了太多鎮靜劑，絲毫未受驚嚇。

門晃了開來。

雷頓穿著半正式的禮服。戴著細邊眼鏡。

當他靠近，我嗅到一陣古龍水味，接著聞到他氣息中的酒精味道。香檳嗎？不知道他剛剛從哪來的？派對？慈善晚會？他外套的緞面前襟上還別著一條粉紅絲帶。

雷頓慢慢地坐到薄如紙的床墊邊上。

一臉嚴肅，也帶著不可置信的悲傷。

「我敢肯定你有話想說，傑森，但希望你讓我先說。發生這樣的事，我受到不少責怪。你回來了，我們卻沒想到你……情況會這麼糟，不管是之前或現在。我們讓你失望了，很對不起。我不知道還能說什麼。我只是……好痛恨發生的這一切。你回來，本該好好慶祝的。」

儘管在受到強力鎮靜劑的壓制，我仍全身發抖，因爲悲痛。因爲憤怒。

「到丹妮樂公寓來的那個男人……是**你**派他來抓我的嗎？」我問道。

「是你讓我別無選擇。你甚至有可能告訴她這個地方……」

「你叫他殺了她？」

「傑森……」

「有沒有？」

他沒有回答，但這也算是回答了。

我直瞪著雷頓的眼睛，一心只想把他的臉撕個稀巴爛。

「你這個王八……」

我崩潰了。

啜泣起來。

我揮不去腦海中鮮血從丹妮樂的赤腳流下的畫面。

「真的很抱歉，兄弟。」雷頓伸出手搭在我的手臂上，我奮力想掙脫，肩膀差點脫臼。

「別碰我！」

「你在這個小房間待將近二十四小時了。把你綁起來打鎮靜劑，對我來說毫無樂趣可言，但只要你對自己或其他人造成危險，這個情況就不可能改變。你得吃點東西，你願意嗎？」

我凝神注視著牆上一道裂縫。

並想像著用雷頓的頭砸出另一道裂縫。

拽著他的頭一而再、再而三地砸向水泥牆，直到變成一團血肉模糊。

「傑森，要不你讓他們餵你吃東西，要不我就替你插胃管。」

我想告訴他我要殺了他，還有這個實驗室的每個人。話幾乎都到嘴邊了，但較明智的判斷戰勝了衝動——我畢竟還是完全受此人掌控。

「我知道你在公寓裡看到的情景很可怕，我也很抱歉。真希望那件事根本沒發生過，但有時候情況已完全失控……眞的，請你相信我非常、非常抱歉，不得不讓你看到那一幕。」

雷頓起身走到門邊，拉開門。

他站在門框邊回頭看我，臉上半明半暗。

他說：「也許你現在聽不進去，但若沒有你，就不會有這個地方存在。若沒有你的研究、你的聰明才智，我們誰都不會在這裡。我不會讓任何人忘記這一點，尤其是你。」

我冷靜下來了。

我**假裝**冷靜下來。

因爲繼續被鎖在這個小房間，什麼事也辦不成。

我從床上往上看著裝在門上方的監視器，要求見雷頓。

五分鐘後，他一面替我鬆綁一面說：「能讓你解脫這些玩意，我恐怕跟你一樣開心。」

他拉了我一把。

我手腕被皮帶磨破了皮。

嘴巴很乾。口渴得頭都昏了。

他問道：「你覺得好些了嗎？」

我忽然想到，當初在這個地方醒來時的第一個意念是正確的：假裝成他們以爲的那個人。要想瞞天過海的唯一方法就是假裝自己喪失記憶，忘了自己的身分。讓他們來填空。因爲假如我不是那個人，對他們便無用處。

那樣我將永遠無法活著離開這個實驗室。

我告訴他：「我害怕，所以才會逃跑。」

「我完全明白。」

「很抱歉讓你這麼大費周章，但你要理解，我在這裡只感到迷失，過去十年就像一個敞開的大洞。」

「我們會盡一切力量幫助你恢復記憶，讓你好起來。我們已經啓動核磁共振掃描儀，要替你檢查有沒有創傷後壓力症候群。我們的精神科醫師雅曼達．盧卡斯會簡短地和你談一談。我向你保證，我們一定竭盡全力解決這個問題，直到你完完整整回到我們身邊。」

「謝謝。」

「換作是我，你也會這麼做的。你聽著，我不知道你過去這十四個月經歷了些什麼，但是和我相識十一年的這個人，和我一同建立這個地方的同事兼好友，現在正被鎖在你大腦深處的某個地方，我無論如何都要找到他。」

一個駭人的念頭閃過：萬一他說的是眞的呢？

我**應該**知道自己是誰。

但還是有些許疑惑……會不會我記得的那些身爲丈夫、父親、教授的眞實生活，並不是眞的？

會不會是我在這間實驗室工作時，腦部受創的後遺症？

會不會我其實就是這個世界裡每個人所認爲的那個人？

不會。

我知道自己是誰。

雷頓一直坐在床墊邊上。

這時他翹起腳來，往後躺靠著床尾板。

「我不得不問一聲，」他說：「你在那女人的公寓做什麼？」

撒謊。

「我也不是很確定。」

「你怎麼認識她的？」

我極力忍住淚水與怒火。

「我很久以前跟她交往過。」

「我們從頭說起。三天前的晚上，你從廁所窗戶逃跑以後，是怎麼回到羅根廣場的家？」

「搭計程車。」

「你有沒有告訴司機你剛剛從哪裡出來？」

「當然沒有。」

「好，你從你家成功擺脫我們以後，又去了哪裡？」

撒謊。

「我遊蕩了一整夜。我又慌又怕。隔天我看見丹妮樂藝術展的海報，才會找到她。」

「除了丹妮樂，你還跟誰說過話嗎？」

萊恩。

「沒有。」

「你確定？」

「確定。我跟她回到她家，一直都只有我們兩個人，直到……」

「你要明白，我們爲這個地方、爲你的研究，付出了一切。我們把所有賭注都壓在這地方了，任何一個人都會犧牲性命來保護它。也包括你在內。」

槍聲。

她眉心的黑洞。

「看你這副模樣，實在讓我心碎啊，傑森。」

他的口氣帶著眞誠的苦澀與懊悔。

從他眼中看得出來。

「我們以前是朋友？」我問道。

他點點頭，下巴緊繃著，彷彿強忍著一波激動情緒。

我說：「我只是難以理解，你或是這裡的任何人怎能接受以殺人的方式來保護這個地方。」

「關於丹妮樂．華戈絲的遭遇，我認識的傑森．戴申絕不會多作考慮。我不是說他會高興，我們誰都不會，我甚至覺得噁心。但他會接受。」

我搖搖頭。

他說：「你忘了我們一起建造了什麼。」

「那讓我看看。」

他們把我打理乾淨，給我換上新衣，又餵我吃東西。

午餐過後，我和雷頓搭乘貨梯來到地下四樓。

上次走這條走廊時，兩旁都掛著塑膠布，我也不知道自己身在何處。

沒有人威脅我。

沒有人明確地告訴我不能離開。

但我已經注意到我和雷頓鮮少獨處，有兩個一舉一動很像警察的男人老在周遭打轉。我記得第一晚來到這裡就見過這些警衛。

「這裡基本上有四層樓。」雷頓說：「第一層有健身房、娛樂室、食堂和幾間宿舍。第二層有實驗室、無塵室、會議室。地下三樓是製造專用，四樓則有醫護室和任務管制中心。」

我們朝類似金庫門的兩道防護門走去，看起來固若金湯到足以保護國家機密。

門旁牆上裝了一個觸控式螢幕，雷頓停在螢幕前，從口袋掏出門卡，放在掃描器底下。

一個電腦語音的女性聲音說：「請說出姓名。」

他靠上前去。「雷頓・范斯。」

「密碼。」

「一一八七。」

「聲音辨識確認完畢。歡迎，范斯醫師。」

我被蜂鳴器的聲音嚇了一跳，那回音逐漸消失在我們身後的走廊上。

門緩緩開啓。

我踏入一座機棚。

強光從上方高處的屋梁往下射，照亮一個砲銅色的立方體，每邊長約三米半。

我的脈搏瞬間加快。

不敢相信眼前所見。

雷頓想必感覺到我內心的驚嘆，因此才說：「很美吧？」

美麗絕倫。

起初，我以爲機棚裡的嗡鳴聲來自燈光，但是不可能。那聲音太深沉，甚至從骨子裡都能感受到，有如一部龐大機器的超低頻振動。

我彷彿被催眠似的，不知不覺往那個箱體走去。

我怎麼也想不到能看到它以這樣的規模眞實呈現。

近看，它表面並不光滑，而是不規則的，光線一經反射，讓它看起來像個多面體，幾乎呈半透明。

雷頓比了一下在燈光下閃閃發光、完美無瑕的水泥地。「我們就是在那裡發現昏迷的你。」

我們慢慢沿著箱體的周邊走。

我伸出手，手指輕撫過它的表面。

觸手生涼。

雷頓說：「十一年前，你獲得帕維亞獎之後，我們來找你，說我們有五十億美元。本來可以打造一艘太空梭，卻全給了你，想看看你以無限的資源能做出什麼成果。」

我問道：「我的研究在這裡嗎？我那些筆記？」

「當然了。」

我們到達箱體的另一頭。

他帶我繞過下一個轉角。

這一面的箱體上開了一扇門。

「裡面是什麼？」我問道。

「你自己去看。」

門框底部離棚廠地面約有三十公分高。

我壓下門把，推開門，正要往內跨。

雷頓一手按住我的肩膀。

「別再進去，」他說：「爲了你自己的安全起見。」

「危險嗎？」

「其他人怎麼了？」

「你是第三個進去的人，在你之後又進去了兩個人。到目前爲止，只有你一個人回來。」

「不知道。記錄儀器在裡面無法使用。目前我們唯一能寄望的，就是有人能安全回來提出報告。就像你這樣。」

箱體內空空、暗暗的，簡單無贅物。

壁面、地板和天花板的材質都和外部一樣。

雷頓說：「裡面能隔絕聲音、隔絕放射線，密不透氣，另外你應該也猜到了，它會產生強大磁場。」

我關上門時，聽到另一邊有門鎖咔嗒一聲鎖定的聲音。

看著這個箱體就像看到一個未能實現的夢想起死回生。

我將近三十歲時研究的東西，也有一個跟這個十分類似的箱體。只不過那個只有二・五公**分立方**，是為了讓某樣宏觀物體進入疊加狀態。

我們物理學者有時會稱之為「貓狀態」，權充是科學家之間的幽默玩笑。

這靈感來自薛丁格的貓，也就是那個著名的思想實驗。

且想像在一個密封箱中有一隻貓、一小瓶毒氣和一個放射源。假如內部感應器感應到放射現象，例如原子衰變，小玻璃瓶就會破裂，釋出毒氣毒死貓。原子衰變與不衰變的機率是一樣的。

將我們這個傳統世界的某個結果與量子層級的事件相連結，確實極具巧思。

量子力學理論的「哥本哈根詮釋」*提出一個瘋狂的說法：在箱子打開前，在進行觀察前，原子處於疊加狀態，也就是既已衰變又未衰變的不確定狀態。換言之，貓既是生也是死。

只有當箱子打開，進行了觀察，量子態的波函數才會塌陷成其中一個狀態。

換句話說，我們只會看到其中一個可能的結果。

例如，一隻死貓。

而那便成了我們的事實。

但事情變得很奇怪。

會不會有另一個世界也和我們所知的這個世界一樣真實，而在那裡打開箱子後，卻看見一隻活生生、打著呼嚕的貓？

量子力學的「多世界詮釋」†說，會。

說當我們打開箱子，便會產生分岔。

會有一個發現死貓的宇宙。

也會有一個發現活貓的宇宙。

而殺死貓的——或者就讓牠活著吧——正是我們的**觀察**之舉。

然後事情又變得奇怪得讓人抓狂。

因爲那種觀察行爲**隨時**都在發生。

所以如果每當有某件事物受到觀察，世界就會分裂，也因此宇宙的數量龐大到無法想像（多重宇宙），而所有可能發生的事也都會發生。

我製作那個迷你立方體的構想就是創造一個不受到觀察與外界刺激的環境，以便讓我的宏觀物體——一個長四十微米、含有大約一兆原子的氮化鋁圓片——能安然存在那個不確定的貓狀態中，不會因爲與環境互動而「去相干」[8]。

補助金蒸發之前，我始終沒解開那個問題，但另一個世界的我顯然解開了，還把整個構想提升到不可思議的層級。因爲假如雷頓所說屬實，這個箱體做了一件不可能的事——根據我對

---

*Copenhagen interpretation，一種對量子系統行為的解釋，是由物理學家波爾和海森堡於一九二七年在哥本哈根合作研究時共同提出的。

†many-worlds interpretation，量子力學詮釋的一種，假定有無數個平行世界存在。

8 decoherence，量子理論認為量子系統的相互干涉性質會因為與外在環境接觸而消失。好比組成貓的單一原子雖具有量子特性，但在跟其他大量原子、或外在環境粒子作用下，貓的量子特性就消失了。

物理所知的一切看來是不可能。

我感到羞愧，彷彿輸給一個能力更強的對手。這個箱體是一個眼界恢弘的人打造的。一個更聰明、更厲害的我。

我看著雷頓。

「能運作嗎？」

他說：「既然你現在能和我一起站在這裡，應該就是可以吧。」

「我不懂。如果想在實驗室裡讓一個粒子處於量子態，就得創造一個隔離室，移除所有光線、抽出空氣、將溫度調低到僅略略高於絕對零度。那樣人類是活不了的。而規格愈大，整個情況就會變得愈脆弱。雖然我們在地下，還有各種粒子，像微中子、宇宙射線等等，可能會穿透那個立方體，干擾量子態。這個難關似乎無法克服。」

「我不知道該怎麼告訴你……你就克服了。」

「怎麼克服的？」

雷頓微微一笑。「你向我解釋時，聽起來非常合理，但我卻沒辦法百分之百向你轉述。你應該去看看你的筆記。我能告訴你的就是那個箱體所創造並維持的環境，能讓日常事物存在於量子疊加狀態中。」

「包括我們在內？」

「包括我們在內。」

好吧。

雖然我所知的一切告訴我這不可能，但我顯然找到了方法，創造出一個宏觀規模的可轉換量子環境，可能是利用磁場將內部物體與原子級量子系統連結在一起。

但箱體內的占據者呢？

占據者也是觀察者。

我們活在一個「去相干」狀態中，活在某一個現實中，因為我們時時刻刻在觀察我們的環境，導致自己的波函數塌陷。

一定還有其他作用因素。

「走吧，」雷頓說：「我想讓你看樣東西。」

他帶我走向棚廠內，面向箱體門那一邊的一排窗戶。

在另一道安全門刷過門卡後，他帶我進入一個類似通訊中心或任務管制中心的房間。

此時，只有一個工作站前面有人，是個女的，兩腳高高翹到桌上，頭上戴著耳機，身體跟著律動，無視我們進入。

「那個工作站一週七天、一天二十四小時都有人待命。我們所有人都輪流等著有人回來。」

雷頓很快地坐到一台電腦前面，輸入一串密碼，連續開啓幾個資料夾，直到找出他要的東西。

他打開一個影音檔。

高解析影片，從箱體門對面拍攝的，攝影機八成是裝設在管制中心這些窗子正上方。

螢幕最下方，我看到十四個月前的時間標記，計時器顯示到百分之一秒。

有個男人進入螢幕內，朝箱體走去。

他穿著最新式的太空衣，揹了個背包，頭盔夾在左腋下。

到了門前，他轉動把手推開門。踏入之前，他回頭直視著攝影機。

那是我。

我揮揮手，步入箱體，將自己反鎖在裡面。

雷頓加快播放速度。

我眼看著飛快過了五十分鐘，箱體動也沒動。

當另一人進入螢幕，他又再度放慢影片速度。

一個留著棕色長髮的女子走向箱體，打開門。

攝影機的畫面轉換成頭戴式 GoPro 攝影機畫面。

它搖晃拍攝箱體內部，只見一道光射過光禿的牆面與地板，在凹凸不平的表面閃爍不定。

「就這樣，」雷頓說：「你不見了，直到……」他又打開另一個檔案。「三天半以前。」

我看見自己搖晃不穩走出箱體，重摔在地，幾乎像是被人推出來。

又經過一段時間之後，我看著化災應變小組出現，將我搬上輪床。

看著重播影像，回顧這個噩夢（也就是我現在的生活）開始的那一刻，感覺實在太不眞實。那便是我來到這個美麗、嶄新的爛世界，最初的幾秒鐘。

他們在地下一樓的寢室區爲我準備了一個房間，能夠從囚室般的小房間升級，我當然求之不得。

有張豪華的床。

全套衛浴設備。

書桌上擺了一瓶鮮花，滿室生香。

雷頓說：「希望你在這裡會舒服一點。但我還是要說：請不要企圖自殺，因爲我們都會小心防範。門外會有人站崗以便阻止你，之後你又得穿上束衣，回到樓下那個討厭的小房間去。如果你又開始感到絕望，就拿起電話，叫接電話的人來找我。不要默默地承受痛苦。」

他摸摸桌上的筆電。

「這裡面存了你過去十五年的工作成果，甚至還保留了你進速度實驗中心以前的研究。沒有密碼。你就盡量看吧，也許能喚醒一點零星記憶。」他往門口走到一半時，回頭一瞄，說道：「對了，這門會上鎖。」說著微微一笑。「但完全是爲了你的安全著想。」

我拿著筆電坐在床上，絞盡腦汁試著去理解包含在數以萬計的資料夾中的大量資料。資料依年份歸檔，甚至回溯到我獲得帕維亞獎以前，以及研究所時期，當時我對人生的雄心壯志才剛剛冒出頭來。

早期檔案夾裡的內容我很熟悉，包括一份報告的草稿，最後成爲我最初發表的論文，還有相關文章的摘要，總之我待在芝加哥大學實驗室那段時期，以及建造出第一個小立方體，都是靠這些累積出來的。

無塵室的資料整理得鉅細靡遺。

我讀著筆電上的檔案讀到兩眼昏花，卻仍勉強繼續，眼看著**那個我的研究進度**超越這個我中止的階段。

這感覺好像忘了一切關於自己的事情，然後讀著自己的傳記。

我每天都工作。

我的筆記愈寫愈好、愈透徹、愈精確。

但我依然努力想找出方法，爲我的宏觀圓片創造疊加狀態，筆記中處處透著沮喪與絕望。

這時我再也睜不開眼。

熄了床頭櫃上的燈之後，拉上毯子。

這裡頭一片漆黑。

房裡唯一的光源就是床對面牆上高處一個綠點。

那是個攝影機，正在進行夜視攝影。

有人在監視著我的一舉一動，我的每個呼吸。

我閉上眼睛，試著不予理會。

但我又看到每回閉上雙眼都會出現的景象：鮮血流下她的腳踝，流過她的赤腳。

她眉心的黑洞。

那麼輕易就可能崩潰。就可能四分五裂。

我在黑暗中摸著指上的線戒，提醒自己：另一個生活是眞實的，還存在外面某個地方。

就像站在沙灘上，浪潮不斷將腳下的沙捲回海裡一樣，我也能感覺到自己原來的世界以及支撐它的現實，正在不斷縮退。

我不禁納悶：假如不奮力反抗，當下這個現實會不會慢慢入侵，輕而易舉地將我擄走？

我猛然驚醒。

有人敲門。

我打開燈，跌跌撞撞下床，心下慌亂，不知道自己睡了多久。

敲門聲愈來愈響。

我說：「來了！」

我試著開門，但門從外面鎖住。

我聽到門鎖轉動的聲音。

門跟著打開。

只見一個穿著黑色圍裹式洋裝的女人，手裡端著兩杯咖啡、腋下夾著一本記事簿，站在走廊上，我花了幾分鐘回想自己在何時何地見過她。然後猛然想到，就在這裡。我在箱體外恢復意識的那個晚上，是她主持了（或者應該說試圖主持）那個奇怪的匯報會議。

「嗨，傑森。我是雅曼達．盧卡斯。」

「對，沒錯。」

「抱歉，我只是不想直接闖進來。」

「沒關係。」

「你有時間跟我談談嗎？」

「當然。」

我讓她進來，然後關上門。

我替她拉過桌前的椅子。

她舉起一個紙杯。「我替你準備了咖啡，如果你想喝的話。」

「好啊。」我接過杯子。「謝謝你。」

我坐在床尾。咖啡溫暖了雙手。

她說：「他們有一種加了巧克力榛果這些有的沒的，不過你喜歡黑咖啡，對吧？」

我啜了一口。「對，這樣很好。」

她也啜著她的咖啡，說道：「你一定覺得很奇怪吧。」

「可以這麼說。」

「雷頓說他跟你提過我會來找你談，是嗎？」

「他是提過。」

「那好。我是實驗室的精神科醫師，來這裡快九年了。我有專科醫師執照，加入速度實驗中心之前，開了一家私人診所。你介不介意我問你幾個問題？」

「問吧。」

「你告訴雷頓說……」她打開筆記。「你的原話是：『過去十年就像一個敞開的大洞』，對嗎？」

「對。」

她用鉛筆在那一頁草草寫了點什麼。

「傑森，你最近有沒有經歷或目睹過生命遭受威脅的事件，而引起強烈的不安、無助或恐懼感？」

「我看見丹妮樂．華戈絲當著我的面被槍射中頭部。」

「你在說什麼？」

「你們殺害了我的……跟我在一起那個女人。就在我被帶到這裡來之前。」雅曼達露出理當該有的驚愕表情。「等等。你不知道這件事？」

她嚥了口口水後，恢復鎮定。

「你想必嚇壞了，傑森。」她的口氣似乎並不相信我。

「妳認爲這是我捏造的？」

「我好奇的是你記不記得任何有關箱體本身的事，或是你過去十四個月的遊歷。」

「我說過了，我不記得。」

她又做了筆記，說道：「有趣的是，你可能不記得了……不過在那次非常短暫的匯報過程，你確實說過你記得的最後一件事就是去了羅根廣場的一家酒吧。」

「我不記得說過這話。我當時完全神智不清。」

「當然。這麼說你完全沒有關於箱體的記憶了。好吧，接下來是幾個簡單的是非題。有睡眠障礙嗎？」

「沒有。」

「會愈來愈暴躁或憤怒嗎？」

「還好。」

「會覺得無法專注嗎？」

「好像不會。」

「你會覺得自己懷有戒心嗎？」

「會。」

「好。你有沒有注意到自己會有誇張的驚嚇反應？」

「我……不太確定。」

「有時候，在極端壓力下可能引發所謂的心因性失憶，也就是在腦結構沒有損傷的情況下記憶功能失常。我有預感，今天做完核磁共振將會排除結構損傷的可能性，也就表示你過去十四個月的記憶還在，只是深藏在內心深處。我的任務就是幫助你恢復這些記憶。」

我小飲一口咖啡。「確切來說，要怎麼恢復？」

「有一些治療選項可以嘗試，例如精神療法、認知療法、創作療法，甚至於臨床催眠。我只希望你知道，對我來說最重要的就是幫助你度過這一切。」

雅曼達忽然以一種令人狼狽的熾熱目光凝視、搜尋我的雙眼，彷彿我們生存的奧祕就寫在我的眼角膜上。

「你眞的不認識我？」她問道。

「不認識。」

她邊起身邊收拾東西。

「雷頓很快就會上來帶你去做核磁共振。傑森，我只想盡我所能幫助你。就算你不認得我，也沒關係，只要你知道我是你的朋友就行了。這裡的每個人都是你的朋友，我們會在這裡都是因爲你。我們都認爲你理當知道這一點，所以請把我的話聽進去：我們對你、對你的智慧和你建造的這個東西，肅然起敬。」

她走到門邊忽然停住，回頭看我。

「那個女人叫什麼名字來著？就是你以為你目睹被殺害的那個。」

「不是我**以為**，我真的看見了。她叫丹妮樂・華戈絲。」

我整個早上坐在桌前，邊吃早餐邊瀏覽檔案，檔案記錄的全是我已不復記憶的科學成就。

儘管目前處境尷尬，但讀著自己的筆記，看著迷你立方體的研究逐步進展，最後終於有所突破，仍然興奮不已。

為我的圓片創造疊加狀態的解決之道為何？

超導量子位元結合一系列能夠記錄同時存在的振動狀態的共振器。聽起來無聊得令人費解，卻開闢了新天地。

我因此贏得了帕維亞獎。

顯然也讓我走到今天這一步。

十年前，第一天到速度實驗中心上班時，我給全體團隊寫了一份頗有意思的任務宣言，主要是提供他們有關量子力學與平行宇宙等概念的最新資訊。

其中有一段在探討維數，特別引起我的注意。

我寫道……

我們以三維來感知環境，但其實我們並非活在 3D 的世界。3D 是靜態的，有如快照。因此必須加入第四維才能描述我們存在的本質。

4D 超正方體加入的並非空間維度，而是時間維度。

它加入了時間，加入了一連串的3D立方體，在沿著時間箭方向移動的同時呈現出空間。抬頭看看夜空的星星最能明白我要闡述的這個概念，因爲星光要穿越五十光年，或五百光年，或五十億光年，才能讓人看見。我們不只是仰望空間，也回顧了時間。

通過這個4D時空的途徑便是我們的世界線（現實），起於誕生，終於死亡。四個座標値（x、y、z與t時間）即可找出四維超正方體中的一個點。

我們以爲就到此爲止，但除非每個結果都無可避免，除非自由意志是虛幻的，也除非我們的世界線只有單獨一條，否則事情沒有這麼簡單。

會不會我們的世界線只是無限量的世界線之一，而其他的世界線當中，有些僅與我們所知的生活略有不同，有些則是南轅北轍？

量子力學的「多世界詮釋」認爲，所有可能存在的現實都存在，一切有可能發生的事都正在發生。我們過去可能發生過的一切，都確實發生了，只不過是發生在另一個宇宙。

會不會眞是如此？

我們會不會是生活在五維的機率空間裡？

我們會不會其實是存在於平行宇宙，但大腦卻發展出一種防火牆機制，將我們的感知侷限於單一宇宙？單一的世界線。也就是我們每時每刻選擇的那一條。想想也不無道理。我們不可能悍然主張人能夠一次同時觀察到所有可能存在的現實。

那麼我們該如何進入這個5D的機率空間呢？

倘若能進得去，它又會將我們帶向何處？

傍晚時分，雷頓終於來了。

這回我們走樓梯，但不是一路往下到醫護室，而是來到地下二樓。

「計畫稍有改變。」他告訴我。

「不做核磁共振了？」

「還不用。」

他帶我到一個我去過的地方，就是我在箱體外醒來那一晚，雅曼達．盧卡斯想聽我作匯報的會議室。

燈光調暗了。

我問道：「怎麼回事？」

「坐吧，傑森。」

「我不明……」

「坐。」

我拉出一張椅子。雷頓與我相對而坐。

他說：「我聽說你一直在看你的舊資料。」

我點點頭。

「想起點什麼了嗎？」

「好像沒有。」

「那太可惜了。我原本希望回憶往事或許能激起一點火花。」

他挺直上身。椅子隨即吱嘎作響。

室內安安靜靜，甚至能聽到頭上燈泡嗡嗡響。

他從桌子對面注視著我。

感覺怪怪的。

不對勁。

雷頓說：「四十五年前我父親創立了『速度』實驗中心。老爸主事的時代，情況不同。我們製造噴射引擎和渦輪風扇，多半以和政府、企業簽訂的重大契約爲主，很少做尖端科技研究。現在我們這裡只有二十三個人，但有一點並未改變。這間公司始終是個家庭，而我們的生命動力就是百分之百的信任。」

他將目光從我身上移開，點了點頭。

燈亮了。

可以透過四周的霧面玻璃看到階梯講堂，裡面坐得滿滿的，就像當初第一天晚上，約有十五到二十人。

只不過沒有人起立鼓掌。

沒有人展露笑容。

大家全都盯著我看。神情嚴肅。緊繃。

我隱隱感覺到一絲驚恐開始迫近。

「他們怎麼都來了？」我問道。

「我跟你說過，我們是一家人，我們會一起收拾爛攤子。」

「我不明白……」

「你在說謊，傑森。你不是你所說的那個人，你不是我們當中的一份子。」

「我解釋過……」

「我知道，你完全不記得箱體的事。過去十年是個黑洞。」

「沒錯。」

「你真的還要這麼說嗎？」

雷頓打開桌上的筆電，開始打字。

然後將筆電轉過來豎直，在觸控螢幕上點了幾下。

「這是在做什麼？」我問道：「怎麼回事？」

「我們現在就把你回來那天晚上沒做完的事做完。我來問問題，這次你得回答了。」

我從椅子上站起來，走到門邊試圖開門。

鎖住了。

「坐下！」

雷頓的聲音響亮有如槍聲。

「我想離開。」

「而我想要你說實話。」

「我已經跟你實話實說了。」

「不，你對丹妮樂．華戈絲說的才是實話。」

玻璃另一邊，有扇門打了開來，一個男人踉踉蹌蹌地，被一名警衛掐著頸背帶進階梯講堂。

警衛將他的臉重壓在玻璃上。

老天爺。

萊恩的鼻子簡直變了形，還有一隻眼睛完全睜不開。

他瘀青腫脹的臉在玻璃上留下一道道血痕。

「你對萊恩．霍德說的才是實話。」雷頓說。

我跑向萊恩，喊他的名字。

他企圖回答，但隔著那道屏障聽不見。

我怒狠狠地瞪著雷頓。

他說：「坐下，不然我會叫人進來把你綁在椅子上。」

稍早的怒火又再度燃起。這個人要爲丹妮樂的死負責。我暗忖，在他們把我和他拉開之前，我能對他造成多少傷害？

不過我還是坐下了。

我問道：「是你找到他的？」

「不是，是萊恩來找我的，你在丹妮樂的公寓說的事讓他很困惑。我現在想聽的就是那些事。」

我看著警衛強押萊恩坐到前排座椅時，忽然靈光一閃——萊恩製造出了箱體運作缺少的那一環，也就是他在丹妮樂的裝置藝術展上提到的「複合物」。假如人腦天生的構造能防止我們感知自己的量子態，那麼或許有藥物可以破壞這個機制，也就是我在任務宣言裡寫到的「防火牆」。

我那個世界裡的萊恩一直在研究前額葉皮質區，與該部位在產生意識方面所扮演的角色。若說這個萊恩發明了某種藥物，能改變人腦感知現實的方式，並不算太離譜的想法。那麼一來便能防止我們與環境「去相干」，進而導致波函數塌陷。

我猛然回神。

「你爲什麼要傷害他？」我問道。

「你跟萊恩說你是雷克蒙大學的教授，說你有個兒子，還說丹妮樂其實是你太太。你跟他說你有天晚上走路回家時被人綁架，之後醒來就在這裡了。你跟他說這不是你的世界。你承認說過這些話嗎？」

我再度暗忖，在被人拉開之前，我能造成多大傷害？打斷鼻子？打落牙齒？殺了他？

我宛如低吼般說道：「你殺了我心愛的女人，只因爲她和我**說過話**。你毆打我的朋友，又強行把我扣押在這裡，你還期望我回答你的問題？去死吧。」我瞪著玻璃另一邊。「你們全都去死吧。」

雷頓說：「也許你不是我認識和我所愛的那個傑森，也許你只是那個男人的影子，只具有他一小部分的野心和聰明才智，但你一定能了解這個問題的意思：會不會是那個箱體發揮作用了呢？這表示我們正面臨有史以來最偉大的科學突破，其應用範圍之廣難以想像，所以當然要不擇手段加以保護，而你在這種時刻卻還爲一些雞毛蒜皮的事吵吵鬧鬧？」

「我想離開。」

「你想離開，哈。記住我剛才說的每句話，然後再想想，你是唯一成功通過那玩意的人，你現在擁有我們花了數十億美元和十年青春試圖獲取的關鍵知識。我這麼說不是想嚇唬你，只是想請你運用一下邏輯思考——你認爲我們爲了從你口中探聽出那個情報，還有什麼做不出來的嗎？」

他就讓問題這麼懸著。

在冷酷的沉默中，我的目光掃向階梯講堂。

我看著萊恩。

我看著雅曼達。她不肯正視我，只見她眼中淚光閃閃，下巴卻繃得緊緊的，彷彿用盡力氣將自己撐住，以免崩潰。

「我要你仔細聽好了。」雷頓說：「現在，在這個房間——接下來你再也不可能這麼好過，所以希望你盡可能享受此時此刻。好啦，你看著我。」

我看著他。

「這個箱體是你打造的嗎？」

我沒有出聲。

「這個箱體是**你**打造的嗎？」

依然無聲。

「你從哪來的？」

我的思緒亂紛紛，腦子裡上演著所有可能的情節——把我所知全告訴他們，或是什麼都別說，又或是只說一點。但**如果**只說一點，又該說什麼？

「這裡是你的世界嗎，傑森？」

我的處境態勢並無實質上的改變，我能否安全依然視我的利用價值而定。只要他們想從我這裡得到什麼，我便握有籌碼。一旦全部告訴他們，我的價值也將隨之消失。

我從桌上抬起頭來，與雷頓四目交接。

我說：「我現在不打算跟你談。」

他嘆了口氣，啪地一聲扭了一下脖子。

然後沒有針對特定某個人說道：「大概就先這樣了。」

我身後的門打開來。

我轉過頭去，但還沒來得及看見有誰，就已經被人從椅子上抓起來，摔到地上。

有人坐在我背上，膝蓋用力地壓我的脊椎。

接著按住我的頭，很快地往我脖子打了一針。

我恢復意識時躺在一張又硬又薄的床墊上，感覺熟悉得令人沮喪。

他們給我注射的藥讓我頭暈得想吐，感覺好像有一道裂縫直透腦殼中央深處。

有個聲音在我耳邊輕輕響起。

我驚坐起身，但哪怕只是輕輕一動，都讓頭顱內的抽痛折磨加劇到全新的強度。

「傑森？」

這個聲音我認得。

「萊恩。」

「欸。」

「怎麼回事？」我問道。

「他們把你抬到這裡來有一會了。」

我勉強睜開眼睛。

我又回到那間小囚室的鐵架床上，而萊恩蹲跪在我身邊。

距離這麼近，他看起來更慘。

「傑森，對不起。」

「不是你的錯。」

「不，雷頓說的是事實。那天晚上我離開你和丹妮樂之後，打了電話給他，跟他說我見過你，還說出地點。」萊恩閉上那隻還能動的眼睛，哭喪著臉說：「我不知道他們會傷害她。」

「你最後怎麼會到實驗室來？」

「我猜是因爲你不肯說出他們想要的資訊，所以他們就大半夜找上了我。丹妮樂死的時候你也在嗎？」

「她就死在我眼前。有個男人直接闖進她家，開槍射中她的眉心。」

「天哪。」

他爬上床挨著我坐，我們倆都背靠著水泥牆。

他說：「我以爲只要把你對我和丹妮樂說的話告訴他們，也許他們終究會讓我參與研究，多少會給我一點回饋。沒想到他們竟然痛打我，怪我有所隱瞞。」

「對不起。」

「你一直把我蒙在鼓裡，我甚至不知道這是個什麼樣的地方，我爲你和雷頓做了那麼多事情，而你們……」

「萊恩，我沒有把你蒙在鼓裡。那不是我。」

他轉頭看著我，似乎在衡量這句話的重要性。

「這麼說你在丹妮樂家說的那些……全都是真的？」

我靠向他，低聲說：「字字句句。小聲一點，他們很可能在偷聽。」

「你是怎麼到這裡來的？」萊恩輕聲問道：「我是說這個世界。」

「就在這個房間外面有一個機棚，而那個機棚裡面有個金屬箱體，是另外一個我建造的。」

「那個箱體到底能做什麼？」

「據我所知，那是通往平行宇宙的門。」

他看著我，就像看著一個瘋子。「怎麼可能？」

「我只要你仔細聽好。從這裡逃跑的那天晚上，我去了一家醫院。他們替我做藥物篩檢時，發現有微量但不明的精神性作用化合物。我在丹妮樂的藝術展開幕酒會上見到你的時候，你問我那個『複合物』是否發揮功效了。你到底在替我做什麼？」

「你要我製造一種藥物，可以暫時改變前額葉皮質區裡三個布羅曼區的大腦化學作用。我花了四年的時間，但你給我的報酬也不少。」

「怎麼改變？」

「讓那些區域暫時進入睡眠狀態。我不知道這要應用在什麼地方。」

「你了解薛丁格的貓背後的概念嗎？」

「當然。」

「也了解觀察能決定現實？」

「了解。」

「另外那一個我是想把人置於疊加狀態。理論上不可能，因爲我們的意識和觀察力絕對不容許。但假如觀察者效應是因爲大腦裡某個機制所造成……」

「你想把它關閉。」

「沒錯。」

「這麼說我的藥物能防止我們『去相干』？」

「應該是。」

「但這並不能阻止他人讓我們去相干，這不能阻止他們的觀察者效應來決定我們的現實。」

「箱體的作用就在這裡。」

「要命。這麼說你想出了辦法讓人類變成一隻又活又死的貓？那……太可怕了。」

小房間的門鎖轉動，門跟著打開。

我們倆都抬起頭，看見雷頓站在門框裡，兩邊各陪著一名警衛——兩名中年男子，穿著太緊的 polo 衫，下襬紮進牛仔褲內，身材已略顯走樣。

他們讓我想到那些以暴力爲業的人。

雷頓說：「萊恩，請跟我們來好嗎？」

萊恩猶豫不決。

「把他拖出來。」

「我自己走。」

萊恩起身，一跛一跛走向門口。

警衛各抓住他一隻手臂，將他拖走，雷頓卻留下來。

他看著我。

「這不是我的作風，傑森。我討厭這樣，我討厭你逼我變成這種惡魔。接下來會發生什麼事呢？我作不了主，選擇權在你。」

我蹦下床，衝向雷頓，他卻當著我的面砰地關上門。

他們將我房裡的燈熄滅。

我只能看見門上方監視器的閃亮綠點。

黑暗中我坐在角落裡，心裡想著：自從這不可思議的五天以前，我在我的世界、我的住處附近，聽見身後有腳步聲衝上前來，便無可避免要面臨此刻的衝突。

自從看見一副藝妓面具與一把槍，我的天空便只剩下懼怕與困惑之星。

此時此刻，沒有邏輯。

沒有解決之道。

沒有科學方法。

我已徹底地、精疲力竭、心神俱裂、恐懼害怕，幾乎只希望一切到此結束。

我眼睜睜看著一生摯愛被殺。

我雖坐在這裡，老友卻可能正在受酷刑凌虐。

而這些傢伙無疑會在我大限來臨前，讓我飽受折磨。

我好害怕。

我想念查理。

我想念丹妮樂。

我想念我那棟一直沒錢好好重新裝修的老舊褐石排屋。

我想念我們那輛雪佛蘭老爺車。

我想念我在學校裡的辦公室。我的學生。

我想念屬於我的生活。

然後在黑暗中，就好像燈泡鎢絲慢慢發熱、發亮，眞相終於浮現了。

我聽見那個綁架者用有點熟悉的聲音，在詢問我的生活。

我的工作。

我的妻子。

問我有沒有叫過她「丹妮」。

他知道萊恩·霍德是誰。

天啊。

他帶我到一座廢棄發電廠。

給我打了藥。

問我一些關於我生活上的問題。

拿走我的手機、我的衣服。

他媽的。
眞相現在就在面前盯著我看。
我的心憤怒地悸動著。
他做這一切是爲了取代我。
這樣他就能奪走屬於我的生活。
我愛的女人。
我的兒子。
我的工作。
我的房子。
因爲那個混蛋就是我。
另外那一個傑森，那個打造出箱體的人——**他竟然這麼對我**。
當監視器的綠燈熄滅，我發覺打從第一眼看到那個箱體，多少就已經知道了。
只是不願正視。
又何必去正視呢？
迷失在一個不屬於你的世界裡是一回事。
知道你在自己的世界裡已被人取代，完全又是另一回事。
有一個更優秀的你闖入了你的人生。
他比我聰明，這點毫無疑問。
但對查理來說，他會是更稱職的父親嗎？

對丹妮樂來說，他會是更好的丈夫嗎？會是更好的情人嗎？

他竟然這樣對待我。

不對。

還要更惡劣得多。

我竟然這樣對待自己。

聽到門鎖轉開時，出於直覺，我急忙將背靠到牆上。

完了。他們來抓我了。

門緩緩打開，門框裡只出現一個背光站立的人影。

他走進來，反手將門關上。

我什麼也看不見。

但可以聞到——淡淡的香水味、沐浴乳香。

「雅曼達嗎？」

她小聲地說：「別那麼大聲。」

「萊恩呢？」

「他走了。」

「『走了』是什麼意思？」

她的聲音好像就快哭出來，情緒就快崩潰。「他們殺了他。對不起，傑森。我以爲他們只是嚇嚇他，沒想到……」

「他死了？」

「他們隨時都可能來找你。」

「那妳爲什麼……？」

「因爲我沒有同意這種爛事。看看他們怎麼對丹妮樂，怎麼對萊恩，又是怎麼對你。他們越過了不應該超越的界線，不管是爲了科學還是什麼。」

「妳能把我弄出這個實驗室嗎？」

「沒辦法，再說那麼做對你也沒好處，現在新聞上到處都能看到你的臉。」

「妳在說什麼？我怎麼會上新聞？」

「警察在找你。他們認爲是你殺了丹妮樂。」

「你們陷害我？」

「眞的很對不起。不過，我雖然不能把你弄出實驗室，卻能把你弄進機棚。」

「妳知道箱體怎麼運作？」我問道。

雖然眼睛看不見，我卻感覺得到她的注視。

「不知道。但那是你唯一的出路。」

「據我聽說的一切，踏進那玩意就像跳出機艙，卻又不知道降落傘會不會張開。」

「如果反正都要墜機了，還有什麼要緊？」

「那監視器呢？」

「這裡面這個？我關掉了。」

我聽到雅曼達往門口移動。

接著出現一道垂直光線，愈來愈寬。

房門全開後，我看到她肩上揹著背包。她走進走廊，調整一下紅色筆管裙，然後回頭看我。

「你來不來？」

我按著床架，費力地站起來。

處於黑暗中想必已有數小時之久，走廊上的燈光幾乎讓人無法忍受。這突如其來的光亮刺痛我的雙眼。

此刻，四下只有我們兩人。

雅曼達已經從我身邊移向另一端的防護門。她回頭瞥一眼，低聲說：「走吧！」

我靜靜跟隨在後，日光燈從頭頂上往後流過。除了我倆腳步回音，走廊上悄然無聲。

等我來到觸控螢幕前，雅曼達已經將門卡放到掃描器下方。

「管制中心裡不會有人嗎？」我問道：「我以爲隨時都有人在監看……」

「今晚輪我値班，有我掩護你。」

「他們會知道妳幫我。」

「等他們發現，我人已經不在這裡了。」

電腦語音的女聲說：**請說出姓名**。

「雅曼達．盧卡斯。」

密碼。

「二二三七。」

登入失敗。

「糟了。」

「怎麼了?」我問道。

「肯定有人從走廊監視器上看到我們,鎖住了我的通行卡。再過幾秒,雷頓就會知道。」

「再試一次。」

她又掃描一次卡片。

請說出姓名。

「雅曼達·盧卡斯。」

密碼。

這回她慢慢地說,每個字都說得格外清楚:「二、二、三、七。」

登入失敗。

「眞要命。」

走廊另一頭的一扇門忽然打開。

雷頓的手下一現身,雅曼達立刻怕得臉色發白,我也嘗到上顎被一股強烈金屬味所包覆。

我問道:「員工的密碼是自己設的還是指定的?」

「是我們替他們設的。」

「把妳的卡給我。」

「爲什麼?」

「說不定誰也沒想到要凍結我的通行許可。」

她將卡遞出時,雷頓也從同一扇門出現了。

他大喊我的名字。

我回頭正好瞧見雷頓和他的手下起步朝我們走來。

我掃描了卡片。

請說出姓名。

「傑森·戴申。」

密碼。

當然了，這傢伙就是我。生日年月，順序顛倒。

「三七二一。」

聲音辨識確認完畢。歡迎，戴申博士。

蜂鳴器的聲音搞得我心浮氣躁。

當門開始緩緩開啓，我無助地看著那些人衝過來，一個個面紅耳赤、揮舞拳頭。

再過四五秒就到眼前了。

防護門一開出足夠的空隙，雅曼達便擠了過去。

我隨她進入機棚，穿過平滑的水泥地，奔向箱體。

管制室裡空無一人，強光從高處直射而下，我也逐漸明白這麼做根本不可能有任何結果。

愈來愈接近箱體，雅曼達高喊道：「我們得進裡頭去！」

我回頭瞥見帶頭的人衝過已經敞開的門，右手拿著一把槍又或是電擊槍，臉上沾了一抹血漬，我猜是萊恩的血。

他監測著我的行動，舉起槍來，但還來不及開槍，我已經繞過箱體轉角。

雅曼達正在推門，就在一陣警鈴聲響徹機棚之際，她已消失不見。

我緊跟在後，跨過門檻，進入箱體。

她一把將我推開，死命用肩膀將門往回頂。

我聽見嘈雜的說話聲與愈來愈近的腳步聲。

雅曼達還在奮力掙扎，我也使盡全力和她一起試著把門關上。

那扇門八成有一噸重。

終於開始移動，開始往回轉。

許多手指伸入門框裡，但我們得了慣性之利。

門轟然關回定位，巨大門鎖也飛快鎖死。

四下靜悄悄。

而且一片漆黑——由於瞬間就黑得如此徹底，毫無破綻，讓人有種暈眩感。

我搖搖晃晃走到最近的牆，兩手放在金屬面上，只是需要有個穩固的東西可憑靠，以便全心全意想著一件事：我真的進到這玩意裡頭來了。

「他們能進入那道門嗎？」我問道。

「我也不知道。照理說會鎖住十分鐘，好像是內建的保護機制。」

「爲什麼需要保護？」

「不知道。可能是有人在追你？要逃脫危險狀況？反正是你設計的，似乎發揮作用了。」

我在黑暗中聽到一陣窸窣聲。

一盞電池式的露營汽化燈亮了起來，微藍的光線照亮箱體內部。

終於能置身於此，被這些近乎無法摧毀的厚實牆壁所包圍，感覺很奇怪、很驚駭，但不可否認，這也令人欣喜若狂。

在新亮起的燈光下，我第一個注意到的是門底下有四隻從第二指節處截斷的手指。雅曼達跪在打開的背包前，整隻手臂都伸進去了。想想這麼多事情才剛在她面前爆發開來，她卻看似沉著無比，還能按輕重緩急冷靜處理。

她拉出一只小皮袋。裡面裝滿針筒、針頭與裝著清澈液體的小安瓿，我猜那液體應該含有萊恩發明的複合物成分。

我說：「妳要和我一起做這件事？」

「不然呢？重新走出那扇門，向雷頓解釋我是怎麼背叛他的，還有我們打算做的一切？」

「我不知道這個箱體怎麼運作。」

「剛好跟我一樣，所以我猜接下來應該能玩得很盡興。」她看看手錶。「門鎖上的時候我按了計時器，他們會在八分五十六秒以後進來。要是沒有時間壓力，我們大可以喝下其中一只安瓿或是做肌肉注射，可是現在只能找靜脈了。有沒有給自己打過針？」

「沒有。」

「捲起袖子。」

她在我手肘上方綁了橡皮帶，抓住我的手臂，按在汽化燈的燈光下。

「看見你手肘前方的靜脈了嗎？那是你的前臂尺骨靜脈，就是打那裡。」

「不是應該由妳來打嗎？」

「你可以的。」

她交給我一個小包裝袋，裡面裝的是酒精棉片。

我撕開包裝，擦拭了一大片皮膚。

接著她給我一支三毫升針筒、兩個針頭和一只安瓿。

「這是用來過濾的針頭，」她摸摸其中一個針頭說道：「用它來抽取液體，以免抽到打開時弄出來的玻璃碎片。然後再換另一個針頭注射。懂嗎？」

「應該吧。」我將過濾針頭裝上針筒，拔掉蓋子，然後折斷小玻璃瓶瓶頸。「全部嗎？」我問道。

她正在自己手臂上綁橡皮帶，清潔注射部位。

「對。」

我小心地將安瓿內容物抽入針筒，接著換針頭。

雅曼達說：「記得一定要敲敲針筒，先從針頭擠出一點點液體。可別把氣泡打進血管去。」

她又讓我看一次她的錶：七分三十九秒……

七分三十八秒。

七分三十七秒。

我用力敲打針筒，從針頭擠出一滴萊恩的化學複合物。

我說：「所以就只要……」

「斜四十五度角插入血管，針頭斜面朝上。我知道這很麻煩，但你做得很好。」

我血管內有太多腎上腺素流竄，連針頭刺入都幾乎沒感覺。

「再來呢？」

「要確定插進靜脈了。」

「那要怎麼……？」

「把推桿往後拉一點點。」

我照做了。

「看見血了嗎？」

「欸。」

「做得好。那就對了。現在解開止血帶，慢慢注射進去。」

我一邊按壓推桿，一邊問：「要多久才會產生效果？」

「幾乎是馬上吧，如果我……」

我甚至沒聽到她把話說完。

藥劑猛衝入我的體內。

我身子一軟，癱靠牆邊，一時失去時間概念，直到雅曼達再次出現眼前，嘴裡不知說些什麼，我很努力聽卻聽不懂。

我低頭看著她從我手臂拔出針頭，在小小的傷口上壓了一塊酒精棉。

我這才聽明白她說的是：「壓住它。」

再來我看著雅曼達在汽化燈光下伸展手臂，當她將針頭刺入靜脈、鬆開止血帶，我的目光轉移到她的手錶面與慢慢向零倒數的數字。

不久，雅曼達呈大字型倒臥在地，活像個剛剛注射了毒品的毒蟲，時間依然在倒數計時，但已經無所謂了。

我簡直不敢相信眼前所見。

8

我坐起身來。

頭腦清晰而機警。

雅曼達已經不再躺在地上，而是背對著我站在大約一米外。

我出聲喊她，問她還好嗎，但她沒回答。

我掙扎著站起來。

雅曼達手裡拿著汽化燈，當我走向她，看見燈光並未照在理應在我們正前方的箱體牆上。

我從她身旁走過。她提著燈跟在後面。

燈光照出另一道門，與我們剛剛在機棚裡進入的那道門一模一樣。

我繼續往前走。又走了三四公尺後，來到另一道門前。

接著又是另一道。

接著又一道。

汽化燈發出的光只有一顆六十瓦燈泡的強度，到了二十來公尺外，光線便逐漸減弱成一種令人不安的幽微亮光，從一側金屬牆的冰冷表面反射出來，閃閃爍爍，而另一側則是一道道間隔完全相同的門。

出了我們的光圈之外，黑得伸手不見五指。

我停下腳步，驚愕莫名，啞口無言。

我想到自己一生中讀過數以萬計的文章與書本、考過的試、教過的課、背過的理論、寫在黑板上的公式。我想到自己月復一月待在那間無塵室裡試著建造的東西，可說是這個地方的低階版。

對於物理學和宇宙學的學生而言，最接近研究的實質意涵的時刻，就是透過望遠鏡看見古老銀河系，就是電腦讀出粒子碰撞的數據，而粒子的碰撞是我們知道眞實發生卻永遠無法得見。

在公式與公式所呈現的現實之間，永遠有一條界線、一道藩籬。

但如今再也沒有了。至少對我而言。

我忍不住不停地想著，我就在這裡，我眞的就在這個地方，它是存在的。

至少有那麼一刻，我心中的恐懼消失了。

只充滿驚奇。

我說：「我們所能體驗到最美的事物就是奧祕。」

雅曼達看著我。

「愛因斯坦說的，不是我。」

「但這個地方是眞實的嗎？」她問道。

「妳所謂『眞實』是什麼意思？」

「我們是站在實際存在的位置上嗎？」

「我想這是一種心的顯現，我們的心正試圖以視覺影像解釋大腦還無法理解的東西。」

「那是？」

「疊加態。」

「這麼說我們現在正處於一種量子態囉？」

我回頭看一眼長廊，再看看漆黑的前方。即使在昏暗光線中，這個空間仍有種遞迴的特質，就像兩面鏡子對映。

「對。這裡看似一道走廊，但我想這些不斷重複出現的箱體，其實各自通往所有可能同時發生在同一個時空點的現實。」

「意思是時空的橫切面？」

「沒錯，根據量子力學的某些敘述，涵蓋系統所有資訊的東西叫做波函數，而觀測會讓波函數塌陷。我在想，這條長廊就是我們的心為我們的量子疊加態顯現出波函數的內涵，也就是顯現出所有可能的結果。」

「那麼這條長廊會通到哪呢？」她問道：「如果我們繼續往前走，最後會到哪裡去？」

我回答時，驚奇感消退，恐懼隨即悄悄進駐：「沒有盡頭。」

我們繼續往前走，看看會發生什麼事，看看會不會有任何改變，也看看**我們**會不會改變。不料卻只是一道門接著一道門又接著一道門。

走了一會之後，我說：「從我們沿著走廊走我就開始計算，這是第四百四十道門。每個箱體再次出現的距離是三．五公尺，也就是說我們已經整整走了一．五公里。」

雅曼達停下來，讓背包從肩膀上滑落。

她靠著牆邊坐，我也坐到她身邊，把燈擺在我們中間。

我說：「萬一雷頓決定注射那個藥，隨後追過來怎麼辦？」

「他絕對不會那麼做。」

「為什麼？」

「因為他很怕這個箱體，我們都很怕。除了你，每個進去的人都是一去不返。所以雷頓願意不計代價，讓你告訴他怎麼駕駛這個東西。」

「你們那些試飛員是怎麼回事？」

「第一個進入箱體的是一個名叫馬修．史奈的人。當時我們也不知道會遭遇什麼情況，所以就給史奈清楚而簡單的指示。進入箱體、關上門、坐下、給自己注射藥物，不管發生什麼事、不管看見什麼，都要坐在原地等著藥效退去，然後重新走出箱體到機棚內。就算他看到了這一切，他也不會離開箱體，他不會移動的。」

「那是怎麼回事？」

「一個小時過去，已經超過時限。我們想打開門，卻又擔心干擾到他正在經歷的事。又過了二十四小時後，我們才終於開門。」

「箱體是空的。」

「對了。」雅曼達在藍光下顯得疲憊萬分。「踏進箱體、注射藥劑，就像穿過一道不歸門。進來就回不了頭了，所以不會有人冒險來追我們。這裡就只有我們倆。你打算怎麼做？」

「做實驗，就像任何一個優秀的科學家。試著去開其中一道門，看看會怎麼樣。」

「我只是確認一下：你並不知道這些門後面會有什麼，對嗎？」

「毫無概念。」

我扶了雅曼達一把。當我把背包甩上肩，才頭一次微微感到口渴，不知道她有沒有帶水。

我們繼續沿著長廊走，說實話，我很猶豫。如果有無窮無盡的門，那麼就統計學觀點來看，選擇本身既是代表一切，同時**也**毫無意義。每個選擇都是對的，每個選擇也都是錯的。

我終於停下腳步說：「這扇如何？」

她聳聳肩。「好啊。」

我握住冰冷的金屬手把，問道：「我們帶了安瓿對吧？因爲那將會是……」

「剛才停下的時候，我檢查過背包。」

我將門把往下壓，聽見門栓滑動，便往後拉。

門往內擺動，脫離了門框。

她輕聲說：「你看到外面有什麼？」

「什麼都還看不見，太暗了。來，那個給我。」我從她手上接過汽化燈後，發現我們又再次站在一個箱體內。「你看，」我說：「走廊崩陷了。」

「你覺得驚訝？」

「其實，這完全合理。門外的環境與箱體內部產生互動，導致量子態變得不安定。」

我重新轉身面對開著的門，把燈放到身前，只能看見正前方的地面。

龜裂的柏油路面。

油漬。

我一腳踏出，玻璃碎片在腳下吱吱嘎嘎響。

我扶著雅曼達出來，當我們壯起膽子走了幾步，燈光擴散開來，照到一根水泥柱。

一輛廂型車。

一輛敞篷車。

一輛房車。

這是個地下停車場。

我們順著一條微微上升的斜坡走，兩邊都是車子，腳下隱約可見劃分左右車道的斑駁白線。

箱體已經離得很遠，看不見了，隱沒於漆黑之中。

我們經過一塊牌子，上面寫著「街道出口」，旁邊還有一個箭頭指向左邊。

轉過一個轉角後，我們開始爬上第二道斜坡。

右手邊一路上，天花板大塊大塊地掉落，砸在車輛的擋風玻璃、引擎蓋與車頂上。愈往前走，情況愈糟，到後來我們還得爬過又大又圓的混凝土塊，在如刀刃般刺出的生鏽鋼筋之間繞行穿梭。

往上一層樓爬到一半，一道由瓦礫堆成的高牆擋在面前，無法攀越。

「也許我們乾脆往回走算了。」我說。

「你看……」她搶過燈，我則隨她走到一個樓梯間入口。

門開出一條縫，雅曼達用力將它整個推開。

黑森森一片。

我們爬到樓梯頂端，那裡有一扇門。

還得靠我們倆合力才能把門拉開。

風吹過正前方的大廳。

有一些像是環境光的亮光從幾個空空的鐵框架穿射而過，那原本是兩層樓高的大窗。

起初，我以爲地板上有雪，但不冷。

我跪下來，抓起一把，乾乾的，鋪在大理石地板上有三十公分深。那東西從我的指縫間流下。

我們沿著一個長長的櫃台跋涉而過，櫃台正面還貼著以大寫藝術字體寫的飯店名稱。

到了大門口，我們經過兩只巨大花盆，種在裡面的樹已經凋萎，只剩布滿樹節的枯枝，乾脆破碎的葉片隨風劈啪作響。

雅曼達關掉了汽化燈。

我們走過已經沒有玻璃的旋轉門。

儘管不覺得有那麼冷，外頭卻看似暴風雪肆虐。

我走到街上，抬頭凝視著灰暗建築間，略帶一抹紅暈的天空。那天色就像雲層低低籠罩在城市上方時，天空的濕氣把所有建築物的光線都反射回來一樣。

可是周遭並無燈光。

至少我放眼所及，一盞也看不到。

雖然那些粒子像雪一樣，鋪天蓋地地下著，落到臉上卻無刺痛感。

「是灰渣。」雅曼達說。

灰渣風暴。

在街上，已經深堆及膝，空氣的味道則有如隔夜後尚未掃除灰渣的冷壁爐。

一種死沉、燒焦的臭味。

紛落的灰渣濃密到遮蔽了摩天大樓的高樓層，四下只聽到迴盪在建築物間、穿堂而過的風聲，以及灰渣啉啉地在廢棄已久的汽車與巴士車身旁邊吹積成堆。

我簡直不敢相信眼前的景象。

不敢相信我確實站在一個不屬於我的世界裡。

我們走到路中央，背對著風。

我甩不掉一種感覺：摩天大樓的一片黑太不對勁了。它們只是骨架，只是漫天灰渣中不祥的黑影輪廓，與其說是人造物，倒更像一群奇山怪嶺，有些斜倚、有些倒塌，在高處的狂烈陣風中，還能聽到已經扭轉到超過抗拉強度的鋼鐵結構發出呻吟。

我忽然感覺到眼球後面的空間緊縮起來。

雅曼達問：「你也感覺到了嗎？」

「妳是說眼球後面的壓力？」

「對。」

「有啊，八成是藥效減弱了。」

過了幾條街，便再無建築物。我們來到防波堤上的一道護欄。輻射天空下，湖面豁然展延數里，甚至根本已經不像密西根湖，而像一片廣袤的灰色沙漠，灰渣凝聚在水面緩緩波動，有如一張水床，黑浪泡沫衝撞到防波堤碎成浪花。

往回走時逆風。灰渣不斷飛入我們的眼口。

方才走過的足跡已被掩蓋。

離飯店還有一條街時，忽然聽到不遠處彷彿響起連動的雷聲。

腳下的土地也在震動。

又有另一棟建築攔腰折斷。

箱體還等在原來的地方，在停車場最底層最偏僻的角落。

我們倆渾身都是灰渣，在門口花了一會工夫撢去衣服和頭髮上的灰。

重新進入後，門鎖隨即飛快鎖回定位。

我們又再次置身於一個簡單的、空間有限的箱體內。

四面牆。

一道門。

一盞汽化燈。

一個背包。

還有兩個張皇失措的人。

雅曼達把膝蓋抱在胸前坐著。

「你覺得那上面發生了什麼事？」她問道。

「超級火山爆發。彗星撞擊。核子戰爭。誰知道？」

「那是未來嗎？」

「不是，箱體只會將我們連接到同一個時空點的各個替代現實。不過我想如果有些世界發展出我們始終沒能研究出的科技，或許會看似未來。」

「會不會全部都像這個一樣毀滅了？」

我說：「我們應該再注射一次藥。我覺得在這座搖搖欲墜的大樓底下不怎麼保險。」

雅曼達脫下平底鞋，搖晃著倒出裡頭的灰渣。

我說：「妳在實驗室爲我做的事……妳救了我一命。」

她看著我，下唇幾乎就要顫抖起來。「我常常夢見前幾個進入箱體的試飛員。全是噩夢。眞不敢相信現在會發生這種事。」

我拉開背包拉鍊，開始拿出裡面的東西進行分類。

裡面有裝著安瓿與注射器具的皮袋。

三本包著塑膠封套的筆記本。

一盒鉛筆。

一把套著尼龍套的刀子。

急救用品。

太空毯。

斗篷雨衣。

梳妝包。

兩捲紙鈔。

輻射偵測器。

指南針。

兩個一公升裝的水瓶，都是滿的。

六包即食口糧。

「這些東西是妳打包的？」我問道。

「不是，我只是從儲藏室隨手抓來的。這是每個人帶進箱體的標準裝備。我們應該要穿太空裝，但我沒時間拿。」

「這可不是開玩笑。一個像那樣的世界？輻射強度可能超高，或者大氣成分可能產生劇變。要是氣壓不對，譬如說太低了，我們的血液和體內的液體都會沸騰。」

那兩只水瓶在召喚著我。我已經好幾個小時沒喝半滴水，嘴巴乾得像火燒。

我將皮袋打開。看起來像是專爲安瓿設計的，每只玻璃瓶都穩穩地安置在各自的迷你套袋裡。

我正要開始數。

「五十瓶。」雅曼達說：「當然，現在只剩下四十八瓶了。我本來應該抓兩個背包，只是……」

「妳沒想到會跟我一起來。」

「我們有多慘？」她問道：「說實話。」

「不知道。不過這是我們的太空船，最好還是學會怎麼駕駛。」

我開始把所有東西塞進背包時，雅曼達伸手拿走注射器具包。

這回我們折斷安瓿瓶頸，喝下藥劑，液體滑過舌頭，有種甜甜的、隱隱令人不舒服的刺痛感。

剩下四十六瓶。

我啓動雅曼達手錶的計時器，問道：「這玩意可以使用幾次，而不會讓大腦爆炸？」

「好一陣子以前，我們做過測試。」

「從街上拉來的遊民？」

她幾乎面露微笑。「沒死人。我們得知重複使用肯定會讓神經系統的功能負荷過重，也會增加耐受性。好消息是半衰期非常短，所以只要不是一瓶緊接著一瓶，應該不會有問題。」她重新穿上平底鞋，然後看著我。「你佩服自己嗎？」

「什麼意思？」

「打造了這個東西。」

「是啊，但我還是不知道是怎麼做到的。理論我明白，可是爲人類創造一個穩定的量子態……」

「是個不可能的突破？」

這是當然。在領悟到這一切有多麼不可能發生的刹那，我頸背上的寒毛都豎起來了。

我說：「這是十億分之一的機會，但我們面對的是平行宇宙，是無極限。也許有一百萬個像妳所在的世界，那裡頭的我始終都沒解出答案。可是我只要在某一個世界裡解出來就夠了。」

計時到三十分鐘時，我察覺到藥劑起作用的第一個感覺——一種忽隱忽現、燦爛明亮的欣快感。

一種美好的解脫感。

不過不像在速度實驗中心的箱體內感受那般強烈。

我看著雅曼達。

我說：「我好像有感覺了。」

她說：「我也是。」

接著我們又回到長廊。

我問道：「妳的錶還在走嗎？」

雅曼達將毛衣袖子往後拉，按亮錶面的氚管綠光。

三十一分十五秒。

三十一分十六秒。

三十一分十七秒。

我說：「所以我們喝下藥到現在已經過了三十一分鐘多一點。妳知不知道要多久時間才會改變我們大腦的化學作用？」

「聽說大概要一小時。」

「我們計時一下，以便確定。」

我往後移向之前通往停車場的門，將它拉開。

此時映入眼簾的是一片森林。

只不過沒有絲毫綠意。

毫無生氣。

放眼所見只有枯乾的樹幹。

那些樹彷彿鬼魅附身，細長枝枒像黑色蜘蛛網映在炭黑的天空上。

我關上門。門自動上了鎖。

我頓時一陣暈眩，看著箱體再次從我身邊退離，暈開延展成無窮無盡的長列。

我解開門鎖，把門往後拉開。

長廊再次崩陷。

枯樹林依然在。

我說：「好，現在我們知道了，只有在一定的藥效期間，門和這些世界間的連結才會存在。所以才會一個試飛員都沒能回到實驗室。」

「這麼說等藥開始起作用，長廊就會重新排列？」

「應該是。」

「那我們怎麼找得到回家的路？」

雅曼達開始走。

愈走愈快。

直到變成慢跑。

然後快跑。

進入沒有變化的黑暗。

沒有盡頭的黑暗。

平行宇宙的後台。

這般費力讓我開始流汗，也漸漸將口渴的感覺推向忍無可忍的程度，但我什麼也沒說，心想或許這是她需要的，需要消耗一些體力，需要看到不管走多遠，這道長廊仍永無盡頭。

我想我們倆都只是試著去接受「無限」究竟有多可怕。

最後，她終於體力耗盡。

慢了下來。

除了前方黑暗中回響著我們的腳步聲，再無一點聲響。

我又飢又渴，頭都暈了起來，滿腦子只想著背包裡那兩瓶水，很想喝，卻知道應該存留起來。

現在我們正一步步慢慢走過長廊。

我提著燈，以便檢視每個箱體的每一面牆。

我也不知道自己在找什麼。

也許是一致性中的一個缺口吧。

只要能讓我們施上一點力，掌控我們最後的目的地，什麼都好。

在此同時，我的思緒一直在黑暗中奔竄……

等水喝完以後會怎麼樣呢？

食物吃完以後呢？

爲這盞汽化燈——我們唯一的光源——供電的電池沒電了以後呢？

我還能怎麼找到回家的路？

從我們最初在速度實驗中心進入箱體至今，不知道已經過了幾個小時。

我已完全失去時間感。腳步蹣跚。整個人疲憊到極點，睡眠似乎比水更有魅力。

我瞄了雅曼達一眼，在藍光底下，她的五官冰冷但美麗。

她似乎很害怕。

「餓了嗎？」她問道。

「快了。」

「我好渴，但應該把水留著，對吧？」

「我想這是明智的做法。」

她說：「我覺得好茫然，而且隨著一分一秒過去感覺愈來愈強烈。我在北達科塔長大，那裡常常發生超級暴風雪。一片白茫茫。你可能正在平野上開車，忽然間風雪大作，讓你失去方向感。那風雪之猛烈，光是從擋風玻璃看出去都會覺得頭暈。你只能把車停到路邊，等著風雪平息。坐在冷冰冰的車子裡，會覺得世界好像消失了。而我現在就是這種感覺。」

「我也害怕，但我正在解決問題。」

「怎麼解決？」

「首先，我們得找出這劑藥能讓我們在長廊裡待多久，而且要精準到以分鐘爲單位。」

「要設多長時間？」

「如果說我們有大約一個小時，那就在手錶上設定九十分鐘，包含藥效起作用所需的三十分鐘，加上我們受藥效影響的一個小時。」

「我體重比你輕。如果我受影響的時間比較久呢？」

「無所謂。只要我們其中一人的藥效停止，那個人就會讓量子態去相干，造成長廊塌陷。為了保險起見，我們就在八十五分鐘的時候開始開門。」

「到底是想找到什麼呢？」

「一個不會把我們生呑活剝的世界。」

她停下來看我。「我知道這個箱體不算是你建造的，但你對它的運作，肯定有些概念吧。」

「其實，簡直是相差十萬八千里……」

「所以你是想說『沒有，我毫無概念』嗎？」

「妳想問什麼，雅曼達？」

「我們是不是迷路了？」

「我們在收集資訊，在解決問題。」

「但問題是我們迷路了。對不對？」

「我們在探索。」

「老天哪。」

「怎麼了？」

「我可不想下半輩子都在這條無止境的地道裡遊蕩。」

「我不會讓這種事發生的。」

「怎麼做？」

「還不知道。」

「但是你正在努力？」

「對，我正在努力。」

「我們並沒有迷路。」

我們就是他媽的迷路了。而且是飄盪在兩個宇宙間的虛無空間裡。

「我們沒有迷路。」

「好，」她微笑道：「那我就晚一點再驚慌。」

我們默默地前行片刻。

光滑的金屬牆面毫無特色，一扇門與下一扇、下下一扇，再下下一扇都一模一樣。

雅曼達問道：「你認爲我們眞正能進入的世界有哪些？」

「我一直試著解開這個謎。假設平行宇宙是從單一事件開始，也就是宇宙大爆炸。那是起點，是所能想像最巨大、最繁茂的一棵樹的主幹。隨著時間展開，物質開始以各種可能組合成恆星與行星，這棵樹也開始開枝散葉，持續不斷地分枝再分枝，直到一百四十億年後，我的出生又誘生出一根新枝。從那一刻起，我採取或未採取的每個決定，以及其他影響我的人的舉動——這些全都會生出更多分枝，生出無限量的傑森．戴申，生活在平行的世界裡，有些和我所謂的家非常類似，有些則有驚人的差異。

「可能發生的每一件事都會發生。**每一件事**。我的意思是，在這條長廊上，有另一個妳和我並未在妳試圖幫我逃跑的時候進入箱體，而且現在正在受酷刑，也可能已經死了。」

「你還眞會激勵人心。」

「說不定還更糟。我想我們應該無法進入所有的平行宇宙。我是說，如果有一個世界，當原核生物——地球上最早的生物——開始出現時，太陽已經燒盡，我不認爲會有哪一扇門開往那個世界。」

「所以我們只能走進……哪些世界？」

「要我猜的話，應該是多少與我們的世界相鄰的那些，也就是過去不久才剛分裂的世界，就在我們存在或曾經存在過的世界隔壁。它們的分枝能回溯到多遠？我不知道，但我懷疑其中牽涉到某種形式的條件選擇。這只是我的初步假設。」

「不過你在說的還是無限量的世界，對嗎？」

「對。」

我拉起她的手腕，按下手錶的燈光按鈕。

小方格裡的綠光顯示……

八十四分五十秒。

八十四分五十一秒。

我說：「接下來五分鐘，藥效應該會慢慢減弱。我想時機到了。」

我移向下一道門，把燈交給雅曼達，然後握住門把。

轉動拉桿，將門拉開三公分左右。

我看見一片水泥地板。

六公分寬。

正前方有一扇熟悉的玻璃窗。

十公分。

雅曼達說：「是機棚。」

「你想怎麼做？」

她從我身邊擠過去，跨出箱體。

我隨後跟上，燈光從頭上照射下來。

任務管制中心是空的。

機棚安安靜靜。

我們在箱體的轉角處停下，從邊緣偷看防護門的方向。

我說：「這樣不安全。」我的話傳遍空闊的機棚，好像教堂裡的私語聲。

「箱體就安全？」

忽然空隆一聲巨響，防護門彼此脫解，慢慢打開。

驚慌的人聲從門口滲入。

我說：「走吧，現在。」

有名女子正掙扎著擠過門間的空隙。

雅曼達驚呼：「我的天哪。」

防護門只距離十五公尺，我知道我們應該回到箱體內，卻忍不住觀看著。

女子從門縫擠進機棚，然後回頭伸手拉了身後的男人一把。

那女子是雅曼達。

男人的臉整個腫脹變形，要不是他穿著跟我一樣的衣服，乍看之下還眞認不出他就是我。

當他們朝我們跑過來，我開始不由自主地退向箱體的門。

但他們只跑了三公尺，雷頓的人便衝進防護門追了上來。

一聲槍響讓那個傑森和雅曼達猛然止步。

我這個雅曼達眼看就要朝他們走過去，卻被我拉回來。

「我們得幫他們。」她小聲說。

「不行。」

我們從箱體轉角偷偷看著我們的分身慢慢轉過去，面向雷頓的手下。

我們應該離開。

這我知道。

我內心有個聲音吶喊著叫我走。

但我就是走不開。

我第一個想到的是我們回到過去了，但那當然不可能。在箱體內無法時空旅行。這只是數小時後我和雅曼達要逃離的一個世界。

也可能沒逃成。

雷頓的手下已經拔出槍，從容地步入機棚內，朝傑森與雅曼達靠近。

當雷頓跟在他們後面進來，我聽到另一個我說：「不是她的錯。是我威脅她，是我**逼**她的。」

雷頓看著雅曼達。

他問道：「是眞的嗎？他**逼**妳的？我認識妳已經不只十年，我從來沒見過有誰能**逼**妳做任何事。」

雅曼達的表情看似害怕，但也毫不屈服。

她顫抖著聲音說：「我不會袖手旁觀，任由你傷害人。沒什麼好說的。」

「喔，是嗎？既然如此……」

雷頓將手搭在他右手邊的男人的厚實肩膀上。

槍聲震耳欲聾。

槍口的火光刺得人睜不開眼。

雅曼達就像一個忽然被關掉能源開關的人，癱軟倒下，而在我旁邊的雅曼達忍不住掩嘴尖叫。

當那一個傑森衝向雷頓，第二個警衛以迅雷不及掩耳的速度拔出電擊槍攻擊他，讓他倒在機棚地上尖叫抽搐。

我旁邊這個雅曼達的驚叫聲暴露了我們的行蹤。

雷頓瞪著我們，滿臉困惑。

他大喊：「喂！」

他們朝我們追來。

我抓住雅曼達的手臂，拉著她回到箱體內，砰地將門關上。

門鎖上了，長廊重組，可是現在藥性隨時可能消失。

雅曼達抖個不停，我想告訴她沒事，但事實並非如此。她剛剛親眼目睹自己被殺。

「外面那個不是妳。」我告訴她：「妳就站在我旁邊，活得好好的。那個不是妳。」

儘管光線模糊，還是看得出她在哭。

淚水流過她臉上的塵垢，有如暈開的眼線。

「那是我的一部分。」她說：「或者應該說曾經是。」

我伸手輕輕拉起她的手臂，轉過來，看她的錶。距離九十分鐘的設定只剩四十五秒。

我說：「我們得走了。」

我往長廊走去。

「雅曼達，走吧！」

等她跟上時，我打開一扇門。

沒有一絲光亮。

沒有聲音、沒有氣味。只是一片虛空。

我猛地將門關上。

我盡可能不驚慌，但還是需要打開更多門，好讓我們有機會找到一個可以休息並重新出發的地方。

我打開下一道門。

三公尺外，有一頭狼站在搖搖欲墜的鐵絲網前的草叢中，偌大的琥珀色眼睛目光炯炯地瞪著我。牠低下頭，發出低嚎。

見牠往我衝來，我連忙用力一推，關上了門。

雅曼達抓住我的手。

我們繼續走。

我應該多打開幾道門，但事實上我已經嚇壞了。對於能否找到一個安全的世界，已經失去信心。

一眨眼，我們又再度被關在單一的箱體中。

我們當中有人的藥力消失了。

這回，是她開的門。

風雪湧入箱體內。

我臉上一陣冰冷刺痛。

在不停落下的雪幕中，我瞥見附近樹木與遠處房屋的輪廓。

「妳覺得如何？」我問道。

「我覺得我不想在這個鬼箱子裡再多待上一秒鐘。」

雅曼達踏入雪地，一下子整隻小腿便陷入細雪中。

她立刻冷得發抖。

我感覺到藥效最後一閃即逝，這次的感覺像被冰鑿戳穿左眼。

劇痛，但只是一瞬間。

我跟隨雅曼達走出箱體，大致朝附近有住家的方向走去。

過了一開始的細雪層，我可以感覺到自己繼續往下陷——每一步的重量慢慢地踩碎一片堆積得更深、更久的夯實雪面。

我追上了雅曼達。

我們跋涉過一片林間空地，朝一個有人居住的地方走去，那地方卻似乎慢慢消失在眼前。

我的牛仔褲和帽T只能勉強禦寒，但穿著紅裙、黑毛衣和平底鞋的雅曼達更痛苦。

我大半輩子都住在中西部，從來沒見識過這種寒冷。我的耳朵和顴骨恐怕很快就會凍傷，雙手也開始無法控制精細動作。

一陣疾風迎面打來，雪愈下愈大，前面的世界逐漸變得像個被猛烈搖晃過的水晶雪球。

我們繼續在雪中跋涉，能走多快就走多快，可是積雪愈來愈深，步行起來幾乎毫無效率可言。

雅曼達的雙頰已經發青。

她顫抖得好厲害。

頭髮上全是雪。

「我們應該回去。」我牙齒打顫地說。

風聲已經大得震耳欲聾。

雅曼達先是茫然地看著我，然後點點頭。

我回頭一望，箱體竟不見了。

登時驚恐之情遽升。

雪斜斜地吹著，遠方的房屋已消失。

四面八方都一個樣。

雅曼達的頭上上下下擺動，我則始終緊握拳頭，試圖將溫熱的血催逼到指尖，但卻是徒勞。我的線戒都結冰了。

我的思緒開始渙散。渾身冷得直發抖。

我們完蛋了。

這不只是冷，而是遠低於零度的冷。

致命的冷。

我不知道我們離開箱體多遠了。

但這還有什麼要緊嗎？反正都已經失去視覺功能。

只要再幾分鐘，我們就會冷死。

繼續移動。

雅曼達眼神有些呆滯，不知道是不是漸漸凍僵了。

她裸露的腿直接接觸到雪。

「好痛。」她說。

我彎腰將她抱起，在風雪中蹣跚前進的同時，將渾身顫抖的雅曼達緊緊摟在懷裡。

我們置身於風雪凜寒的漩渦中，周遭景物看起來一模一樣。若不低頭看著自己的雙腿，整個漩渦的轉動會讓人頭暈目眩。

一個念頭驀然閃過：我們會死。

但我還是繼續走。

一步一步往前踩，此時臉頰被凍得灼燙，手臂因爲抱著雅曼達而發疼，腳也痛苦不堪，因爲雪跑進鞋子裡了。

幾分鐘過去，雪下得更猛，寒意依然刺骨。

雅曼達開始喃喃自語，神智不清。

不能繼續這樣下去。

不能繼續走。

不能繼續抱著她。

很快地——太快了——我非得停下不可。然後坐在雪地裡，抱著這個剛剛才認識的女人，一起凍死在這個根本不屬於我們的可怕世界裡。

我想到家人。

想到從此再也見不到他們，我試著分析這代表了什麼，而內心的恐懼也終於慢慢失控……

眼前出現了一棟房子。

不，應該說是一棟房子的二樓，因爲雪一路吹積到一排三扇的老虎窗，把一樓全埋起來了。

「雅曼達。」

她眼睛閉著。

「雅曼達！」

她睜開眼，很勉強地。

「保持清醒。」

我把她放到雪地上，靠在屋頂邊，跌跌撞撞走到中間那扇老虎窗，用腳踹破窗子。

把突出的尖銳玻璃碎片全踢掉後，我抓住雅曼達的雙臂，把她拖進一間兒童房——看樣子，主人應該是個小女孩。

有絨毛動物。

一間木製的娃娃屋。

公主的行頭。

床頭櫃上有一把芭比手電筒。

我把雅曼達拉進房間較深處，讓從窗口灌進來的風雪吹不到她。然後抓起芭比手電筒，走出房門，進到樓上的走廊。

我高喊：「有人嗎？」

屋子將我的聲音吞沒，沒有回聲。

二樓的所有臥室都空蕩蕩，裡頭的家具也大多都搬走了。

我打開手電筒，步下樓梯。

電池快沒電了，燈泡發出的光束很微弱。

離開樓梯後，經過前門，進入昔日的餐廳。窗口都釘了木板，以便支撐住玻璃，不被已填滿整個窗框的積雪給壓破。餐桌有一部分已砍成可燒火的木柴，殘餘的部分旁邊還靠著一把斧頭。

我走進一扇門，裡頭是個較小的房間。

半亮不亮的光束照見一張沙發。

有兩張椅子，皮面幾乎都磨掉了。

一架電視懸掛在灰渣滿溢的壁爐上方。

一盒蠟燭。

一落書。

幾個睡袋、幾條毛毯和幾顆枕頭散置在壁爐附近的地上，裡面有人。

一個男人。

一個女人。

兩個十來歲的男生。

一個年輕女孩。

眼睛閉著。動也不動。

臉色憔悴發青。

女人的胸口上放著一張裱框的全家福照片，那是在較美好的年代裡，在林肯公園溫室拍的，她發黑的手指仍牢牢抓著照片。

壁爐前面，可以看到幾個火柴盒、一疊疊報紙，和一堆從刀具架削下的木屑。

出了起居室後的第二扇門通往廚房。冰箱開著，裡頭空空如也，廚櫃也一樣。流理台上滿是空罐頭。

奶油玉米罐頭。腰豆罐頭。黑豆罐頭。全顆去皮番茄罐頭。濃湯罐頭。桃子罐頭。

還有一些擺放在廚櫃深處，經常放到過期的東西。

就連佐料罐也被刮得乾乾淨淨——有芥末、美乃滋、果醬。

我在堆到滿出來的垃圾桶後面看見一灘凍結的血漬和一副小小的貓的骨骸，上面的肉都被剝光了。

這些人不是凍死。

是餓死。

*

火光照亮起居室四壁。我光著身子躺在睡袋裡，外面又套了另一個睡袋，上面還蓋毯子。

雅曼達躺在我旁邊，她也用了兩個自己的睡袋，讓身子慢慢暖和起來。

濕衣服就放在壁爐磚面上烘乾，我們躺得離火很近，可以感覺到火的溫熱在舔舐我的臉。

外頭依然是狂風暴雪，陣陣驟風晃得整棟屋子的骨架咿咿呀呀響。

雅曼達的眼睛睜開了。

她已經醒了有一會，我們也已經喝光那兩瓶水，又在瓶子裡裝滿雪，此時正放在壁爐上近火處。

「你覺得本來住在這裡的人發生了什麼事？」她問道。

實情是：我將他們的屍體拖進一間工作室，免得被她看見。

但我說：「不知道。會不會是去了哪個溫暖的地方？」

她微笑道：「說謊。就像我們有那般太空船還不是困在這裡。」

「我想這就是所謂陡峭的學習曲線吧。」

她吸了很長、很深的一口氣，然後吐出來，說道：「我今年四十一歲。人生沒什麼了不起，但畢竟還是我的。我有事業、有一間公寓、有一條狗、有朋友、有我喜歡看的電視節目。還有一個男人叫約翰，見過三次面。還有美酒。」她看著我。「這些我一樣也看不見了，對吧？」

我遲疑著不知如何回答。

她又接著說：「至少你有個目的地，一個你想回去的世界。我卻不能回我的世界，那還能上哪去？」

她直視著我。神情緊繃。眼睛眨都沒眨。

我卻沒有答案。

再次醒來時，火已燒得僅剩一堆火星閃閃的餘燼，有幾絲陽光試圖從窗戶頂端溜洩進來，把周遭的雪照得閃爍不定。

即使在屋內，還是冷得不可思議。

我從睡袋伸出一隻手摸摸壁爐上的衣服，幸好都乾了。我又把手縮進來，臉轉向雅曼達。

她將睡袋拉高蓋住臉，我可以看見她透過羽絨吐出的陣陣氣息，在睡袋表面形成冰晶結構。

我穿上衣服，重新生火，並趕在手指凍僵前及時讓手取暖。

我讓雅曼達繼續睡，自己走過餐廳，射穿窗戶頂端積雪的陽光剛好足以為我照路。

我爬上陰暗樓梯。

穿過走廊。

回到女孩的臥室，地板幾乎都被吹進來的雪覆蓋了。

我爬出窗框，被陽光刺得瞇眼，冰面上反射的光線實在太強，有五秒鐘什麼也看不見。

雪已深達腰際。

天空湛藍。沒有鳥鳴聲。沒有任何生物的聲音。

甚至沒有一絲風聲，我們的足跡也無影無蹤。一切都被抹平、覆蓋。

氣溫肯定遠遠低於零度，因為即使直接照到陽光，也完全感受不到暖意。

這一帶再過去，芝加哥的天際線隱約可見，積了雪、結了冰的高樓在陽光下晶瑩閃耀。

一座白色城市。

一個冰的世界。

我的目光越過街道，環顧我們昨天差點凍死的那片空曠平野。

不見箱體的蹤影。

回到屋內，我發現雅曼達醒了，坐在壁爐邊，用睡袋和毛毯裹著身子。

我走進廚房，找到一些餐具。

然後打開背包，掏出兩包口糧。

雖然是冷的，卻很營養。

我們狼吞虎嚥起來。

雅曼達問道：「有沒有看到箱體？」

「沒有，應該是埋在雪底下了。」

「這下可好了。」她看了看我，隨即又回頭看著火光說：「眞不知道該生你的氣還是該感謝你。」

「妳在說什麼？」

「你上樓的時候，我想上洗手間，無意中走到工作室去了。」

「這麼說妳看見了。」

「他們是餓死的，對不對？燃料還沒用完就餓死了。」

「好像是。」

我瞪著火焰看時，覺得大腦後側像被什麼東西刺了一下。

一個模糊的念頭。

剛才在外面看著平野，想到我們幾乎死在那片冰天雪地，當時就略有所感。

我說道：「記得妳是怎麼說那條長廊的嗎？它讓妳覺得像被困在冰天雪地裡，是嗎？」

她暫停吃東西，看著我。

「長廊裡的門連接了無窮無盡的平行世界，對吧？但確立這些連結的會不會就是**我們**？」

「怎麼說？」

「會不會就像造夢一樣，這些特定的世界多少是我們自己選擇的？」

「你是說在那無限多的現實當中，我故意挑了**這個**鬼地方？」

「不是故意。也許是反射了妳在開門那一刻的感覺。」

她吃完最後一口，將空包裝袋丟進火裡。

我說：「妳想想我們看到的第一個世界，那個破敗的芝加哥，四面八方全是倒塌的建築。

我們走進那個停車場的時候，是什麼樣的情緒狀態？」

「不安。恐懼。絕望。我的天哪。傑森。」

「怎麼了？」

「我們打開門進入機棚，看見另一個你和我被抓之前，你也才剛提到過那件事。」

「有嗎？」

「你提到平行宇宙的觀念，你說所有可能發生的事都會發生，還說在某個地方有另一個你和我根本沒能逃進箱體。沒多久，你打開了門，我們就看到一模一樣的戲碼上演。」

我頓時有種恍然大悟的驚喜，彷彿一道電流竄遍全身。

我說：「這段時間，我們一直納悶控制的方法在哪裡……」

「沒想到就是我們自己。」

「是啊。如果真是這樣，那我們就能到任何想去的地方了，包括回家。」

隔天一大早，我們站在這一片寂靜當中，雪深及腰，儘管身上已經穿了一層又一層的冬衣，仍渾身打顫——衣服是從那可憐的一家人的衣櫥裡搜括來的。

眼前的平野，絲毫見不著我們的足跡。見不著箱體。只有一片綿延不斷的平滑雪地。

平野遼闊，箱體渺小。

要想全憑運氣找到它的機率微乎其微。

太陽已悄悄高掛上枝頭，讓這寒意顯得不真實。

「我們該怎麼辦，傑森？隨便猜猜，就開始挖？」

我回頭瞥一眼半埋在雪中的房子，一時驚疑不定，不知道我們還能存活多久。還有多久木柴會用光？食物會吃光？何時會像其他人一樣放棄，然後死去？

我能感覺到胸口升起一股沉悶的壓力——是恐懼推擠而入。

我深深吸一口氣注入肺葉，只是空氣太冷，不由得咳嗽起來。

恐慌從四面八方悄悄向我逼近。

要找到箱體是不可能的。

外頭太冷了。時間也不夠，等下一場風暴來襲，接著還有下一場，箱體會愈埋愈深，我們將再無機會找到。

除非……

我讓背包從肩上滑落雪地，用顫抖的手指拉開拉鍊。

「你在做什麼？」雅曼達問。

「死馬當活馬醫。」

我花了一會工夫才找到要找的東西。

抓起指南針後，我丟下雅曼達和背包，涉入平野中。

她隨後跟來，喊著要我等一下。走了十五公尺後，我才停下來等她追上。

「妳看這個。」我碰一下指南針表面說：「我們在南芝加哥，對吧？」我指著遠方的天際線。「所以磁北在那個方向。但指南針卻不是往那邊指。看到了嗎？指針是指向東邊的湖區。」

她臉色一亮。「可不是嘛。是箱體的磁場導致指南針的指針偏移了。」

我們在積雪中走來走去，留下一個個深洞，像要埋樁似的。

到了平野中央，指針由東向西擺動。

「我們就在它正上方。」

我開始動手挖，即使赤裸的手被雪凍得發疼也不肯停。

挖了一公尺深左右，我碰到箱體邊緣，便加緊速度繼續挖，原本冷得刺痛的手已經失去知覺，只得將袖子拉低加以保護。

好不容易，半凍僵的手指終於擦掠過開著的箱體門頂端，我情不自禁放聲吶喊，聲音在這冰封的世界裡回響不絕。

十分鐘後，我們回到了箱體內，喝下四十六號與四十五號安瓿。

雅曼達設定了手錶上的計時器，關掉汽化燈以免電池耗電。當我們並肩坐在嚴寒的黑暗中，等候藥劑起作用，她說：「真想不到，我會這麼高興再看見我們這艘爛救生艇。」

「是吧？」

她把頭靠在我肩上。

「謝謝你，傑森。」

「謝什麼？」

「謝謝你沒讓我凍死在外面。」

「這麼說我們扯平了？」

她笑著說：「還早呢。你可別忘了，這一切還是都得怪你。」

坐在完全漆黑寂靜的箱體內，是一種奇怪的感覺剝奪體驗。唯一的生理知覺就是滲透過衣物的金屬寒意與雅曼達將頭靠在我肩上的壓力。

「你和他不一樣。」她說。

「誰？」

「我那個傑森。」

「怎麼個不一樣法？」

「你比較溫柔。基本上他個性硬邦邦的，我從來沒見過像**他**這麼拚命的人。」

「妳是他的心理治療師？」

「有時候。」

「他快樂嗎？」

我感覺到她在黑暗中思索我的問題。

「怎麼？」我問道：「醫生有義務爲病人保密，所以讓妳爲難了？」

「嚴格說起來，你們倆是同一個人，這肯定是我沒遇過的狀況。但是不會，我不會說他快樂。他過著一種心智十分活躍刺激卻毫無其他面向的生活。他除了工作還是工作。過去五年來，他根本沒有實驗室以外的生活，幾乎就住在那裡了。」

「妳知道嗎？把我害到這個地步的就是妳那個傑森。我之所以會在這裡，是因爲幾天前的晚上走路回家時，有個人持槍綁架了我。他把我帶到一座廢棄電廠、給我打了針，問了我一堆問題，關於我的生活、我作的選擇、我快不快樂、我會不會有不同做法等等。現在記憶都回來了。後來我一醒來就在你們實驗室，在你們的世界，我想會這麼對我的人就是妳的傑森。」

「你是說他進了箱體，不知怎的發現了你的世界、你的生活，就跟你調換位置？」

「妳認爲他能做到嗎？」

「不知道。太瘋狂了。」

「不然還有誰會這麼做？」

雅曼達沉默片刻。

最後才說：「傑森滿腦子都在想那條沒走過的路，一天到晚掛在嘴邊。」

這時我感覺到怒火重新燃起。

我說：「我內心仍有一部分不願相信。我的意思是，如果他想要我的生活，大可以殺了我。可是他卻大費周章給我注射藥物，不只有安瓿還有K他命，讓我昏迷不醒，混淆我對箱體以及他所作所爲的記憶，然後還刻意把我帶回他的世界。爲什麼呢？」

「其實完全說得通。」

「是嗎？」

「他不是個窮凶極惡的人。如果他這麼對你，想必多少有合理的解釋。體面的人都是這麼爲惡行辯護的。在你的世界，你是有名的物理學家嗎？」

「不是，我在一所二流的大學教書。」

「你有錢嗎？」

「無論在專業或經濟上，我都比不上妳的傑森。」

「那就對了。他告訴自己這是給你一個一生中難得的機會。**他**自己很希望嘗試一下沒走過的路，你又何嘗不會呢？我不是說這麼做沒錯，我是說一個好人要做一件可怕的事，都會有這樣的心路歷程。這是人類行爲入門課程。」

她想必感覺到我的憤怒正逐漸累積，便說：「傑森，現在可容不得你情緒失控。等一下我們就要回到那條長廊。我們是控制因素。你是這麼說的，對不對？」

「對。」

「假如眞是這樣，假如我們的情緒狀態多少可以決定選擇的世界，那麼你的憤怒和忌妒會把我們帶到什麼樣的地方？你打開一扇新門的時候，可不能還這麼激動。你要想辦法釋懷。」

我可以感覺到藥效發作了。

肌肉放鬆下來。

有一刻，憤怒化成平和沉靜的河水，我願意付出一切讓它持續，讓它帶我度過難關。

雅曼達打開燈時，與門垂直的牆面不見了。

我低頭看著裝有剩餘安瓿瓶的皮袋，暗想：如果對我做出這種事的王八蛋能想出駕馭箱體的方法，我應該也能。

在藍光中，雅曼達看著我。

我說：「我們還剩四十四只安瓿。有二十二次機會可以導正這個錯誤。另一個傑森帶了多少安瓿進箱體？」

「一百只。」

該死。

我感覺全身有一股驚恐竄流而過，但仍微微一笑。

「我想我們還算幸運，因爲我比他聰明多了，對吧？」

雅曼達笑著站起身來，遞出一隻手給我。

「我們有一個小時，」她說：「做得到嗎？」

「絕對可以。」

9

他起床起得早了。

喝酒喝得少了。

開車變快了。

看的書變多了。

開始運動了。

拿叉子的方式變了。

笑聲多了。

簡訊傳得少了。

洗澡的時間拉長了，而且不再只是用肥皂抹身體，現在還會用毛巾擦洗。

他原本四天刮一次鬍子，現在改成兩天一次，而且不是在淋浴間，是在洗臉台。

換好衣服就馬上穿鞋，而不是出門前才在門口穿上。

他經常用牙線，而且三天前她還親眼看見他修眉毛。

將近兩星期以來，他都沒有穿他最愛的睡衣——一件褪了色的U2樂團T恤，是他們十年前在聯合中心聽演唱會時買的。

他洗碗的方式也變了，不再在瀝水架上讓碗盤堆積如山，而是在流理台上擺滿擦碗巾，再將濕的盤子和玻璃杯放在上面。

早餐他改喝一杯咖啡，而不是兩杯，也不再沖得像以前那麼濃，事實上那味道淡到她不得不每天早上盡量趕在他之前到廚房去，自己沖咖啡。

最近，他們家晚餐時的談話內容都圍繞著觀點、書本與傑森正在看的文章，以及查理的學業打轉，不再只是閒聊當天發生的事。

說到查理，傑森對兒子的態度也不一樣。

比較寬鬆，比較不像父親。

好像是忘了怎麼當一個青少年的父親。

他不再每天用 iPad 看 Netflix 的影片看到凌晨兩點。

他再也沒叫過她丹妮。

他經常想要她，而每次都像是他們的第一次。

他看她的眼神總帶著一種壓抑的激情，讓她想起相識不久、有太多祕密與未涉足的領域那種亟欲探索的戀人，彼此凝視的模樣。

當丹妮樂與傑森並肩站在鏡子前，這些念頭、這一切瑣碎的發現，在她內心深處慢慢累積。

現在是早晨，他們正各自準備展開自己的一天。

她在刷牙，他也在刷牙，當他發覺她在看他，便咧開沾滿牙膏泡沫的嘴一笑，眨眨眼。

她心裡狐疑——

他是不是得了癌症，沒告訴我？

他是不是服用新的抗憂鬱劑，沒告訴我？

失業了，沒告訴我？

她的心窩忽然爆發一種噁心、灼燙的感覺：他是不是和哪個學生外遇，而那女孩讓他的感覺與舉止煥然一新？

不，感覺都不是。

問題是，也沒什麼明顯不對勁的地方。

理論上，他們的關係其實更好了。他從來沒有這麼關心過她，打從交往以來，他們也從未這麼常談笑。

只不過他……就是不一樣。

在許許多多細節上都不一樣，這可能無關緊要，也可能意義重大。

傑森彎身將泡沫吐進洗臉台。

他關上水龍頭，繞到她身後，兩手放在她臀上，身子往前輕輕抵住她。

她看著他的鏡中倒影。暗忖：**你有什麼祕密？**

很想把這幾個字說出來。

完完整整地。

但她仍繼續刷牙，因爲萬一那個答案的代價是這個令人驚奇的現狀呢？

他說：「我可以整天就看著妳做這件事。」

「刷牙？」她嘟噥著說，牙刷還含在嘴裡。

「嗯哼。」他親吻她的後頸，一陣顫慄從她的脊背傳到膝蓋，剎那間，憂懼、問題、疑慮盡皆消散。

他說：「萊恩・霍德今晚六點有一場演說，要不要跟我一起去？」

丹妮樂彎身、吐掉泡沫、漱口。

「我很想，可是五點半有課。」

「那等我回來，可以請妳去吃飯嗎？」

「好啊。」

她轉身親他。

現在他連親吻方式都變了。

好像很鄭重其事，每次都是。

他正把身子拉開，她開口「欸」了一聲。

「怎麼了？」

她應該要問。

她應該把她注意到的這些事全提出來。

所有問題一吐爲快，澄清所有疑慮。

有一部分的她眞的很想知道。

有一部分的她卻永遠不想知道。

因此她一面告訴自己現在還不是時候，一面撥弄他的領子、整理他的頭髮，最後再親一下，便送他出門去。

10

剩餘安瓿數：四十四

雅曼達的目光從筆記本往上瞄，問道：「你確定把它寫下來是最好的做法？」

「寫字的時候，你會集中所有注意力，幾乎不可能一邊寫這個一邊想另一樣東西。把它寫在紙上的舉動能讓你的念頭和意向一致。」

「要寫多少？」她問道。

「一開始也許可以寫簡單點，一小段呢？」

她把正在寫的句子寫完後，闔上筆記，站起來。

「妳心裡都只想著這個了吧？」我問。

「應該是。」

我揹起背包。雅曼達走到門邊，轉動門把，拉開來。早晨的陽光射進長廊，光芒刺眼，我一度看不見外頭任何東西。

眼睛適應了光線之後，周遭景物也漸漸聚焦。

我們站在箱體門口，位在一座俯臨公園的山丘上。

東邊，碧綠草坡向下綿延數百公尺直到密西根湖畔。突出於遠方的天際線則是我之前從未見過的——建築物瘦瘦高高，玻璃與鋼鐵建材，在光線高度反射下近乎隱形，創造出一種類似海市蜃樓的效果。

天空中充滿飛行物，大多在芝加哥（據我猜測）的上空縱橫來去，有一些則垂直加速，直上雲霄，毫無停止跡象。

雅曼達轉頭看我，得意地笑笑並拍拍筆記本。

我打開第一頁。

她寫道……

我想去一個生存的好地方、好時代。一個我會想生活在其中的世界。不是未來，但感覺很像……

我說：「還不錯。」

「這個地方是眞的嗎？」她問道。

「是。而且是妳帶我們來的。」

「我們去探險吧。反正也要讓藥效慢慢退去。」

她離開箱體步下草坡。我們經過一個遊戲場，然後接上一條穿越公園的步道。

這個早晨寒冷、無瑕。我的氣息凝成白霧。

陽光尙未照射到的青草上覆蓋白霜，公園周圍的闊葉樹正在變色。湖水平靜得有如玻璃。

前方四百公尺左右，有一連串優雅的Y字型建築將公園切割開來，每個間隔約爲五十公尺。

直到靠近了，我才看清那是什麼。

我們搭電梯上到北向月台，在有暖氣設備的頂棚下等候，此時林蔭道在下方約十二公尺處。有一張標記著芝加哥交通局標誌的互動式電子地圖，顯示這條路線爲紅色快線，連接南芝加哥與市中心。

頭頂上的擴音器傳出一個急促宏亮的女性聲音。

「請遠離月台邊。列車即將進站。請遠離月台邊。列車即將進站，還有五……四……三……」

我順著軌道前後張望，卻看不見任何東西接近。

「二……」

有個往這裡移動的模糊影子從樹林邊線飛射而出。

「一。」

一輛光澤亮麗的三節列車減速進站，當車門打開，那個電腦語音的女聲說道：「請等候綠燈亮起再上車。」

少數幾個乘客下車從我們身旁走過，身上穿的是運動服。每扇開啓的門上方燈板由紅轉綠。

「往市中心站的乘客可以上車了。」

我和雅曼達互看一眼，聳聳肩，然後跨入第一節車廂。裡面幾乎坐滿了通勤族。

這不是我熟悉的芝加哥電車。搭這車免費。車內無人站立。每個人都坐在看起來應該要裝設在火箭車上的椅子，並繫上了安全帶。

沒人坐的位子上方都懸浮「空位」字樣，這倒是頗有幫助。

我和雅曼達走過通道時，傳來播報聲：「請找位子坐下。在所有人都安全坐定位之前，列車不能啓動。」

我們坐進車廂前端兩個位子。我的背一往後靠，座椅立刻跑出加裝襯墊的安全帶，輕輕固定我的肩膀與腰部。

「請將頭靠在座椅上。列車即將出發，三……二……一。」

加速平穩卻猛烈。我被深深推進軟墊座椅約有兩秒，接著便以不可思議的速度在單一軌道上飄浮前進，底下完全感覺不到阻力，玻璃窗外的市容也模模糊糊閃過，因爲速度實在太快，根本來不及消化眼睛看見的東西。

遠方那奇幻的天際線逐步接近。看見那些建築群，愈發令人想不透。在強烈的早晨陽光中，看起來像是有人打碎一面鏡子，再把所有碎玻璃拼接豎立起來，那紊亂不規則的形狀實在太美，不太可能是人造的。不完美與不對稱中，完美自現，彷彿一座山脈，也像一條河流。

軌道陡落。我的胃跟著往上提。

列車尖嘯著駛過隧道——黑暗中偶有光亮閃現，卻只是更增添迷失感與速度感。

衝出黑暗時，我緊抓座椅兩側，隨著列車急剎而止，我也被往前甩，緊緊壓在安全帶上。

列車廣播：「市中心站到了。」

「您要下車嗎？」以全息影像形式出現在我面前十五公分處，下面還顯現「是？」與「否？」的字樣。

雅曼達說：「我們在這裡下車吧。」

我便滑了一下「是」。她也一樣。

我們的安全帶隨即鬆開，消失在座位裡。我們起身後與其他乘客走到月台上，外面是一座美輪美奐的車站，連紐約的大中央車站都相形見絀。車站大廳挑得極高，屋頂猶如斜面玻璃，陽光一射入便擴散開來，光芒四散，在大理石牆面投射出無數晶亮閃爍的人字型光線。

站內人潮洶湧。一把薩克斯風長而嘶啞的樂音懸在空中。

我們走到大廳另一頭，爬上一道有如陡峭瀑布般令人膽怯的階梯。

四周圍的人都在自言自語——可以肯定是在講電話，卻看不見任何手機配備。

到了樓梯頂端，有十二道旋轉閘門，我們從其中一道出來。

街上行人摩肩擦踵，沒有車輛，沒有紅綠燈。我們站在一棟高樓底下，那高度我前所未見，即使近看也覺得不眞實。它就像一塊冰塊或水晶，樓層之間毫無區隔。

純粹受到好奇心驅使，我們過了街，進入高樓的大廳，循指標去排隊上觀景台。

電梯速度快得驚人。由於氣壓一再改變，我只得不停呑口水以解除耳鳴。

兩分鐘後，電梯停止。

服務員告知我們有十分鐘可以欣賞樓頂風景。

門一打開，一陣冷冽的風迎面吹來。走出電梯，我們又經過一個全息影像顯示：「現在距離地面高度爲二一五九公尺。」

電梯井道位在小小觀景台正中央，大樓尖頂就在我們頭上約十五公尺處，整棟玻璃建築的頂端扭曲成一個尖尖的火焰形狀。

我們走向邊緣時，出現了另一個全息影像來做介紹：「玻璃塔是中西部第一高樓，也是全美第三高樓。」

這上面好冷，風不停地從湖上吹來。我覺得吸入肺裡的空氣愈來愈稀薄，也有點頭暈，卻不知是因爲缺氧或懼高。

我們來到自殺防護欄旁。我開始頭發暈，胃液翻攪。

簡直讓人眼花撩亂——幅員遼闊的閃耀市區、附近林立的高樓大廈、浩瀚的湖水，越過湖面甚至可以清楚看到南密西根州。

西面與南面，郊區再過去的一百多公里外，大片草地在早晨陽光下燁燁發光。

大樓搖晃了起來。

「天氣晴朗時，可以看見四個州——伊利諾、印第安納、密西根與威斯康辛。」

站在這件充滿藝術與想像的作品之上，我感覺渺小，但也非常幸福而滿足。

這個世界竟建造出了這麼美的事物，能呼吸到這裡的空氣不禁讓人心蕩神馳。

雅曼達在我身邊，我們一起往下凝視這棟建築如女性身體般曼妙的曲線。在這樓頂上，安寧祥和，幾乎寂靜無聲。

唯一只聽見風在獨自呢喃。

底下街道上的噪音傳不到上面來。

「這些都是妳想出來的嗎？」我問道。

「不是有意識的，不過所有的感覺都挺對的。好像一個記憶模糊的夢。」

我望向北邊，羅根廣場原來的所在地。

那裡看起來一點也不像我家。

一兩公尺外，我看見一個老先生站在老妻後面，骨節嶙峋的雙手搭在她肩上，而她正看著望遠鏡，鏡頭指向一座我平生僅見的巨大摩天輪。那摩天輪應該有三百公尺，俯臨湖畔，地點就在原來的海軍碼頭。

我想到丹妮樂。

想到另一個傑森——傑森2號——此時此刻正在做什麼。

他正在和我妻子做什麼？

憤怒、憂懼與思鄉愁緒像疾病似的將我包覆。

這個世界儘管宏偉壯麗，卻不是我的家。

差得遠了。

剩餘安瓿數：四十二

我們再次走在貫穿這個中介空間的黑暗長廊裡，回響的腳步聲漸次消失在無限遠方。

我手上提著汽化燈，思考著該在筆記本上寫什麼，雅曼達卻忽然停下來。

「怎麼了？」我問道。

「你聽。」

四下頓時靜悄悄，我都能聽到自己心跳加快。

這時候，不可思議的事發生了。

有個聲音。

在長廊很遠、很遠的另一頭。

雅曼達看著我。

她低聲說：「搞什麼？」

我注視著黑暗。

什麼也看不到，只有搖曳的燈光從不斷反覆出現的牆面折射回彈。

那聲音迅速地變得響亮。

是腳步拖行的聲音。

我說：「有人來了。」

「怎麼可能？」

行動漸漸移入亮光的外圍。

有個人影朝我們走來。

我往後一步，當人影更加靠近，我有個拔腿就跑的衝動，但又能去哪裡？

還是面對吧。

是個男人。全身赤裸。皮膚沾滿泥巴或是塵土或是……

血。

肯定是血。

他散發著血腥味。

好像在血池裡翻滾過似的。

他的頭髮凌亂糾結，臉上的血漬和血塊厚厚一層，使得眼白部分格外醒目。

他兩手發抖，手指往內彎曲緊繃，似乎一直拚命地在撓抓什麼。

直到他來到三公尺外，我才認出這個人是我。

我讓路給他，背貼在最近的牆面，盡可能遠遠避開他。

當他踉蹌走過，兩眼直愣愣地瞪著我。

我甚至不確定他有沒有看見我。

他似乎受到莫大的衝擊震撼。

整個人被掏空了。彷彿剛逃離地獄。

他的背上和肩上都有大塊肌肉撕裂。

我問他：「你發生了什麼事？」

他停下來看著我，然後張開嘴，發出我從未聽過的可怕聲音——一種足以讓喉嚨留下傷疤的尖叫聲。

他的聲音還在回響，雅曼達便抓住我的手將我拉走。

他沒跟上來。只是看著我們離開，然後又拖著腳步沿長廊走去。

走進那無盡的黑暗中。

三十分鐘後，我坐在與其他門全然無異的一道門前，努力地將剛剛在長廊裡所見情景從心中抹去，撫平自己的情緒。

我從背包拿出筆記，打開來，筆握在手中。

想都不用想。直接就寫下了：

我想回家。

我不禁納悶：這就是當上帝的感覺嗎？我是說那種幾乎一開口就能讓一個世界出現的悸動快感。沒錯，這個世界本來就存在，但我讓它與我們產生了連結。在所有可能存在的世界當中，我找到了這一個，而它也正是我想要的——至少從箱體的門內看起來是如此。

我邁步踩下，水泥地面的碎玻璃在我鞋子底下吱嘎作響，午後陽光從高處幾扇窗戶大量灑入，照亮一排屬於另一個年代的鐵製發電機。

雖然從未在白天見過這個房間，但我認得出來。

上次來這裡的時候，一輪中秋滿月正慢慢升到密西根湖上空，我被摔到這其中一架老舊機器旁邊，被打了藥而心神錯亂，瞪視著一個戴著藝妓面具、拿槍脅迫我來到這座廢棄電廠深處的男人。

瞪視著我自己——只是當時的我並不知道。

我做夢也想不到這樣的旅程。

想不到等著我的竟是地獄。

箱體位在發電機房深處的角落，藏在樓梯後面。

「怎麼樣？」雅曼達問。

「我想我成功了。這裡就是我在妳的世界醒來以前，最後看到的地方。」

我們循路往回走出被棄置的電廠。

外面，太陽還照耀著。但已西斜。

現在是傍晚，四下只聽見幾隻海鳥飛過湖面發出的孤鳴。
我們徒步往西進入南芝加哥市區，沿著路邊走，活像兩個流浪漢。
遠方的天際線十分熟悉。
是我認識與深愛的景象。
太陽愈來愈低，走了二十分鐘後，我才忽然想到路上一輛車也沒看到。
「有點安靜哦？」我問道。
雅曼達看著我。
在湖邊荒廢的工業區裡，安靜並無奇特之處。
在這裡卻是不可思議。
外面沒有車。沒有人。安靜到都可以聽見頭上電線裡的電流聲。
第八十七街電車站關閉了——公車和電車都停駛。
唯一可見的生命跡象是一隻迷路的捲尾黑貓，抓著一隻老鼠，很快地溜過馬路。
雅曼達說：「也許我們應該回箱體去。」
「我想看看我家。」
「這裡的氣氛不對勁，傑森，你感覺不到嗎？」
「箱體既然帶我們到這裡來，要是不探索一下，是絕對學不會駕馭它的。」
「家在哪？」
「羅根廣場。」
「那走路可走不到。」

「所以得借一輛車。」

我們穿越八十七街，走下一個住宅街區，兩邊全是破落的連棟屋。垃圾車應該有幾星期沒來了，到處都是垃圾，噁心、裂開的垃圾袋在人行道上堆積如山。

許多窗戶都釘了木板。有些則是以塑膠板覆蓋。

多數窗上都披掛著衣物。有些紅。有些黑。

幾間屋裡隱隱傳出收音機與電視機的模糊聲響。

有一個孩子在哭。

但除此之外，鄰近一帶寂靜中透著不祥。

第六條街走到一半，雅曼達喊道：「找到了！」

我過街朝一輛九〇年代中的奧斯摩比 Cutlass Ciera 車走去。白色。邊緣鏽蝕了。輪胎沒有輪圈蓋。

我從骯髒的車窗瞥見點火開關上掛著一串鑰匙。

我用力拉開駕駛座側的門，滑坐進去。

「我們眞的要這麼做？」雅曼達問。

我發動引擎，她也爬上副駕駛座。

還剩四分之一的油量。

應該夠。

擋風玻璃太髒了，噴了雨刷液連續刷十秒鐘後，才刮除了污垢、塵土與黏在上面的樹葉。

州際公路上冷冷清清。

我從未見過這樣的景象。

放眼望去，雙向都空蕩蕩。

現在就快入夜了，陽光照在威利斯大樓閃閃發光。

我往北疾馳，每過一公里，心就揪得更緊。

雅曼達說：「我們回去吧，說真的，這裡顯然很不對勁。」

「如果我的家人在這裡，我就應該和他們在一起。」

「你又怎麼知道這就是你的芝加哥？」

她打開收音機，轉動FM頻道鈕，直到嘈雜的沙沙聲變成熟悉的緊急警報系統警示音，嘎然從喇叭傳出：

以下訊息是應伊利諾州警察局要求傳達。庫克郡仍未解除二十四小時禁止外出令。所有居民必須待在家中直到進一步通知。國民警衛隊會持續監控所有鄰里的安全、運送物資，並提供前往防疫中心檢疫隔離區的交通服務。

南向車道上，有四輛迷彩悍馬軍用車飛馳而過。

感染風險依然極高。初期症狀包括發燒、嚴重頭痛與肌肉痠痛。如果民眾認為自己或家人受感染，請在面對街道的窗戶掛上紅布。如果家中有人死亡，請掛上黑布。

防疫中心人員將會盡快予以協助。
請繼續收聽，我們會提供進一步的詳細情況。

雅曼達看著我。
「你爲什麼不掉頭呢？」

我家那條街上找不到停車位，我便將車停在路中央，沒有熄火。
「你眞是失心瘋了。」雅曼達說。
我指向一棟在主臥室窗外掛了一件紅裙和一件黑毛衣的褐石屋。
「那是我家，雅曼達。」
「那就快點，也請注意安全。」

我下了車。
安安靜靜的街道，在暮色中一片沉鬱。
一條街外，我瞥見幾個蒼白身影拖著腳步走到路中央。
我來到路邊。電線寂靜無聲，各棟屋內散發的燈光，照理說不會這麼微弱。是燭光。
我的住處附近停電了。
爬上前門階梯，我透過大大的窗戶往內看，窗子另一邊是餐廳。裡面幽暗、陰鬱。

我敲了門。

過了好久，終於有個黑影從廚房出現，腳步沉重而緩慢地走過餐桌旁，往前門來。

我忽然口乾舌燥。

我不應該來的。這裡根本不是我家。

燭台就錯了。壁爐上掛著梵谷的畫也錯了。

我聽到門鎖喀喇喀喇喀喇往回連轉三下。

門打開一條不到三公分的縫，一陣氣味從裡面飄出來。完全不像我家。

全是疾病與死亡的氣味。

丹妮樂手裡拿著一根蠟燭，不停顫抖。

儘管光線昏暗不明，我仍看得出她暴露在外的每寸皮膚都布滿腫塊。

她的眼睛看起來黑黑的。

在出血。只剩幾絲細細的眼白。

她說：「傑森？」聲音很輕，好像嘴裡有很多黏液。淚水湧出眼眶。「我的老天。是你嗎？」

她把門拉開，步伐不穩，搖搖晃晃走向我。

對深愛的人產生嫌惡感，眞是一件令人心碎的事。

我後退一步。

她感覺到我的驚恐，也停了下來。

「這怎麼可能呢？」她以刺耳的聲音說：「你死了呀。」

「你在說什麼？」

「一個禮拜前，他們用一個裡面滿是血的屍袋，把你從這裡運出去了。」

「查理呢？」我問道。

她搖搖頭，眼淚撲簌簌落下的同時，用肘彎摀住臉邊咳邊啜泣，還咳出血來。

「死了？」我問道。

「沒有人來接他。他還在樓上自己的房間裡。他都開始腐爛了，傑森。」

她一度重心不穩，即時扶住門框才沒跌倒。

「你是眞的嗎？」她問道。

我是眞的嗎？

問得好。

我說不出話來。

傷心得喉頭發疼。

漸漸淚水盈眶。

我不僅同情她，可怕的事實是：我也怕她，自我保護的本能讓我驚恐退縮。

雅曼達從車內喊道：「有人來了！」

我往街上瞄了一眼，看見一對車燈穿過黑暗前進。

「傑森，我眞的會丟下你不管！」雅曼達大喊。

「那是誰？」丹妮樂問道。

接近的隆隆引擎聲聽起來像柴油車。

雅曼達說得對。當初一發覺這個地方可能很危險，就應該掉頭。

這裡不是我的世界。

但是我的心仍牽掛著這棟房子二樓的某間臥室裡，正躺著我已經死去的另一個兒子。

我想奔上樓去，抱他出來，但我將會因此而死。

我回頭步下階梯往街道走時，一輛悍馬就停在路當中，離我們從南區偷來的車子的擋泥板只有三公尺遠。

悍馬車身上貼滿各種標章——紅十字、國民警衛隊、防疫中心。

雅曼達把頭探出窗外。

「你在搞什麼，傑森？」

我擦了一下眼睛。

「我兒子死在屋裡，丹妮樂也快死了。」

悍馬車副駕駛座的門打開來，一個身穿黑色防毒衣、戴著防毒面罩的人下了車，用一把衝鋒槍瞄準我。

透過面罩發出的是女人的聲音。

她說：「停在原地別動。」

我本能地舉起雙手。

緊接著，她將衝鋒槍口移向奧斯摩比的擋風玻璃，同時往車子方向走去。

對雅曼達說：「引擎關掉。」

當雅曼達伸手越過中央置物箱，熄滅引擎，悍馬車的駕駛也下了車。

我手指了一下丹妮樂，她還站在門口，身子歪斜搖晃。

「我老婆病得很重，我兒子死在樓上了。」

駕駛透過面罩望著我們家外牆。

「你們已經依規定展示顏色了，很快就會有人來……」

「她現在就需要醫療照護。」

「這是你的車嗎？」

「是。」

「你打算上哪去？」

「我只是想帶我老婆去找可以幫她的人。難道都沒有醫院或是……」

「在這裡等著。」

「拜託了。」

「等一下。」他厲聲喝道。

駕駛走上人行道、爬上階梯，到丹妮樂身邊去，她此時已坐在最高一階，斜倚著欄杆。

他蹲跪在她面前，我雖然聽得到他的聲音，卻聽不清楚說話內容。

拿衝鋒槍的女人看守著我和雅曼達。

我看見對街一扇窗口有火光搖曳，原來是某個鄰居正往下看著我家門前發生的這一切。

駕駛回來了。

他說：「你聽我說，防疫中心的收容所都滿了，兩個禮拜前就滿了。而且就算你送她過去也沒用，眼睛一旦出血，大限就在眼前。我不知道你怎麼想，但如果遲早都得死，我寧願死在自家床上，也不想去聯邦緊急應變署的帳篷，那裡全是已死或垂死的人。」他回頭說道：「娜蒂亞，你去拿一些自動注射器給這位先生。順便拿個面罩。」

她喊了聲：「邁克。」

「就照我說的，別囉嗦。」

娜蒂亞走到悍馬車後面，打開貨廂門。

「所以她會死嗎？」

「很遺憾。」

「還有多久？」

「恐怕撐不到天亮。」

我身後的黑暗中傳來丹妮樂的呻吟聲。

娜蒂亞回來後，啪一聲往我手裡塞了五支自動注射筒和一副面罩。

駕駛說：「面罩要隨時戴著，另外我知道很難做到，但盡量不要碰她。」

「這是什麼？」我問道。

「嗎啡。如果一次五支全打，她會平靜地走。要是我就不會再等。最後八小時最難熬。」

「她沒有希望了？」

「沒有。」

「特效藥呢？」

「以後就算有，也來不及救全城的人。」

「你們就讓民眾在自己家裡死去？」

他透過面罩打量我。

面罩上染了色。根本看不見他的眼睛。

「你要是企圖離開，誤闖了不該闖的路障，他們會殺了你。尤其是天黑以後。」

他說完便轉身走開。

我看著他們重新爬上軍用車、啓動引擎，然後往下一條街駛去。

太陽已經落下地平線。街上逐漸轉暗。

雅曼達說：「現在我們該走了。」

「再給我一點時間。」

「她會傳染給你的。」

「我知道。」

「傑森……」

「那是我老婆。」

「不，那是你老婆的一個**複本**，萬一你被她感染，就再也見不到眞正的老婆了。」

我套上面罩，爬上階梯來到大門前。

我接近時，丹妮欒抬起頭來。

看著她已毀的面容讓我心痛如絞。

她身上滿布著吐出來的血和黑色膽汁。

「他們不帶我走？」她問道。

我搖搖頭。

我想抱著她安慰他。想和她一起逃離。

「沒關係。」她說：「你不必假裝沒事。我有心理準備了。」

「他們給了我這個。」我說著將自動注射器放下。

「這是什麼？」

「讓一切結束的方法。」

「我眼看著你死在我們床上，」她說：「也眼看著兒子死在他的床上。我再也不想回那棟房子去。我萬萬想不到，人生竟然會變成這樣。」

「這不是妳人生的全部，只是它的結束。妳的人生很美好。」

蠟燭從她手裡掉落到水泥地上熄滅了，燭芯冒出煙來。

我說：「只要我把這五支一次打進妳體內，就能結束這一切。妳想這樣嗎？」

她點點頭，臉頰上血淚斑斑。

我拔掉其中一支注射器的紫色頭蓋，末端貼住她的大腿，按下另一端的按鈕。

當這支附有彈簧的針筒往丹妮樂體內注入一劑嗎啡，她幾乎連抖動一下都沒有。

我將其他四支準備好，很快地連續注射。

幾乎立刻見效。

她往後倒靠在鑄鐵欄杆上，隨著藥效發作，她的黑眼睛也失去神采。

「好些了嗎？」我問道。

她勉強一笑，然後口齒愈來愈模糊地說：「我知道這只是我的幻想，不過你是我的天使。你回到我身邊了。我好怕一個人在那個房子裡死去。」

暮色更加深沉。幾顆星出現在黑得詭異的芝加哥上空。

「我好……暈。」她說。

我想到無數個傍晚我們坐在這個門廊上，喝酒、說笑、和路過的鄰居打屁，同時看著街頭巷尾的路燈一盞盞亮起。

在那一刻，我的世界顯得那麼安全而完美。如今我明白了——我竟然把那一切舒適都視爲理所當然。那感覺太美好，但也有太多方法能讓它瞬間粉碎。

丹妮樂說：「我想要你摸摸我，傑森。」

她的聲音變得粗啞、脆弱，幾乎像在說悄悄話。

她閉上眼睛。

每次的呼吸循環都會延長個一兩秒。

直到呼吸完全停止。

我不想把她留在外面，卻也知道不應該碰她。

我於是起身，走向大門跨步入內。屋子闃靜幽暗，死亡的感覺黏在我的皮膚上。

我經過被燭光照亮牆面的餐廳，穿過廚房，進入書房。硬木地板被我踩得吱嘎響——這是屋裡唯一的聲響。

來到樓梯口，我停下來往上凝視著黑暗的二樓，兒子就在那裡，躺在他自己的床上腐爛。

我感覺到一股力量把我往上拉，有如黑洞那無可抗拒的引力。

但我抗拒了。

我抓起披在沙發上的毛毯，拿到外面，包住丹妮樂的身體。

然後我關上我家的門，走下階梯，離開那個可怕的地方。

我上了車，啓動引擎。

轉頭看著雅曼達。

「謝謝妳沒有丟下我。」

「我應該走的。」

我開車離去。

城裡有些地區有電。有些則一片漆黑。

我眼中不斷湧出淚水。視線幾乎模糊得無法開車。

雅曼達說：「傑森，這不是你的世界。那個人也不是你的妻子。你還是可以回家和他們團圓。」

理智上，我知道她說得沒錯，但情感上，那實在是撕心裂肺。

我生來就是爲了愛與保護那個女人。

此時經過巴克鎮。

遠方市區裡，有一整條街烈焰衝天，約有三十米高。

州際公路上又黑又空。

雅曼達探過身來，扯下我臉上的面罩。

我家裡的死亡氣味仍附著在我鼻子裡。甩不掉。

我不斷想到丹妮樂，想到她的屍體躺在大門口的一條毛毯底下。

往市中心西側行駛時，我往窗外瞥了一眼。

剛好星光夠亮，映出了高樓剪影。

一大群黑森森的建築，毫無生氣。

雅曼達說：「傑森？」

「怎麼樣？」

「後面有一輛車跟著我們。」

我看了看後照鏡。

車子沒打燈，好像一個幽靈緊跟在後。

忽然間，刺眼的遠光燈和紅藍警示燈同時亮起，將細碎光線拋灑入車內。

後面有個聲音透過喇叭放送出來：「靠邊停。」

頓時驚慌之情高漲。

我們完全沒有自我防衛的東西。只有這輛爛車，而且任何車都能跑得比我們快。

我把腳抬離油門，看著時速表指針逆時針擺盪。

雅曼達說：「你要停車？」

「對。」

「爲什麼？」

我慢慢踩下剎車，速度放慢後，轉上路肩停下車來。

「傑森，」雅曼達抓住我的手臂。「你在幹麼？」

我從側面後照鏡看著一輛黑色ＳＵＶ跟著停在我們後面。

「引擎關掉，鑰匙從窗口丟出來。」

「傑森！」

「就相信我吧。」

「最後警告。關掉車子引擎，從窗口丟出鑰匙。若企圖逃跑，警方將動用致命強制力。」

後面大約一公里處，出現了更多車燈。

我打到Ｐ檔，關掉車燈。然後將車窗搖下幾公分，手臂伸出去，假裝將一串鑰匙丟出去。

只見ＳＵＶ駕駛座的門開了，一個戴著防毒面具的男人下車，手槍已經拔出。

我猛地重新打檔、開燈，將油門踩到底。

在隆隆引擎聲中，我聽到一聲槍響。

擋風玻璃上多了個星狀彈孔。

接著又一個。

這次嵌進卡帶音響內。

我往後一看，發現ＳＵＶ還在六百公尺後面的路肩上。

時速表顯示九十六，還在爬升中。

「離我們的出口還有多遠？」雅曼達問道。

「兩三公里。」

「很多人追來了。」

「我看見了。」

「傑森，萬一被他們抓到……」

「我知道。」

現在車速已經略略超過一百四十五，引擎很勉強地在維持速度，轉速指針也逐漸進入紅色區塊。

我們飛快衝過一塊路標，上面顯示我們的出口就在前方四百公尺處右側。以目前的速度，只需幾秒鐘就能到達。

來到出口時，車速一百二，我連忙緊急剎車。

我們倆都沒繫安全帶。

慣性導致雅曼達往前衝撞置物箱，我則撞上方向盤。

下了交流道後，我在停車標誌處向左急轉，輪胎吱嘎尖叫，胎皮都要燒起來了。雅曼達被甩撞到門上，我也差點被甩衝到她的位子上。

過高架橋時，我數了數，州際公路上閃著五組警示燈，最接近的那輛SUV現在已快速開進出口匝道，後面緊跟著兩輛悍馬軍用車。

我們飛馳過南芝加哥空蕩的街道。

雅曼達往前傾身，注視著擋風玻璃外面。

「怎麼了？」我問道。

她看著天空。

「上面有光。」

「像是直升機？」

「沒錯。」

我開著車呼嘯而過空空的十字路口，經過關閉的電車站，然後離開貧民區，急駛在廢棄的倉庫與鐵路調車場之間。

在芝加哥的偏僻地區。

「他們愈來愈接近了。」雅曼達說。

一發子彈「鏘」的一聲打進車身。

很快地又連三發，聲音像在打鐵。

她說：「是機關槍。」

「趴到地板上。」

我可以聽見此起彼落的警笛聲愈來愈近。

這輛老爺車根本不是他們的對手。

又來兩發，貫穿了後窗和擋風玻璃。一發從雅曼達座椅中央射穿。

透過布滿彈孔的玻璃，我看見湖就在正前方。

我說：「撐著點，就快到了。」

我向右急轉上普拉斯基道，接著又連三發子彈打在右後門上，我於是關掉車燈。

沒開燈的前幾秒，感覺就好像飛馳在徹底的黑暗中。

隨後眼睛才開始適應。可以看見前面的道路，四周建物的幢幢黑影。

這裡暗得就跟鄉下一樣。

我鬆開油門，但沒有踩剎車。

回頭一瞥，正好看見兩輛ＳＵＶ來勢洶洶地猛甩進普拉斯基道。而前方，只看得出一對熟悉的煙囪聳入星空。

我們的時速已經不到三十公里，雖然那幾輛ＳＵＶ快速逼近，但遠燈應該還沒照到我們。

看見圍籬了。

我們的車速繼續下降。

我駛越馬路，車頭直接衝撞上鎖的柵門，把門給撞開。

緩緩駛進停車場後，我一面小心繞過傾倒的燈柱，一面回頭望向馬路。

警笛聲愈加響亮了。

三輛ＳＵＶ風馳電掣直直衝過柵門，兩輛車頂加裝了機關槍的悍馬車尾隨在後。

我熄滅引擎。

重新安靜下來後，我傾聽著嗚笛聲漸漸遠去。

雅曼達從地板爬起來，我則抓起後座的背包。

正前方的磚造建築將我們的關門聲反彈回來。

我們朝搖搖欲墜的建物與只剩「加哥電廠」幾個字的標記走去。

有一架直升機從頭上低空掠過，一道明晃晃的探照燈光掃過停車場。

這時我聽見轟隆隆的引擎聲。

一輛黑色ＳＵＶ急剎打滑，橫越過普拉斯基道。

車燈刺得我們睜不開眼。

當我們跑向建物，有個男人的聲音透過喇叭命令我們停下來。

四下漆黑一片。

我扯開背包，很快地找出汽化燈。

燈光照亮了外間辦公室。在黑暗中看這個地方，又讓我想起和傑森2號共處的那個夜晚，當時他用槍抵著全身赤裸的我，帶我走進這棟舊建築在另一個世界的分身。

我們走出第一個房間，燈光穿透黑暗。

走下一條廊道。愈走愈快。

腳步重重踩在腐朽的地板。

汗水從臉上滴下，刺痛我的眼睛。

急促的心跳讓胸口怦怦作響。

我氣喘如牛。

後面有幾個聲音在叫喊。

回過頭，只見雷射般的光線在黑暗中切割而過，還有點點綠光，我猜是夜視鏡。

我聽見無線電的嘈雜聲、低語聲，還有直升機螺旋翼的聲響從牆壁滲透進來。

走廊上忽然一陣槍火連發，我們趴平在地直到射擊停止。

踉蹌爬起身後，我們更加緊腳步往前。

到了一個交叉口，我帶路進入另一條廊道，雖然相當有把握是這條沒錯，但在黑暗中其實無法確定。

最後終於爬上了通往發電室開放式樓梯頂端的金屬平台。

我們步下樓梯。

身後的追兵距離實在太近，我都可以清楚辨認出三個聲音，在最後那條通道內不停回響。是兩男一女。

我跨下最後一階的同時，雅曼達緊跟在後，上方樓梯也被重踩得哐啷哐啷響。

兩個紅點在我的去路上來回交叉。

我閃開後繼續跑，直入正前方的黑暗中，我知道箱體一定在那裡。

這時我們頭上發出兩記槍響，有兩個穿著全副防毒裝的人跳下最後幾層樓梯，朝我們飛奔而來。

箱體就在前方十五米處，門敞開著，隨著我們逐漸靠近，照在金屬表面的汽化燈燈光也微微擴散開來。

槍聲。

我感覺有個東西咻地從右耳擦過，像隻大黃蜂。

一顆子彈打中了門，迸出火花。

我的耳朵灼痛。

後面有個男人大嚷著：「你們沒有地方可去了！」

雅曼達先進箱體。

接著我才跨過門檻，轉身，使勁用肩膀頂住門。

那些士兵就在六米外，近到可以聽見他們防毒面具底下的喘息聲。

他們開槍了，而我在這個噩夢般的世界，最後看見與聽見的便是眩目的槍口火光與子彈打在金屬箱體上叮叮咚咚的聲音。

我們立刻打針，然後開始走下長廊。

過了一會，雅曼達想停，我卻不想。

我需要繼續移動。走了整整一小時。走完整個藥效作用時間。

直到耳朵上的血流滿身。

直到長廊崩陷回單一箱體。

我拋下背包。

很冷。渾身汗漬。

雅曼達站在箱體中心，剛才跑過廢棄電廠讓她裙子髒兮兮還多處撕裂，毛衣更是破爛。

當她把燈放到地上，我體內好像有什麼釋放了出來。

力氣、緊張、憤怒、恐懼……

這一切瞬間隨著撲簌簌掉落的眼淚與壓抑不住的哭泣，一湧而出。

雅曼達關上了燈。

我身子一癱，靠在冰冷牆邊，她把我拉過去讓我躺在她腿上。手指撫過我的頭髮。

剩餘安瓿數：四十

我在漆黑中醒來時，側躺在箱體地上，背靠著牆。雅曼達和我貼得很近，我們的身體融入彼此的曲線中，她的頭則枕在我的臂彎。

我又餓又渴。不知道睡了多長時間。

至少耳朵不再流血了。

我們無助的現實難以逃避。

除了彼此，這個箱體是我們唯一擁有的不變事物。

是一片汪洋大海中一艘很小很小的船。

是我們的避風港。

我們的監獄。

我們的家。

我小心地與她脫離開來。

脫下帽T摺成一團當做枕頭，放到雅曼達的頭底下。

她動了動身體，但沒醒。

我摸索著來到門邊，明知不該冒險解開封印，但就是忍不住想知道外面是什麼樣子，何況箱體所引發的幽閉恐懼症也讓我愈來愈難以承受。

我轉動手把，緩緩將門拉開。

第一個感覺：常綠樹的氣息。

一縷縷陽光從濃密的松林間斜照而下。

不遠處，有一頭鹿動也不動地站著，用那雙黝黑、濕潤的眼睛盯著箱體。

樹林裡安靜得驚人。

鋪滿松針的地上有霧氣懸浮。

我走得離箱體稍遠些，坐在太陽能直射到的地上，早晨的陽光照在臉上感覺溫暖而明亮。

一陣微風吹過樹梢。

我聞到風中有柴煙味。

是戶外的營火？是煙囪？

我納悶：誰住在這裡呢？這又是個什麼樣的世界？

我聽到腳步聲。

回頭一看，發現雅曼達正穿過樹林朝我走來，心裡不由得一陣愧疚——我差點害她死在那個世界。她會在這裡不只是因爲我，還因爲她救了我，因爲她做了一件勇敢又冒險的事。

她到我身邊坐下，臉轉向太陽。

「睡得怎麼樣？」她問道。

「不好。脖子扭到了，還挺嚴重的。你呢？」

「全身痠痛。」

她湊上前來，檢視我的耳朵。

「傷得重嗎？」我問道。

「還好，子彈只擦掉一部分耳垂。我會替你清理傷口。」

她遞給我一瓶水，這是在那個未來的芝加哥重新裝滿的，我喝了大大一口，眞希望永遠喝不完。

「你還好嗎？」她問道。

「我就是忍不住會想到她，想到她死在我們家門廊上。還有查理死在樓上的房間。我們完全迷失了。」

雅曼達說：「我知道很難，可是你應該要問，甚至我們倆都應該要問的問題是：你為什麼把我們帶到那個世界去？」

「我只是寫了：『我想回家。』」

「沒錯，你是那麼寫的，但你跨過門的時候心裡卻有包袱。」

「什麼意思？」

「難道這還不明顯？」

「顯然不夠明顯。」

「你最大的恐懼。」

「那種情節不是每個人都會有的嗎？」

「也許吧。但是和你的完完全全吻合，你自己恐怕沒發現。」

「怎麼說是和我的恐懼完完全全吻合？」

「不只是害怕失去家人，也怕疾病將他們奪走。就像你八歲時失去母親那樣。」

我轉頭看著雅曼達。

「妳怎麼知道？」

「你說呢？」

可不是，她是傑森2號的治療師。

她說：「目睹母親過世是他人生中最關鍵的大事。他一生未婚、沒有孩子，全心全意投注在工作，絕大部分的原因都在於此。」

這我相信。早先有些時候，我曾想過要逃離丹妮樂，不是因爲我不夠愛她，而是因爲在某種程度上，我害怕失去她。當我發現她懷了查理，同樣的恐懼又再次湧上心頭。

「我爲什麼會想找出這樣的世界？」

「爲什麼有些人的母親控制慾很強，他們卻還是娶了母親的翻版？也有人一直沒有父親陪在身旁，卻又嫁給父親的翻版？就是爲了試著導正過去的錯誤。想在長大以後彌補兒時所受的傷害。表面上聽起來也許不怎麼合理，但下意識自有其運作模式。我倒是認爲那個世界教會我們不少關於箱體的運作方法。」

我將水遞回給她，說道：「四十。」

「四十什麼？」

「剩下四十支安瓿。一半是你的，也就是說我們各有二十次機會可以把事情做對。妳想怎麼做？」

「我也不知道。目前我只知道我不會再回我的世界了。」

「那妳希望我們待在一起，或是分道揚鑣？」

「不知道你怎麼想，但我認爲我們還是需要彼此。我覺得也許我能幫你回家。」

我背倚著一棵松樹幹，筆記本擱在膝蓋上，思緒泉湧。

想想眞是奇怪，竟然光靠文字、意志力與慾望，便能讓想像的世界成眞。

這是個令人苦惱的矛盾窘境——掌控權完全在我手上，但我卻得先能掌控自己。自己的情緒。

自己的內心風暴。

也就是驅動我的那些祕密引擎。

如果有無窮無盡的世界，我如何才能找到獨一無二、專屬於我的那一個？

我瞪著白紙看了一會，然後開始寫下浮現在腦海中、屬於我的芝加哥的每個細節。我用文字描繪我的人生。

鄰居小孩一同走路上學時發出的聲音，他們的話語聲宛如溪水淌過岩石——尖細且滔滔不絕。

離我家三條街外有一棟建築，那褪色白磚牆上的塗鴉畫得實在太美，始終沒有被粉刷掉。

我冥想著家裡的瑣碎物事。

樓梯第四階老是會咿呀作響。

樓下浴室的水龍頭會漏水。

每天一大早煮咖啡時，廚房裡的氣味。

總之就是我的世界所仰賴的一切極微小、看似無關緊要的細節。

11

剩餘安瓿數：三十二

在美學領域中有一種名為「恐怖谷」的理論，認為當某樣東西看起來**幾乎**像人類（例如假人或是機器人），會讓觀察者產生反感，因為其外表與人太相近，卻又不對勁到足以產生一種詭異的感覺，好像既熟悉又陌生。

走在這個**幾乎**像是我的芝加哥的街道上時，我產生了類似的心理效應。我隨時都可能作世界末日般的噩夢。也許站在從前走過上千次的街角，卻發現街名全錯了；也許以前每天早上會順路去買一杯三倍濃縮美式咖啡加豆漿的咖啡館，忽然變成一家酒品專賣店；也許我位在伊麗娜街四十四號的褐石排屋已經有陌生人入住……相較之下，傾倒的建築與灰暗荒地根本算不了什麼。

自從逃離那個疾病與死亡的世界，這已是我們找到的第四個芝加哥。之前的每一個也都跟這個一樣——**幾乎**像家。

夜晚即將降臨，由於我們相當快速地連打了四回合藥劑，沒有時間恢復，因此這回頭一次決定先不回箱體。

這間位於羅根廣場的旅館，正是我在雅曼達的世界裡下榻的那間。

霓虹招牌變成紅色，而不是綠色，但名字沒變——「皇家飯店」——也還是那樣怪異、那樣凍結於時光中，只不過有無數微不足道的小差異。

我們的房間有兩張雙人床，而且面向街道，恰巧和上次住的那間一樣。

我把裝了盥洗用具和二手舊衣的塑膠袋，放到電視旁的抽屜櫃上。

這間老舊客房有一種用了清潔劑也掩蓋不住的霉味，甚至更糟的氣味，換作其他時候，我或許會猶疑退卻。但今晚卻覺得是奢侈享受。

我脫掉帽T和內衣，說道：「我自己都已經噁心到不敢對這個地方有意見了。」

我把衣服丟進垃圾桶。

雅曼達笑道：「你該不是想和我比賽誰比較噁心吧？」

「眞不敢相信他們隨便說個價錢就讓我們住進來。」

「這樣也許能說明旅館的品質。」

我走到窗邊，拉開窗簾。

現在是傍晚。下著雨。

外面招牌的紅色霓虹燈光滲入房內。

我根本猜不出今天是星期幾或是幾號。

我說：「浴室歸妳了。」

雅曼達從塑膠袋拿出自己的衣物。

不久，便聽到清脆的流水打在磁磚上發出回聲。

她大喊道：「我的天哪，傑森，你一定要泡個澡！你絕對想不到有多舒服！」

我身子太髒不想躺到床上，便坐在暖氣爐旁邊的地毯上，讓一波波熱氣往身上湧，一面看著窗外的天色轉暗。

我聽從雅曼達的建議，在浴缸裡放了熱水。

凝結的水珠沿著牆壁滑下。

熱氣對我的下背部產生了奇效，因爲一直睡在箱體內，背脊已經歪了好幾天。

刮鬍子的時候，身分的問題始終縈繞不去。

無論在雷克蒙大學或任何社區學校，都沒有一個叫傑森·戴申的物理教授，但我仍忍不住懷疑自己是否存在某個地方。

在另一個城市。另一個國家。

說不定有不同的名字、和不同的女人在一起、做不同的工作。

如果是這樣，如果我成天都在修車廠，待在故障的車子底下，或是成天都在鑽蛀牙，而不是給大學生教物理，那麼就最基本的層面而言，我還是同一個人嗎？

而那個層面又是什麼？

如果把性格與生活型態等等虛飾無用之物通通抽走，那麼造就我的核心元素又是什麼？

一個鐘頭後，我從浴室出來，這是幾天以來頭一次乾乾淨淨，穿上牛仔褲、格子花呢襯衫和一雙舊的 Timberland 鞋子，尺寸大了半號，但我多穿一雙毛襪作爲補救。

雅曼達帶著評價眼光上下打量我，說道：「不錯嘛。」

「你自己也不錯。」

她在二手店的收穫包括黑色牛仔褲、靴子、白色T恤和黑色皮夾克，夾克上還殘留著原主人的菸味。

她躺在床上，在看一齣我沒見過的電視節目。

她抬頭看我。「知道我在想什麼嗎？」

「什麼？」

「一瓶酒。多到荒謬的食物。菜單上的每一道甜點。大學畢業以後，我還沒這麼瘦過。」

「平行宇宙的飲食。」

她笑出聲來，眞好聽。

我們在雨中走了二十分鐘，因爲我想看看我很喜歡的一家餐廳是否存在這個世界。眞的存在，這感覺有如他鄉遇故知。

這個舒適、充滿文青氣息的地方，重現了芝加哥一間老式鄰里餐館的氛圍。桌位要等很久，所以我們杵在吧台旁邊，一見到另一頭空出兩張高腳椅，便趕緊溜坐上去，剛好就在雨水淋漓的窗戶旁。

我們點了雞尾酒。然後葡萄酒。

小碟子源源不斷地端上來。

喝了酒之後有一種明顯而美好的微醺感，交談內容也多以當下爲主。

譬如食物如何。譬如待在溫暖的室內感覺有多好。

我們倆誰也沒提過箱體一次。

雅曼達說我像伐木工人。

我說她像飛車女騎士。

我們都笑得太用力、太大聲，但我們需要。

她起身去上廁所時，對我說：「你會在這裡吧？」

「我就在這裡，動都不會動。」

但她還是不停回頭看。

我看著她走過吧台，消失在轉角。

落單後，此刻的平凡無奇幾乎令我難以承受。我環顧餐廳，留意著一張張侍者與顧客的臉。二十多段嘈雜對話融合成一種沒有意義的喧鬧聲。

我暗想：你們要是知道我知道的事，會怎樣？

走回去的路上更冷、更濕。

到了旅館附近，我看見我經常光顧的「小村啤酒館」的招牌在對街一閃一閃。

我說：「想不想喝杯睡前酒？」

時間夠晚了，大批的夜晚人潮已經散去。

我們坐到吧台前，我看著酒保在觸控螢幕上更新某人的帳單。

他終於轉身走過來，先看雅曼達，再看我。

是麥特。我這一生中，他恐怕已經替我倒過上千杯的酒。在我的世界裡的最後一夜，正是他爲我和萊恩·霍德倒酒。

但他似乎不認得我。只表現冷淡、漠然的禮數。

「你們想喝點什麼？」

雅曼達點了葡萄酒。我點啤酒。

他盛啤酒時，我湊過身，小聲地對雅曼達說：「我認識這個酒保。他沒認出我。」

「什麼叫你認識他？」

「我是這間店的常客。」

「不，你不是。他當然也不認得你。你還期待什麼？」

「只是很奇怪。這個地方看起來一模一樣。」

麥特把我們的酒端過來。

「要不要把信用卡給我，先記帳就好？」

我沒有信用卡，沒有身分證明，只有一捲鈔票放在我的 Members Only 風衣夾克內袋，而夾克則放在剩餘的安瓿瓶旁邊。

「我現在就付錢。」我邊掏錢邊說：「順便自我介紹一下，我叫傑森。」

「我叫麥特。」

「我喜歡這裡。是你開的？」

「是啊。」

他好像根本不鳥我對他的酒吧有何想法，讓我心窩裡有種空虛的傷感。雅曼達感覺到了。

麥特離開後，她舉杯碰一下我的酒杯。

說道：「敬豐盛的一餐、溫暖的床和命不該絕。」

回到旅館房間後，我們關了燈，在黑暗中脫下衣服。我知道我對這間旅館的設備已完全失去客觀性，因爲床的感覺好極了。

雅曼達從她的床上問道：「你鎖門了嗎？」

「鎖了。」

我閉上眼睛，可以聽見雨水叮叮咚咚打在窗上，偶爾一輛車駛過窗下濕濕的街道。

「這是個美好的夜晚。」雅曼達說。

「是啊。我不想念箱體，可是遠離它，感覺也怪怪的。」

「我不知道你怎麼想，但是我以前的世界，感覺愈來愈虛幻。你知道離開夢境久了會有什麼感覺吧？它會失去色彩和強度和邏輯。你和它之間的情感連繫會遞減。」

我問道：「妳覺得妳有可能完全忘記它嗎？我是說妳的世界。」

「不知道。但我能看到它慢慢變得一點都不眞實，因爲它就是。此時此刻，唯一眞實的是這個城市、這個房間、這張床，還有你和我。」

到了半夜，我發覺雅曼達躺在我身邊。

這不是什麼新鮮事。在箱體內，我們曾經這樣睡了好多次。在黑暗中擁抱著彼此，就像有史以來最茫然的兩個人。

現在唯一的差別是我們身上只穿了內衣，她的肌膚貼靠著我，柔細得引人遐想。點點霓虹燈光從窗簾抖落進來。

她在黑暗中伸手過來，拉起我的手去抱著她。

然後轉過來面向我。「他從來不像你這麼好。」

「誰？」

「我認識的傑森。」

「但願如此。天哪。」我以微笑表達玩笑之意，她卻只用那雙瀰漫午夜氛圍的眼眸凝視著我。最近我們經常互相注視，但她現在看我的眼神有些不同。

我們之間有種親密的連繫，而且日益強烈。

我只要朝她移近一寸，我們就會做了。

我心裡毫無疑問。

如果我真的吻了她，如果我們發生了關係，或許事後我會感到內疚後悔，也或許我會發覺她能讓我幸福。

我肯定有某個分身在這一刻吻了她。

有某個分身知道答案。

但不是我。

她說：「如果你希望我回那邊去，就直說。」

我說：「我不希望，但我需要妳這麼做。」

剩餘安瓿數：二十四

昨天，我在雷克蒙校園裡看見自己，但在那個世界，丹妮樂已經在三十三歲那年因腦癌病逝——我在公立圖書館上網時，發現了這一則訃聞。

今天的芝加哥，有個風和日麗的午後，不過這裡的傑森．戴申已在兩年前死於車禍。

我踏入巴克鎮一間藝廊，盡可能不去看那個坐在服務台後面，埋頭看書的女人，而是專心欣賞掛滿牆壁的油畫，畫的主題似乎全都是密西根湖。

各個季節。各種顏色。一天當中的各個時段。

女人頭也不抬地說：「需要幫忙的話再告訴我。」

「這些是妳畫的嗎？」

她放下書，從收銀台後面出來。

走過來。

自從那天晚上幫助丹妮樂安息後，這是我離她最近的一次。她美麗懾人——緊身牛仔褲加上噴濺了壓克力顏料的T恤。

「是，是我。丹妮樂．華戈絲。」

她很明顯不認識我，沒認出我。我猜在這個世界，我們從未相遇。

「傑森．戴申。」

她伸出手，我也伸手握住。正是她的手的感覺——粗糙、有力、靈巧——藝術家的手。指甲縫裡卡著顏料。我還能感覺到她的指甲劃下我的脊背。

「畫得好極了。」我說。

「謝謝。」

「我喜歡妳專注於一個主題。」

「我三年前開始畫湖。每一季的感覺都很不一樣。」她指著我們站立處面對的那一幅。

「這是我最初嘗試的其中一幅。八月在均蔚沙灘畫的。夏末天氣晴朗的時候，湖水就會變成這種清澈的藍綠色，幾乎有熱帶風情。」她移到牆的另一頭。「然後十月就會出現像這樣的一天，烏雲密布，把水都染灰了。我很喜歡這樣的日子，幾乎是水天一色。」

「妳最喜歡哪個季節？」我問道。

「冬天。」

「眞的嗎？」

「冬天最變化多端，日出更是壯觀。去年湖水結冰的時候，我畫了幾幅最好的畫作。」

「妳怎麼作畫？到戶外寫生，還是……」

「大多是看著照片畫。夏天，我偶爾會在湖畔搭起畫架，但我實在太喜歡我的畫室，所以很少在其他地方畫畫。」

談話到此中斷。

她回頭瞄一眼收銀台。很可能是想回去繼續看書。

八成是評估過我身上褪色的二手牛仔褲和舊襯衫之後，明白了我不太可能買任何東西。

「這間藝廊是妳開的嗎？」雖然知道答案，我還是問了。

純粹只是想聽她說話。

盡可能地讓這一刻延長。

「其實是和朋友合開的，但因爲這個月展出我的畫作，所以由我坐鎮。」

她微微一笑。

只是出於禮貌。

心思開始飄走了。

「如果還有什麼事情需要我……」

「我只是覺得妳很有才華。」

「喔，眞是太感謝你了，謝謝。」

「我太太也是畫家。」

「本地的嗎？」

「對。」

「她叫什麼名字？」

「這個嘛，妳八成沒聽過，而且我們也不在一起了，所以……」

「眞是遺憾。」

我伸手摸摸無名指上磨損得厲害的線戒，儘管驚險重重，它依然還在。

「我們也不是眞的不在一起，只是……」

我沒想好後面的話，因爲我希望她開口**要求**我把話說完。希望她展現一絲興趣，不要再用那種看陌生人的眼光看我，因爲我們並不是陌生人。

我們曾經共同生活過。

我們有個兒子。

我曾親吻妳身體的每寸肌膚。

我曾和妳一起哭、一起笑。

在某個世界裡如此強烈的情感，怎麼可能不滲透到這個世界來呢？

我直視著丹妮樂的雙眼，卻並未感受到愛或認識或熟悉的回應。

她只是略顯不自在。

好像希望我離開。

「妳想喝杯咖啡嗎？」我問道。

她露出微笑。

現在是非常不自在。

「我是說等妳結束工作，不管幾點。」

如果她答應，雅曼達會殺了我。我答應她回旅館會合的時間已經過了，本來今天下午要返回箱體的。

可是丹妮樂不會答應。

她在咬嘴唇，她每次緊張就會這樣，無疑是想說出個理由，而不只是一個通體適用、傷人自尊的「不要」。但是我看得出她沒能成功，看得出她馬上就會鼓起勇氣當機立斷，把我傷得更體無完膚。

「其實呢，」我說道：「不用在意，對不起，我讓妳爲難了。」

媽的。

我快死了。

被一個素昧平生的陌生人拒絕是一回事。

被你孩子的媽搞到無地自容，那又完全是另一回事了。

「我正打算要走。」

我往門口走去。

她沒打算攔我。

剩餘安瓿數：十六

過去這星期所進入的每個芝加哥，樹木愈來愈像骷髏，掉落的樹葉被雨水黏在路面上。我坐在我那間褐石屋對街的長椅上，在冷冽的晨寒中抱身瑟縮，身上穿的外套是昨天在二手店用另一個世界的十二元現金買的，聞起來有老先生的衣櫥的味道——樟腦丸和痠痛軟膏。

在旅館的時候，我留下雅曼達專心去寫她的筆記。

我騙她說我要出去走走，讓腦袋清醒一下，順便買杯咖啡喝。

但其實我跑來看另一個自己跨出前門，快步走下階梯，前往高架電車站，到了車站那個我會搭紫線到雷克蒙校園所在的伊凡斯頓。這時的我戴著隔音耳機，很可能在聽網路廣播——也許是某場科學演說，或是一段「美國生活」節目。

從《論壇報》頭版看來，今天是十月三十日，距離我被人用槍挾持趕出我的世界那一晚，就快一個月了。

感覺卻好像已經在箱體裡遊蕩數年。

到目前爲止，不知道已經連結過多少個芝加哥。

全都開始混淆在一起。

這一個算是最接近的，但仍然不是我的那個。查理就讀一間特許學校，丹妮樂則是自己在家裡接平面設計的工作。

坐在這裡我才想通，我一直把查理的出生和我決定與丹妮樂共度人生的選擇，視爲一個開端，而我們倆的人生軌跡就是從這裡開始偏離功成名就之路。

但這麼想其實太過簡化。

沒錯，傑森2號拋棄了丹妮樂與查理，因而有所突破。但也有上百萬個傑森拋棄了他們，卻也沒發明出箱體。

有些世界裡，我離開了丹妮樂，卻仍舊一事無成。

也有些世界，我離開了，我們倆都獲得相當程度的成功，但也不算揚名天下。

相反地，在某些世界我留下了，我們生了查理，接著發展出各種不甚完美的人生歷程。

或許我們的關係惡化。

或許我決定結束婚姻。也或許是丹妮樂決定的。

又或許我們在一個沒有愛又破碎的狀態中痛苦掙扎，爲了兒子勉強撐著。

如果在所有的傑森．戴申當中，我代表了家庭美滿的巔峰，傑森2號代表的就是事業與發明創造的極致。我們是同一個人的兩個極端，也因此傑森2號會從數不盡的可能性裡面挑出我的人生，並非巧合。

雖然他在事業上百分之百成功，但是當個十足愛家的男人之於他，就像他的人生之於我一樣陌生。

這一切都指向一個事實：我的身分不只是二元。

而是多面向的。

當初沒有走哪條路而產生的刺痛憤恨，也許可以放下了，因爲沒有走的路並不只是我的現狀的反面，而是無數的分支系統，象徵著我和傑森2號這兩個極端之間，各種人生的排列。

我從口袋掏出預付卡手機，這花了我五十元，足夠支付我和雅曼達一天的餐費，或是在廉價汽車旅館再住上一晚。

我用戴著露指手套的手，將一張從芝加哥大都會電話簿D開頭部分撕下的黃頁紙壓平，然後撥打畫圈的號碼。

一個幾乎像家的地方，會給人一種可怕的孤獨感。

從我坐的地方可以看見二樓房間，那應該是丹妮樂用來當做工作室的地方。百葉窗拉起，她背對著我坐，面向一台巨大的電腦螢幕。

我看見她拿起一支無線電話機，眼睛瞪著上面的顯示螢幕。

不認識的號碼。

拜託接電話。

她把電話放回機座。

我的聲音說道：「這裡是戴申家。現在無法接聽電話，但如果你……」

我在嗶聲前掛斷了。

再打一次。

這回，電話響不到兩聲她就接起來說：「喂？」

一時間，我什麼也沒說。

因爲發不出聲來。

「喂？」

「嗨。」

「傑森？」

「是我。」

「你用什麼電話打的？」

我知道她劈頭就會問這個。

我說：「我手機沒電了，所以跟電車上一個女人借的電話。」

「沒什麼事吧？」

「妳今天早上過得怎麼樣？」我問道。

「很好啊。我們才剛見過面，傻瓜。」

「我知道。」

她坐在書桌前的旋轉椅上轉來轉去，說道：「所以你就這麼想跟我說話？還跟陌生人借電話？」

「的確是這樣。」

「眞讓人感動。」

我就這樣坐著，沉浸在她的聲音裡。

「丹妮樂。」

「什麼事？」

「我眞的很想妳。」

「怎麼了，傑森？」

「沒什麼。」

「你聽起來怪怪的。跟我說嘛。」

「我剛剛走路到電車站的時候，忽然有一種感覺。」

「什麼感覺？」

「我把太多跟妳相處的時刻都視爲理所當然。我一出門上班，就開始想我的這一天，想我今天要上的課，總之想很多事情，可是忽然間……上車的時候我好像猛然清醒過來，想到自己有多愛妳，想到妳對我有多重要，因爲我們永遠不會知道……」

「不會知道什麼？」

「什麼時候會失去這一切。總之，我試著要打給妳，可是電話沒電了。」

有好長一段時間，電話另一頭只有沉默。

「丹妮樂。」

「我在。我對你也是一樣，你知道的，對吧？」

我閉上雙眼，壓抑激動情緒。

心裡想著：我現在就可以過街，進到屋內，告訴妳一切。

心愛的，我好迷惘。

丹妮樂離開椅子，走到窗邊。她穿了一件乳白色長毛衣，底下穿了瑜伽褲。她的頭髮挽得高高的，手裡端著一只馬克杯，我猜是在附近商家買的茶。

她一手抱著因爲懷孕而變得渾圓的肚子。

查理要當哥哥了。

我笑中帶淚，很好奇他怎麼想。

這是我的查理錯過的一個經驗。

「傑森，你眞的沒事嗎？」

「眞的。」

「是這樣的，我得趕個東西給客戶，所以……」

「妳得工作了。」

「是的。」

我不想讓她走，我需要繼續聽她的聲音。

「傑森？」

「什麼？」

「我非常愛你。」

「我也愛妳。妳絕對想像不到。」

「今天晚上見了。」

不，妳要見的是我一個非常幸運的分身，他根本不知道自己有多幸福。

她掛斷了電話。回到桌前。

我把手機放回口袋，身子打顫，思緒朝著晦暗的幻象狂奔亂竄。

我看見我搭去上班的列車出軌。

我的屍體血肉模糊，難以辨識。

又或者始終未被找到。

我看見自己踏入了這個人生。

這不完全是我的人生，但也許已經夠接近。

傍晚時分，我仍坐在伊麗娜街邊的長椅上，面對那棟不屬於我的褐石建築，看著下班放學後回家來的鄰居。

每天回家時有人在家等著，那是多麼神奇的事。

能被人愛、被人期待。

我原以爲我珍惜每一刻，但坐在這寒風中，我才知道自己把一切都視爲理所當然。怎麼可能不呢？在一切事物天翻地覆之前，我們並不知道自己擁有些什麼，也不知道這一切是多麼不穩固卻又完美地拼湊在一起。

天暗了。

街上住家的燈亮了。

傑森回家了。

我的狀況很糟。

整天沒吃東西。從早上就沒碰一滴水。

雅曼達想必急瘋了，不知道我跑哪去，但我就是走不開。我的人生——至少是一個近似到令人震驚的版本——正在對街展開。

打開旅館房門時，早已過了午夜。

裡面燈還亮著，電視開得很大聲。

雅曼達爬下床來，身上穿著T恤和睡褲。

我反手輕輕將門帶上。說道：「對不起。」

「你這王八蛋。」

「我今天過得很糟。」

「**你**今天過得很糟。」

「雅曼達……」

她朝我衝過來，兩手用盡力氣推了我一把，我砰的一聲背撞到門上。

她說：「我以爲你丟下我了。後來又以爲你出了什麼事。我沒法聯絡你，就開始打電話到各家醫院，把你的外貌特徵告訴他們。」

「我絕不會不告而別的。」

「這我要怎麼知道？你嚇死我了！」

「對不起，雅曼達。」

「你上哪去了？」

她把我壓在門上，動彈不得。

「我整天都坐在我家對街的長椅上。」

「整天？爲什麼？」

「不知道。」

「那不是你家，傑森。他們不是你的家人。」

「我知道。」

「眞的嗎？」

「我還跟著丹妮樂和傑森去約會。」

「什麼叫做你跟著他們？」

「他們上餐廳吃飯，我站在外面。」

說這些話的時候，我忽然感到羞愧。

我擠過雅曼達身邊進到房間，往自己的床尾坐下。

她走過來，站在我跟前。

我說：「後來他們去看電影，我跟著他們進戲院，坐在他們後面。」

「噢，傑森。」

「我還做了另一件愚蠢的事。」

「什麼事？」

「我用掉我們一些錢去買手機。」

「你要手機幹麼？」

「這樣就可以打電話給丹妮樂，假裝是她的傑森。」

我提防著雅曼達會再次失控，不料她卻走向我，摟住我的脖子，親親我的頭頂。

「站起來。」她說。

「爲什麼？」

「照做就對了。」

我於是起身。

她拉開我夾克的拉鍊，幫我輕輕褪下衣袖。接著推我往後坐到床上，然後蹲跪下來。

解開我的靴帶。

使勁脫下靴子後丟到牆角。

我說：「我想我是第一次明白，妳認識的傑森怎麼會對我做出這種事。我現在腦子冒出一堆亂七八糟的想法。」

「這種事不是我們原有的心智能處理的。看到自己妻子這麼多不同樣貌——連我都無法想像。」

「他想必跟蹤了我幾個星期。去上班。和丹妮樂約會的夜晚。他很可能就坐在同一張長椅上，看著我們晚上在家裡走動，用他自己的印象來想像我。妳知道我今晚差點做了什麼事嗎？」

「什麼？」她似乎不敢聽。

「我猜想他們很可能還是把備用鑰匙放在老地方。我提早離開電影院，打算找到鑰匙，溜進屋裡。我想躲進衣櫥，看看他們的生活。看著他們睡覺。很病態，我知道。我還知道妳的傑森八成也進過我家很多次，最後才終於壯起膽子偷走我的人生。」

「可是你沒這麼做。」

「沒有。」

「因爲你是個正派的人。」

「我現在不覺得自己有多正派。」

我往後倒在床上瞪著天花板，這個旅館房間儘管有許許多多無關緊要的變動，如今卻成了我們離開箱體後的家。

雅曼達爬上床躺在我身邊。

「這樣不行，傑森。」

「什麼意思？」

「我們只是在原地打轉。」

「我不認爲。你看看一開始的情形。還記得我們進入的第一個世界嗎？四周的建築物全都倒塌了。」

「我已經數不清我們去過多少個芝加哥了。」

「我們愈來愈接近我的……」

「我們**並沒有**愈來愈接近，傑森。你要找的世界根本是無邊無際的沙灘上的一粒沙。」

「不是這樣。」

「你目睹了妻子被殺、死於可怕的疾病，你看到她不認得你、嫁給其他男人、嫁給你的各個分身。在你精神崩潰之前，還能承受多少？以你現在的心理狀態，離崩潰也不遠了。」

「這和我能不能承受無關。我是爲了找到我的丹妮樂。」

「是嗎？你在長椅上坐了一整天，就爲了這個？尋找你的妻子？你看著我。現在剩下十六只安瓿，已經快要沒機會了。」

我的頭怦怦地抽痛。

暈眩。

「傑森。」我現在感覺到她的手在摸我的臉。「你知道精神失常的定義嗎？」

「是什麼？」

「就是一再重複做同樣的事，卻期望有不同的結果。」

「下一次……」

「怎樣？下一次我們會找到你家？怎麼找？今晚你要再寫滿另一本筆記嗎？就算寫了，會有什麼不同嗎？」她把手放到我胸前。「你的心漸漸變得瘋狂，你必須冷靜下來。」

她翻過身，關掉兩床中間床頭櫃的燈。

然後在我身邊躺下，不過她的觸摸絲毫不帶性慾。

熄燈之後，我頭痛好些了。

房裡唯一的光源就是窗外招牌的藍色霓虹燈，因爲已經夠晚了，久久才有一輛車從底下街道駛過。

睡意漸漸襲來。謝天謝地。

我閉上眼睛，想著堆疊在床頭櫃上那五本筆記。幾乎每一頁都塡滿了我愈來愈狂熱而潦草的筆跡。我總覺得只要寫得夠多，只要寫得夠精確，就能捕捉到我的世界夠完整的意象，我也就可以回家了。

但這樣的事沒有發生。

雅曼達沒說錯。

我是在無邊無際的沙灘上尋找一粒沙。

12

天亮後，雅曼達已不在我身旁。我側躺看著陽光從百葉窗透射進來，聽著車輛的隆隆噪音穿過牆壁。時鐘在我後面的床頭櫃上，我看不見時間，但感覺不早了。我們睡過了頭。

我坐起來，掀開被子，望向雅曼達的床。

是空的。

「雅曼達。」

我正要快步走向浴室看她在不在裡面，但一看見抽屜櫃上面的東西立刻停下。

是一些紙鈔。

幾枚硬幣。

八只安瓿。

和一張從筆記本撕下的紙，上面滿是雅曼達的字跡。

傑森。經過昨晚之後，我已清楚知道你決定走一條我無法跟隨的路。我掙扎了一整夜。身爲朋友，身爲治療師，我想幫你，我想治好你。但我做不到，我也無法繼續看著你沉淪，尤其我可能是你繼續沉淪的部分原因。我們共同的潛意識能驅使我們與這些世界連結到什麼地步呢？我不是不希望你回到妻子身旁，其實我再希望不過了。但我們已經在一起幾個星期，很難不產生感情，特別是在這種情況下，你就是我的全部。

昨天懷疑你離開我的時候，我讀了你的筆記，親愛的，你沒抓到重點。你寫下關於你的芝加哥的一切，卻沒寫你的感覺。

我給你留下了背包、一半安瓿和一半的錢（整整一百六十一元外加零錢）。我不知道自己最後會如何，我好奇又害怕，但也很興奮。有一部分的我其實很想留下，但是你需要自己選擇下一扇要開啓的門。我也一樣。

傑森，希望你幸福。保重了。

雅曼達

剩餘安瓿數：七

獨自一人，我逐漸感受到對長廊滿滿的恐懼。

我從未感到如此孤單。

這個世界裡沒有丹妮樂。

沒有她的芝加哥，感覺不對。

一切都令我厭惡。

天空的顏色怪怪的。

熟悉的建築物在嘲弄我。

就連空氣的味道都像謊言。

因爲這城市不是我的，是我們的才對。

剩餘安瓿數：六

我要另闢蹊徑。

我獨自在街上走了一整夜。

恍惚。害怕。

等身體循環把藥物代謝滌淨。

我在一家通宵營業的快餐店吃晚飯，然後在黎明時搭電車回南區。

前往廢棄電廠途中，有三名青少年看見我。

他們在馬路對面，可是這個時間，路上空蕩蕩的。

他們對著我大聲叫喊。又是嘲諷又是辱罵。

我充耳不聞。加快腳步。

然而當他們開始穿越街道，刻意往我這邊走來，我便知道有麻煩了。

我一度想跑，不過他們年輕，動作肯定比我快。而且嘴巴開始發乾了，剛想著要打要逃的念頭催動了大量腎上腺素，我想我會需要點力氣。

在某個社區外圍，排屋終止、一片鐵路調車場開始的地方，他們追上了我。

這個時間，外面一個人也沒有。求救無望。

他們比我最初以爲的還年輕，身上飄散出麥芽酒的氣味，彷彿惡毒的古龍水。他們眼中那精疲力竭的眼神，暗示著他們已經在外遊蕩整夜，也許就爲了找到這個機會。

一開始就是狠狠痛毆。根本懶得多說廢話。

我太累、太頹喪，無力反擊。

都還沒意識到發生什麼事，人已經倒在路上，肚子、背部、臉全被踢了。

我昏死了片刻，清醒過來時，可以感覺到他們的手在我身上摸來摸去，我想是在找皮夾找不到。

最後他們搶走我的背包，丟下我在路上血流不止，逕自笑著沿街道奔去。

我在那裡躺了許久，聽著來往的車輛逐漸增加。

天色亮了。民眾從我身旁的人行道走過，沒有停留。

每一次呼吸都會牽動被打傷的肋骨，引起一陣疼痛，左眼也腫得睜不開。

過了一會，我好不容易坐起身來。

該死。

安瓿瓶。

我扶著鐵絲網，拖著身子站了起來。

拜託。

我伸手往襯衫裡頭摸，手指拂過一塊貼在脇邊的防水膠帶。

慢慢撕下膠帶時，眞是痛得要命，不過現在全身都痛得要命。

安瓿還在。

三支碎了。

三支完好。

我踉蹌著腳步回到箱體，把自己關進裡面。
錢沒了。筆記本沒了。針筒和針頭也是。
如今我只剩下這個殘破的身子和三次將事情導回正軌的機會。

剩餘安瓿數：二

上半天我都在南區一處街角乞討，以便籌到足夠的錢搭車回城裡。
下半天是在距離我的褐石屋四條街外，坐在街頭，面前豎起一塊紙板寫著：

無家可歸。走投無路。請幫幫忙。

我的臉被打得慘不忍睹，對於博取同情想必大有幫助，因爲太陽下山時，已經討到二十八塊一毛五。
我又餓、又渴、又痛。
我選了一間看起來覺腳到不至於將我拒於門外的快餐店，吃完付錢的時候，忽然覺得精疲力盡。
我無處可去。沒錢上汽車旅館。
外面的夜已經變冷，還下起雨。
我走到我家，繞進旁邊的巷子，想到也許有個地方能讓我安安靜靜地睡覺，不被人發現。

我家和鄰居家的車庫中間有個空隙，剛好藏在垃圾桶和回收桶後面。我從桶子間爬過，順手拿了一個壓扁的紙箱，把它靠放在我家的車庫牆邊。

我躺在紙箱底下，聽著雨水劈啪打在頭上方的紙板，暗自希望這個臨時的遮蔽物能撐過這一夜。

這個地點有個好處，可以越過我家後院高高的圍籬，看到二樓窗內景象。

那裡是主臥室。

傑森走過窗前。

他不是傑森2號。我很清楚知道這不是我的世界。和我家同一條街的商店與餐廳都不對。這個戴中家的車和我家的也不一樣。而且我從來沒那麼胖過。

丹妮樂在窗口出現片刻，舉起手，拉下百葉窗。

晚安了，我的愛。

雨勢轉強。

紙箱垮了。

我開始打起哆嗦。

我在羅根廣場街頭的第八天，傑森．戴中本人在我的錢盒裡丟了一張五元鈔。沒有風險。我已是面目全非。

皮膚曬黑，長出鬍子，完全一副貧窮潦倒的模樣。

我家這一帶的人很慷慨。我每天都能吃上一頓便宜的晚餐，還能存個幾塊錢。

每天晚上，我就睡在伊麗娜街四十四號後面的巷子裡。這儼然成了一種遊戲。當主臥室的燈熄滅，我便閉上眼睛，想像自己是他和她在一起。

有幾天，我覺得自己的神智不太清醒。

雅曼達曾經說過她以前的世界感覺愈來愈虛幻，我想我明白她的意思。我們會將現實與有形物質——也就是能以感官體驗的一切——聯想在一起。雖然我不斷告訴自己，在芝加哥南區有一個箱體能帶我到一個心想事成、不虞匱乏的世界，我卻已經不相信有那樣的地方存在。我的現實就是**這個**世界，這種感覺一天比一天強烈。在這裡我一無所有，是個無家可歸、污穢不堪的人，我的存在只會引發他人的同情、憐憫與嫌惡。

附近有另外一個遊民站在人行道中央，扯開了嗓門，也不和誰就說起話來。

我在想，我和他有很大差別嗎？我們不都是迷失在一個因爲某些超乎掌控的因素，而使我們再也無法認同的世界嗎？

最令人驚恐的是有些時刻似乎出現得愈來愈頻繁。在這些時候，即使是我，都覺得神奇箱體的想法聽來像是瘋子的囈語。

有一天晚上，我經過一家酒品專賣店，發現自己有足夠的錢隨便買瓶酒。

我喝掉一整瓶一品脫裝的J&B威士忌。

然後發現自己站在伊麗娜街四十四號主臥室裡，盯著躺在床上，蓋著交纏成團的毯子，正自熟睡的傑森與丹妮樂。

床頭櫃上的時鐘顯示凌晨三點三十八分，儘管屋內悄然無聲，我卻因爲喝得太醉，可以感覺到脈搏不停擊打著耳膜。

我拼湊不出是怎樣的思考過程把我帶到這裡來。

我現在滿腦子只想著：這是我擁有過的。

很久以前。

這個美麗的人生夢想。

此時此刻，當房間不停旋轉，我淚流滿面之際，我眞的不知道以前那個生活是眞是幻。

我朝傑森那側的床邊跨前一步，眼睛已漸漸適應黑暗。

他睡得很安詳。

我太想要他的這一切，想到就好像已經實際領略到了。

我願意付出任何代價來擁有他的生活，來取代他。

我想像著將他殺死，或是掐死他，或是往他頭上開一槍。

我看見自己試著成爲他。

試著接受他的丹妮樂成爲我的妻子，接受這個查理成爲我的兒子。

這間房子的感覺有可能跟我的房子一樣嗎？

我晚上能睡得著嗎？

我在凝視丹妮樂的同時，能不想到她眞正的丈夫在被我殺害前兩秒鐘，臉上流露的恐懼嗎？

不能。

不能。

清楚的意識排山倒海而來——令人痛苦、羞愧，但卻也正是在我最需要的時候。

內疚與無數的細微差異將會使我在這裡的生活變成地獄，不只讓我忘不掉自己做過什麼，也忘不掉自己還沒做的事。

這裡永遠不會像我的世界。

我做不到。

我不**想要**這樣。

我不是這個男人。

我不該在這裡。

當我跌跌撞撞離開臥室走過走廊，我忽然醒悟到，光是有這個念頭就等於放棄尋找我的丹妮樂。

等於說要讓她走。自認爲得不到她。

也許事實確實如此。也許我再也沒希望找到歸路，回到她和查理身邊，回到我的完美世界——那無邊無際沙灘上，獨一無二的一粒沙。

但我還剩下兩支安瓿，在用完之前，我不會停止奮戰。

我再次到二手店去買衣服——牛仔褲、法蘭絨襯衫和一件黑色毛呢外套。

然後上雜貨店買盥洗用具，還有一本筆記簿、一包筆和一把手電筒。

我住進汽車旅館，丟掉舊衣，洗了這輩子最久的一次澡。

從我身上流下的水是灰色的。

站在鏡子前，幾乎就像又回到原來的自己，只不過因為營養不良，顴骨突出了些。

我一直睡到下午，然後才搭車前往南區。

電廠很安靜，陽光從發電室窗口斜斜照入。

我坐在箱體門口，翻開筆記。

打從醒來以後，便一直想到雅曼達在告別的留書中，提到我沒有寫下自己的感覺。

那就寫吧……

我二十七歲。在實驗室工作了一整個上午，因為進行得太順利，差點又推託不去參加派對。最近常常這樣，忽視朋友與社交活動，只為了多偷得幾個小時待在無塵室。

最初留意到小後院最遠角落裡的妳，是我站在木棧板平台上，啜飲著可樂娜加萊姆，心思卻還留在實驗室。我想是妳的站姿吸引了我——妳被一個瘦瘦高高的男生困住，動彈不得。那個男的穿著黑色緊身牛仔褲，我認得他是這個朋友圈的人，好像是個藝術家還是什麼的。我甚至不知道他叫什麼，只是我朋友凱爾最近跟我說過：喔，那傢伙跟誰都上過床。

直到今天我仍無法解釋，總之當我看著他和一名黑髮、黑眼、穿著鈷藍色洋裝的女子——也就是妳——攀談，心中忽然充滿忌妒。我莫名地、瘋狂地想要揍他。妳的肢體語言隱約透露著彆扭。妳臉上沒有笑容，雙手抱在胸前，我忽然覺得妳被困在不愉快的交談中，也不知道為什麼，我就是在意。妳拿著一只空酒杯，杯身殘留有一條條紅酒的痕跡。我心裡有個聲音催促著：去找她說話，救她脫困。也有另一個聲音吶喊道：你對這個女人一無所知，連她的名字都不知道，你又不是那個傢伙。

我發現自己已在不知不覺中，端著一杯剛斟滿的紅酒，穿過草地向妳走去，當妳轉移視線與我四目相交，我覺得胸腔內好像有個零件忽然卡住不動，好像兩個世界互相衝撞。當我靠近，妳從我手上拿過杯子，就好像是妳事先遣我去拿來的，妳還露出輕鬆熟悉的微笑，彷彿我們早已相識。妳想介紹我和眼前這位狄倫認識，但那個穿緊身牛仔褲的藝術家眼看淫慾無法得逞，便找藉口開溜了。

接下來只有我們倆站在樹籬陰影中，我心跳得簡直快要失控。我說：「很抱歉打斷你們，只是妳看起來好像需要拯救。」而妳說：「直覺精準。他是帥氣，可是讓人受不了。」我自我介紹。妳跟我說了妳的名字。丹妮樂。丹妮樂。

我們第一次相處時聊了些什麼，我只有零星片段的記憶。主要記得當我告訴妳我是原子物理學家，妳笑了起來，但不帶嘲弄，倒像是妳聽到這番意外的話確實很開心。我還記得妳唇上沾了紅酒的樣子。純粹就理智而言，我一直都知道我們的分離與隔絕只是幻覺。我們全都是由相同物質組成，也就是在死亡恆星的火焰中形成後，爆發出來的物質碎片。對於這項知識，我眞的從來沒有徹骨的感受，直到那一刻，在那裡，和妳在一起。而且是因爲妳。

是的，也許我只是想上床，但我也好奇，這種纏綿的感覺可不可能證明有更深層的東西存在。這種特殊的思考模式，我明智地藏在自己心裡。我還記得令人愉悅的啤酒氣泡聲和太陽的溫度，接著當太陽開始西沉，我才發覺自己有多想帶妳離開派對，卻不敢開口。這時妳說道：「我有個朋友的藝廊今晚開幕，想不想來？」

我暗想：我願意跟妳到天涯海角。

剩餘安瓿數：一

我走在沒有盡頭的長廊上，手電筒的光線從牆面反彈回來，不斷閃動。

過了一會，我在一道與其他毫無差異的門前停下。

那是一兆一兆又一兆當中的一道門。

我心跳急速，手心冒汗。

我什麼都不要。只要我的丹妮樂。

想要她的那種急迫感，我無法解釋。

也從來不想試圖解釋，因爲那種神祕非常美好。

我想要許多年前我在那個後院派對見到的那個女人。

儘管必須放棄其他心愛事物，我仍選擇與她共度一生的那個。

我想要她。

就只要她。

我深吸一口氣。吐出來。

然後打開門。

13

最近剛刮過一場暴風雪，細雪灑在水泥地上，覆蓋了高處玻璃窗底下的發電機。

即便現在，仍有陣陣疾風驟雪從湖面吹來，彷彿冰冷的五彩碎紙飄下。

我從箱體所在之處信步走開，努力不讓自己抱太大希望。

這有可能是任何世界裡，位於南芝加哥的一座廢棄電廠。

我緩緩走過成列的發電機，地板上閃了一下，吸引我的目光。

我趨上前去。

只見離發電機座十五公分處的水泥裂縫中，有一只空安瓿，瓶頸已經折斷。過去一個月來，我經過那麼多座廢棄電廠，從沒見過這個。

也許正是傑森2號偷走我人生的那個晚上，在我失去意識的幾秒鐘前，他給自己注射用的。

我徒步離開這個工業鬼城。

飢餓、口渴、疲憊。

北方的天際線隱約可見，儘管高樓層被低低的冬季雲層截斷，這絕對是我熟知的那座城市，錯不了。

暮色初降時分，我在八十七街搭上往北的紅線列車。

這輛電車座位上沒有安全帶，沒有全息影像。只是慢慢地、搖搖晃晃地駛過南芝加哥。接著駛過偌大的郊區。

我換了車。藍線帶我進入中產階級化的北部城區。

過去這個月，我去過的芝加哥都很相似，但這一個有些不同。不只是那個空安甑，還有一種更深層、難以解釋的東西，只能說感覺很像是我所屬的地方，很像是我的。

當列車行駛過因尖峰時段交通大打結而塞在高速公路上的車陣時，雪下得更大了。

我在想……

丹妮樂，**我的**丹妮樂，是否仍安然無恙地活在這片雪雲底下？

我的查理是否仍呼吸著這個世界的空氣？

我步出列車，踏上羅根廣場的電車月台，兩手深深插在外套口袋裡。雪黏在我住家附近的熟悉街道上，黏在人行道上，黏在停靠路邊的車子上。尖峰時段車流的車頭光束衝破濃密的雪花前進。

我們那條街上，前前後後的房子矗立在風雪中，光芒閃爍而美麗。

我家門前階梯上已經積了一公分多的薄雪，只留下單獨一人走向大門的腳印。

透過褐石屋前窗，可以看到裡面的燈光，從我在人行道站立的位置看起來，那裡十足就像家。

我不斷預期會發現某個不對勁的小細節，諸如前門不對、門牌號碼不對、門階上有一件我不認得的家具等等。

可是門沒錯。

門牌號碼沒錯。

前廳餐桌上方甚至有一盞四維超正方體吊燈，而且我靠得夠近，可以看見壁爐架上的大照片：我、丹妮樂和查理在黃石國家公園的「靈感台」拍的。

從連接餐廳與廚房那扇敞開的門望過去，我瞥見傑森站在中島前，手裡拿著一瓶酒，伸出手，往某人的酒杯裡倒酒。

興奮之情襲上心頭，但並未持久。

從我的位置，只能看見一隻美麗的手抓著杯腳，頓時間一切再次湧上心頭——這個男人對我所做的一切。

他所奪走的一切。

他所偷取的一切。

我在室外雪地裡什麼也聽不見，但能看見他邊笑邊小酌一口酒。

他們在說什麼？

他們上一次做愛是什麼時候？

現在的丹妮樂會不會比一個月前，跟我在一起的時候更快樂？

這個問題的答案，我能承受得了嗎？

我腦中清醒、平穩的聲音明智地建議我立刻離開那棟屋子。

我還沒準備好。我什麼計畫都沒有。有的只是憤怒與忌妒。

而且我不該操之過急。我還需要更多證據來確認這是我的世界。

同一條路再過去一點，我看見我們家雪佛蘭的熟悉車尾，於是走過去，撥掉覆蓋住那塊伊利諾州車牌的雪。

是我的車牌號碼。

車漆的顏色也對。

我把後面擋風玻璃清乾淨。

雷克蒙獅子會的紫色貼紙看起來分毫不差，因爲被撕了一半。當初一把貼紙貼到窗玻璃上，馬上就後悔了，試著想把它撕下來，卻只移除了獅臉的上半部，因此只剩一張血盆大口。

但那是三年前的事了。

我需要更近一點、更確切一點的證明。

被綁架的幾個禮拜前，我在校園附近倒車，不小心撞到停車計時器，車子損傷不大，只有右側尾燈撞裂，保險桿凹陷而已。

我撥開尾燈紅色塑膠罩上的雪，接著是保險桿。

我摸摸裂痕。又摸摸凹陷處。

之前去過無數個芝加哥，都沒見過任何一輛雪佛蘭 Suburban 有這些記號。

我起身後，很快地往對街長椅瞥了一眼，就是我曾經呆坐一整天，看著另一個我如何過日子的那張長椅。此時椅子是空的，雪靜靜地在座位上堆積起來。

該死。

長椅後方大約一公尺處，有個人在白雪紛飛的夜色中看著我。

我開始快步走下人行道，心想自己的舉動看起來八成像在預謀偷雪佛蘭的車牌。得小心一點。

「小村啤酒館」前窗的藍色霓虹招牌在風雪中閃閃爍爍，彷彿燈塔的信號，告訴我家就在不遠處。

在這個世界裡沒有皇家飯店，因此我住進了經常光顧的酒吧對面那家慘澹的戴斯旅館。我只付得起兩晚的房錢，付完錢後手頭現金只剩一百二十元外加零錢。

旅館內的商務中心位在一樓走廊盡頭一個很小的房間，裡面有一台幾乎已經過時的桌上電腦加傳眞機加印表機。

連上線後，我證實了三項訊息。

傑森・戴申是雷克蒙的物理系教授。

萊恩・霍德剛剛以他在神經科學領域的研究貢獻，獲得帕維亞獎。

丹妮樂・華戈絲-戴申不是芝加哥知名藝術家，也沒有經營平面設計事業。她的網站設計雖然業餘卻十分吸引人，網站上展示了她幾件最好的作品，並宣傳她在教繪畫。

當我拖著沉重腳步爬樓梯上三樓房間，才終於開始願意相信。

這是我的世界。

我坐在旅館房間的窗邊，俯視著「小村啤酒館」一閃一閃的霓虹招牌。

我不是個粗暴的人。

我從來沒有打過人。

甚至試都沒試過。

但如果想要奪回我的家人，實在別無他法。

我必須做一件可怕的事。

必須對傑森2號以牙還牙，只不過我不會爲了問心無愧，就只是把他放回箱體內。儘管還剩下一瓶安瓿，我也不會重蹈他的覆轍。

他當初有機會就應該殺了我。

我感覺到我大腦中物理學家那一面正悄悄溜出來，試圖奪取掌控權。

我畢竟是個科學家，是個過程取向的思考者。

因此我把這件事想成實驗室的實驗。

我想達成一個結果。要達到那個結果需要採取哪些步驟呢？

首先，定義我期望的結果。

殺死現在住在我家的傑森．戴申，把他放到一個再也不會有人發現的地方。

要完成這件事需要哪些工具？

車。

槍。

用來綁他的東西。

鐵鍬。

安全的棄屍地點。

我厭恨這些念頭。

沒錯，他搶走我的妻子、我的兒子、我的生活，但是想到這些準備工作與暴力行為，總覺得醜陋不堪。

芝加哥往南一小時的車程，有一座森林保護區。坎卡基州立公園。我和查理和丹妮樂去過幾次，通常是在秋天，當樹葉開始變色，我們也覺得心情浮躁，需要到城外享受一天的大自然與幽靜的時候。

我可以趁夜裡把傑森2號載到那裡去，或者是讓**他**開車，就像他當初對我那樣。

我知道河北岸的一條步道，就帶他走那條路。

我會在一兩天前先過去準備，預先在某個安靜偏僻的地方挖好他的墳。我也會事先研究該挖多深，以免被野獸聞到腐臭味。先讓他以為他要自己挖墳，那麼他就會以為有較多時間可以設法逃跑或是說服我打消殺他的念頭。然後，當我們來到離墳穴不到六公尺處，我會把鐵鍬往地上一丟，說可以開始挖了。

等他彎身去撿，我會做出我自己也想像不到的事。

我會朝他的後腦勺開一槍。

然後把他拖到洞口邊，再把他滾進洞內，然後填土。

好消息是誰也不會找他。

我會悄悄地重新進入他的生活，正如他悄悄地進入我的生活那般。

也許過個幾年，我會將實情告訴丹妮樂。

也許我永遠不會告訴她。

兼賣槍枝的運動用品店在三條街外，還有一個小時打烊。查理念中學時很迷足球，那段時間我每年都會上這家店買一次鞋底防滑片和球。

即便當時，槍枝櫃台在我眼裡就一直有種莫名的魅力。有種神祕氣息。

以前的我怎麼也無法想像，會是什麼樣的動機驅使一個人想擁有一把槍。

我這輩子只開過兩三次槍，是在愛荷華念高中的時候。即使那個時候，在最要好的朋友的農場上開槍射擊生鏽的油桶，我也不像其他孩子那麼亢奮。我太害怕了。當我站著面對標的物，舉起沉重的手槍瞄準時，總揮不去「死亡掌握在自己手中」的想法。

這家店叫「球場和手套」，由於時間晚了，店裡連我在內只有三個客人。

我晃過一排排吊著運動夾克的衣架和一整面牆的運動鞋，往後方的櫃台走去。

霰彈槍與來福槍掛在牆上，底下放著一箱箱子彈。手槍則是在櫃台的玻璃底下閃著光。

黑色的。鍍鉻的。

有的有旋轉彈膛。有的沒有。

有些看起來應該只有七〇年代動作片的那種私法警察配戴過。

一個穿著黑色T恤和半舊藍色牛仔褲的女人走過來。她一頭紅色鬈髮，布滿雀斑的右臂上環繞一圈刺青寫著：**人民有權擁有及攜帶槍械以免受害**。整個人頗有十九世紀女神槍手安妮·歐克麗的韻味。

「需要幫忙嗎？」她問道。

「欸，我想買一把手槍，不過老實說，我對槍一無所知。」

「為什麼想買槍？」

「居家防衛。」

她從口袋掏出一副鑰匙，打開我面前的櫃子。我看著她的手臂伸進玻璃底下，拿出一把黑色手槍。

「這把是克拉克二三，四十口徑，奧地利製，制止力很強。如果你想要小型一點，好拿到隱密攜槍許可，我也可以提供你袖珍型的。」

「這阻止得了入侵者嗎？」

「可以啊，被這槍打到是爬不起來的。」

她將滑套往後拉，檢查槍管是否清空，然後讓滑套重新歸位，再退出彈匣。

「一次可以裝幾發子彈？」

「十三發。」

她把槍遞給我。

我卻不太清楚應該怎麼辦。瞄準？掂掂重量？

我彆扭地拿著槍，儘管沒上子彈，心裡還是有那種「**死亡掌握在手中**」的不安感。

從扳機護弓垂掛下來的價格標籤上寫著美金五九九．九九元。

我得先查明我的金錢狀況。也許我可以直接走進銀行，從查理的戶頭領錢。上次看的時候，還有四千元左右的存款。查理從來不動那個帳戶。沒有人會去動。如果從裡面領出一兩千元，應該不會被發現，至少不會馬上發現。當然了，前提是我得先設法弄到一張駕照。

「你覺得如何？」她問道。

「很好，我是說感覺就像把槍。」

「我可以再跟你介紹其他幾把。如果你比較想找左輪手槍，我有一把很不錯的史密斯威森點三五七。」

「不用，這把就可以了。我只是需要去湊點現金。需要什麼樣的背景調查？」

「你有持槍證嗎？」

「那是什麼？」

「就是伊利諾州警局發給槍械持有人的身分證。你得去申請。」

「需要多久時間？」

她沒有回答。

只是用奇怪的眼神盯著我，然後伸出手從我手上取回克拉克手槍，放回玻璃底下的原位。

我問道：「我說錯什麼了嗎？」

「你是傑森，對吧？」

「你怎麼知道我的名字？」

「我站在這裡，一直試著把整件事想明白，想確定我沒發瘋。你不知道**我**叫什麼？」

「不知道。」

「看吧，我覺得你在耍我，這不是個明智的……」

「我以前從來沒跟妳說過話。事實上，我已經差不多四年沒進這家店了。」

她鎖上櫃子，把鑰匙收回口袋。

「我想你該走了，傑森。」

「我不懂……」

「要不是你在開玩笑，就是你腦子受傷或者得了老人癡呆，再不然就是你根本瘋了。」

「妳在說什麼？」

「你眞的不知道？」

「不知道。」

她兩隻手肘靠在櫃台上。「兩天前，你走進這裡，說你想買一把手槍。我給你看了同一把克拉克。你說是爲了居家防衛。」

這是什麼意思？難道傑森2號早有準備，以防我回來，或者他其實就在等著我？

「妳賣槍給我了嗎？」我問道。

「沒有，你沒持槍證，還說你需要去拿現金。我想你根本連駕照都沒有。」

這時一陣刺刺麻麻的感覺沿著我的脊椎往下竄。兩隻膝蓋變得無力。

她說：「而且還不只是兩天前。你給我的感覺實在太怪異，所以昨天，我問蓋瑞以前有沒有見過你，他也是槍枝櫃台的員工。他見過。上個禮拜就見過三次。結果今天你又來了。」

我扶靠著櫃台以免跌倒。

「所以呢，傑森，我再也不想在這間店裡看到你，就算只是來買運動內褲都不行，要不然我會報警。你聽明白了嗎？」

她神色顯得害怕而堅決，看她那副模樣，我可不想在暗巷裡相遇時被她視爲威脅。

我說：「我明白。」

「滾出我的店。」

我走出店外進入紛飛大雪中，雪花凍僵了我的臉，我只感到頭暈目眩。

我往街道那頭瞥了一眼，看見有輛計程車駛近。當我舉起手，車頭轉向我，慢慢停靠到路邊。我拉開後車門，跳上車。

「要去哪裡？」司機問道。

要去哪裡？

好問題。

「旅館，謝謝。」

「哪一間？」

「不知道，在這附近十條街範圍內，隨便一間便宜的，麻煩你幫我挑。」

他透過前後座位間的玻璃隔板往後看。

「你要**我**挑？」

「是的。」

我一度以爲他不願意，也許這個要求太奇怪，也許他會叫我下車。但沒想到，他開始跳表，重新駛入車流中。

我望著車窗外白雪飄過車頭燈、車尾燈、街燈與閃光燈。

胸腔裡心跳怦然，腦中思緒紛亂。

我需要鎮定下來。

有條理地、理性地加以思考。

計程車停靠在一間看起來破舊、名叫「日暮」的旅館前面。

司機往後瞄一眼，問道：「這間可以嗎？」

我付了車錢，走向旅館的服務台。

收音機正在播一場公牛隊的比賽，櫃台後面有個大塊頭的職員正在吃飯，面前擺了一大堆中國餐館用的白色餐盒。

我撢落肩上的雪之後，以外公的名字「傑斯・麥柯雷」登記住房。

我只付一晚的錢。

剩下十四塊七毛六。

我上到四樓，進房間後隨即拴上門鎖與門鏈。

房裡死氣沉沉。床上鋪著花卉圖案的棉被，那圖案讓人覺得沉悶沮喪。

美耐板桌子。塑合板抽屜櫃。

但至少暖和。

我走到窗簾旁邊往外覷。

雪下得夠大，街上已漸漸杳無人跡，開始結冰的路面留下車輛駛過的輪轍。

我脫下衣服，將最後一只安瓿收放到床頭櫃下層抽屜的基甸會聖經裡面。

然後衝進淋浴間。

我需要好好想想。

我搭電梯下到一樓，使用房卡進入商務中心。

點開我用過的免費信箱登入頁面，輸入另一個直覺想到的帳號。就是把我的名字用個文字遊戲重組：asonjayessenday

不出我所料，果然有人註冊了。

密碼自然不做他想。

過去二十年來，我幾乎全都用這個密碼，就是我第一輛車的品牌、車款與年分的組合字：jeepwrangler89。

我嘗試著登入。

成功了。

我進入了一個新建立的電郵帳號，收件匣裡有幾封供應商寄來的簡介，還有一封最近收到的信，寄件人署名「傑森」，已經打開過了。

主旨寫著：歡迎真正的傑森．戴申回家。

我把信打開。

信中沒有內容。

只有一個超連結。

連結新網頁後，螢幕上彈出一個提示訊息：

歡迎來到 UberChat 聊天室！

目前線上人數3人。
你是新使用者嗎？

我按下「是」。

你的使用者名稱為「傑森9號」。

登入前，我得建立一個密碼。
接著一個大視窗顯示出一整段對話紀錄。
可供挑選的表情符號。
還有一個小小的打字空間，可以在留言版寫下公開訊息，或是送私訊給個別使用者。
我將頁面向上捲回對話開頭，時間大約是十八個小時以前，而最近一則訊息則是四十分鐘前貼上的。

管理員傑森：我在家附近看過幾個你。我知道外面還有更多的你。
傑森3號：這種事真的發生了嗎？
傑森4號：這種事真的發生了嗎？
傑森6號：太不真實了。
傑森3號：所以有多少人去過「球場和手套」？

管理員傑森：三天前。

傑森4號：兩天。

傑森6號：我在南芝加哥買的。

傑森5號：你有槍？

傑森6號：有。

管理員傑森：有誰想到過坎卡基州立公園？

傑森3號：我有。

傑森4號：我有。

傑森6號：昨晚我真的開車去那裡挖了個洞。萬事齊備。車子準備好了，還有鐵鍬、繩子，一切都計畫得天衣無縫。今天晚上，我去到屋外等那個讓我們所有人落到這步田地的傑森出來，結果竟看到我自己出現在雪佛蘭後面。

傑森8號：你為什麼取消行動，傑森6號？

傑森6號：採取行動又有什麼用？要是我除掉他，你們當中也會有另一個跑出來，對我做同樣的事。

傑森3號：是不是大家都用賽局理論推演過各種情節了？

傑森4號：是。

傑森6號：有。

傑森8號：有。

管理員傑森：有。

傑森3號：所以我們都知道不可能有好的結局。

傑森4號：你們可以全部自殺，讓我擁有她。

管理員傑森：是我開這個聊天室，擁有管理員權限。現在還有五個傑森潛藏著，提供給各位參考。

傑森3號：我們何不一起加入軍隊，征服全世界？我們這麼多分身一起合作會發生什麼事，你們能想像嗎？（我開玩笑的）

傑森6號：我能想像嗎？完全可以。他們會把我們全關進國家實驗室，一直實驗到我們死前一刻。

傑森4號：我可不可以直接說出我們所有人的想法？這真是他媽的怪透了。

傑森5號：我也有一把槍。你們沒有人像我一樣，為了回家歷經千辛萬苦。你們沒有人看過我看見的情景。

傑森7號：你又不知道我們其他人經歷了什麼。

傑森5號：我看見了地獄，不誇張，就是地獄。你現在在哪裡？

傑森7號：我已經幹掉我們當中兩個人了。

又一個提示訊息閃現在螢幕上：

您有一則私訊，來自傑森7號。

我打開訊息，頭立刻怦怦地抽痛起來，幾乎就要脹破。

我知道這個情形太不正常了，你想不想和我聯手？兩個人出主意總比一個人強。我們可以合作除掉其他人，等到一切煙消霧散後，我們一定能想出解決之道。現在分秒必爭。你覺得如何？

我覺得如何？

我簡直無法呼吸。

我離開了商務中心。

身子兩側汗水直流，卻覺得好冷。

一樓走廊空蕩、安靜。

我匆匆走向電梯，搭上四樓。

跨出電梯踩上灰褐色地毯後，快步通過走廊，然後將自己反鎖在房裡。

暈頭轉向。我怎麼沒料到會有這種事發生？

事後想想，這是無可避免的。

雖然我沒有分出分身進入長廊裡各個交替的現實，但我確實出現在每個進入過的世界裡。也就是說，在那些充滿灰渣、冰雪與疫病的世界裡的其他的我，都被分裂了。

長廊無窮盡的特質使我不太可能遇見其他的自己，但我確實見過一個——背部皮開肉綻的那個傑森。

無疑的，那些傑森大多數都在其他世界裡被殺或永遠迷失，但有一些也跟我一樣，作了正確的選擇，或者是夠幸運。他們或許會經由不同的門、不同的世界，走上和我不同的路，但最後卻都還是各自回到這個芝加哥。

我們想要的都一樣，就是找回我們的人生。

天哪。

我們的人生。

我們的家庭。

萬一其他這些傑森多半和我一樣呢？都是想要奪回自己被搶走的東西的正直人士。萬一眞是如此，我又有什麼權利宣稱丹妮樂和查理是我的，而不是他們的？

這不只是一場棋局，還是一場與自己對戰的棋局。

我不想這樣看，卻情不自禁。我在這世上最寶貴的東西——也就是我的家人——其他傑森都想要，因此他們全都是我的敵人。我自問：爲了重拾人生，我願意做些什麼？如果殺死另一個我，就能和丹妮樂共度下半輩子，我會做嗎？他們會做嗎？

我想像自己的其他分身孤單坐在旅館房間裡，或是走在下雪的街頭，或是望著我那棟褐石屋，內心糾結著一模一樣的思緒。問自己同樣的問題。試圖預測其他分身的下一步行動。

不可能有得商量。純粹只有競爭，是一場零和賽局，只有一個人能勝出。

假如有人魯莽行事，假如情勢失控，使得丹妮樂或查理受傷或死亡，那麼便無人得勝。想必正是因爲這樣，幾個小時前從我家前窗望進屋內時，一切看似都很正常。

沒有人知道該採取什麼行動，所以還沒有人主動出擊對付傑森2號。

這是個典型的布局，純粹的賽局理論。

想到這竟是如囚犯困境般的問題，我不禁驚慌失措：一個人的想法有可能自我超越嗎？

我不安全。我的家人不安全。

但我能怎麼辦？

如果我所可能想到的每一步，都注定會被預料到，或是會在我採取行動之前被人搶先一步，那我還留有什麼餘地？

我覺得焦躁不安，渾身不對勁。

在箱體裡最糟的日子——不管是火山灰渣像雨點一樣打在臉上，或是差點凍死，又或是在某個世界見到丹妮樂，她卻始終沒喊過我的名字——都比不上此刻在我心裡翻騰的風暴。

我從來不像現在感覺離家這麼遠。

電話鈴響了，猛然將我拉回當下。

我走到桌邊，在響第三聲時拿起話筒。

「喂？」

沒有回答，只有輕輕的呼吸聲。

我掛斷電話。

移步到窗邊。

掀開窗簾。

四樓底下，街上空無一人，雪依然傾盆而下。

電話鈴又響了，但這次只響一聲。

怪。

當我慢慢後退坐到床上，那通電話始終困擾著我。

會不會是另一個我想確認我在房裡？

首先，他到底是怎麼發現我住在這間旅館？

答案很快便浮現，而且令人心驚膽跳。

此時此刻，在羅根廣場，想必有無數個我正跟他做著同樣的事：打電話到附近每家汽車旅館與飯店尋找其他傑森。他會找到我不是運氣，而是統計機率。即使只有三五個傑森，每人打上十來通電話，也能找遍我家方圓數里內的所有旅館。

不過櫃台服務生會說出我的房號嗎？

也許不是故意的，但樓下那個一邊聽公牛隊賽事、一邊猛塞中國菜的男人，有可能受騙。

我會怎麼騙過他呢？

若是其他人在找我，我登記的姓名或許能爲我的行蹤保密，但是其他所有的分身也全都知道外公的名字。是我搞砸了。如果使用那個名字是我的第一直覺，其他傑森也會有同樣的第一直覺。那麼假設我知道了我可能會登記的姓名，接下來要做什麼？

櫃台的人不會這麼簡單就說出我的房號。

我得先假裝知道我住在這裡。

我會打電話到旅館，請他轉接傑斯．麥柯雷的房間。

當我聽到我的聲音接起電話，便能知道我在這裡，然後馬上掛斷。

接著我會在三十秒後打回來，對櫃台人員說：「很抱歉要再麻煩你一次，我剛剛打過電話，但忽然斷線，能不能請你再幫我接到……唉呀，房間是幾號來著？」

如果夠幸運，櫃台人員剛好是個粗心的笨蛋，他很可能會在重新接線之前脫口說出我的房號。

因此，第一通是爲了確認接電話的人是我。

而第二通，來電者一得知我的房號便立刻掛斷。

我從床上起身。

這想法很荒謬，但我就是無法置之不理。

我是不是正要上樓來殺我呢？

我一面將兩條手臂套進羊毛外套的衣袖，一面往門口走去。

我害怕得頭暈目眩起來，儘管我自己也不太確定，心想或許是自己瘋了，或許是太快對一件平凡無奇的事——房裡的電話響了兩次——驟下怪異結論。

也許吧。

不過自從進了那個聊天室，再也沒有什麼能令我吃驚。

萬一我想得沒錯，卻又沒有聽從自己的直覺呢？

走。

現在就走。

我慢慢開門。

跨進走廊。

空蕩無人。安安靜靜，只有頭上日光燈發出低低的嗡嗡聲。

走樓梯還是搭電梯？

走廊另一頭，電梯叮咚一聲。

我聽見電梯門開啓，然後一個穿著濕外套的男人走出來。

我一度無法動彈。

無法將目光拉開。

那是我正在向我走來。

我們四目相交。

他沒有笑容。

臉上毫無表情，只有一種令人不寒而慄的肅殺之色。

他舉起槍，我拔腿就往反方向跑，沿著走廊衝向另一頭的門，心裡暗暗祈禱門沒上鎖。

我以最快的速度從亮著的出口標示燈下跑過去，進入樓梯間時還回頭瞄一眼。

我的分身朝我奔來。

下樓梯時，我一手扶著欄杆往下滑以保持平衡，一面想著：別跌倒別跌倒別跌倒……

到了三樓平台，我聽見上面的門砰一聲打開，追趕的腳步聲瞬間充斥整個樓梯間。

我繼續往下。

來到二樓。

然後一樓，這裡有扇中央加裝玻璃窗的門通向大廳，另一扇沒有窗子的門通往其他地方。

我選擇了其他地方，奪門而出……

撞上一堵凜冽、雪花密布的空氣牆。

我踉蹌步下幾級階梯，踩入幾寸厚的鬆軟細雪中，鞋底卻因路面結冰而打滑。

我剛把身體打直，就有一個人影從巷子裡兩個垃圾桶之間的暗處冒出來。

身上穿著和我一樣的外套。

頭髮上灑滿了雪。

那是我。

他手上的刀刃被附近的街燈一照，閃映出一道光。他向我逼近，持刀刺向我的腹部——這把刀和速度實驗中心背包裡配備的刀子款式相同。

我在千鈞一髮之際往旁邊一閃，抓住他的手臂，使盡全力將他摔向旅館門前的階梯。

他剛摔倒在階梯上，上面的門便轟然打開，我倉皇逃命前兩秒，腦海中留下了最不可思議的影像記憶：一個我拿著槍跑出樓梯間，另一個我則從樓梯爬起來，兩手發了瘋了似的摸索著消失在雪地裡的刀子。

他們是一起的嗎？聯手殺死他們所能找到的每一個傑森？

我奔跑在建築物之間，雪不斷往臉上黏，肺葉像在燃燒。

轉出下一條街的人行道後，我回頭看看巷子，發現有兩個黑影朝著我來。

我穿過飛揚的白雪。

外頭一個人也沒有。街上空空如也。

隔著幾道門外，忽然爆出喧嘩聲——有人在歡呼。

我連忙跑過去，推開一扇傷痕累累的木門，進到一間只有站位的平價酒吧，裡面每個人都面向吧台上方那一排平板電視，只見公牛隊與客隊正進入第四節生死戰的纏鬥。

我擠入顧客當中，讓人群淹沒我。

店內沒地方可坐，也幾乎無處可站，但最後好不容易在飛鏢靶底下擠出小小一塊空間可以伸伸腿。

所有人都目不轉睛看著比賽，我卻盯著門看。

公牛隊控球後衛射進一個三分球，店裡爆出如雷的歡呼，陌生人互相擊掌擁抱。

酒吧門忽然晃開。

我看見自己站在門口，滿身是雪。

那人往內跨了一步。

我一度失去他的蹤影，後來當群眾起波動才又再次看見他。

這個傑森．戴申經歷過什麼？看過什麼樣的世界？在什麼樣的地獄裡殺出血路回到這個芝加哥？

他掃視群眾。

在他身後，可以看見外頭下著雪。

他的眼神冷酷無情，但不知道他會不會也這麼說我。

當他的目光掃向店內深處我站立的位置，我連忙蹲到標靶底下，躲在人腿叢林中。

靜候整整一分鐘過後。趁群眾再次歡聲雷動，我慢慢起身。

此時酒吧的門已經關上。

我的分身走了。

公牛隊獲勝。

酒客開心酒醉，流連忘返。

等了一個小時，吧台邊才空出一個位子，反正也無處可去，便爬上一張高腳凳，點了一杯淡啤酒之後，身上餘額已不到十塊錢。

我餓壞了，但這裡沒有吃的，只能一面小酌啤酒，一面囫圇吞下幾碗 Chex Mix 綜合脆餅。

有個醉漢想和我聊聊公牛隊季後賽的勝算，我卻只是低頭瞪著啤酒看，最後他臭罵了我幾句，並開始騷擾站在我們後面的兩名女子。

他大聲叫囂，一副挑釁找碴的樣子。

這時來了一個保鏢，把他拖出店外。

客人漸漸減少。

我坐在吧台邊，試著對周遭的噪音充耳不聞，思緒不斷回到同一個念頭：我得把丹妮樂和查理弄出伊麗娜街四十四號的褐石屋。只要他們還待在家裡，這些傑森做出瘋狂舉動的威脅就不會消失。

可是要怎麼做呢？

傑森２號現在可能跟他們在一起。

現在是半夜。哪怕只是稍微接近我們家，都要冒太大風險。

我需要丹妮樂出來，來找我。

可是不管我想到什麼主意，另一個傑森也正在想，或是已經想到，又或是很快就會想到。

我沒有辦法戰勝。

這時候有人打開酒吧門，我望了過去。

我的一個分身——揹著背包、穿著毛呢外套和靴子——從門口走進來，當我們四目相對，他露出驚訝的神色，高舉雙手致意。

很好。也許他不是來找我的。

倘若眞如我所想，有那麼多個傑森在羅根廣場東奔西跑，他很可能只是碰巧進來避寒，找個遮蔽風雪的安全處所。就跟我一樣。

他走到吧台，爬上我旁邊的空椅，沒戴手套的手冷得直發抖。

也可能是怕得發抖。

女酒保晃了過來，好奇地看著我們倆——好像**想要**問什麼——但最後只是對新來的客人說：「想喝點什麼？」

「跟他一樣。」

我們看著她從啤酒桶倒了一大杯，然後將杯子端過來，泡沫從杯緣溢了出來。

傑森舉起啤酒杯。

我也舉杯。

我們互相注視。

他的右臉頰有一道逐漸淡去的傷疤，像是被人用刀子劃的。

綁在無名指上的線戒和我的一樣。

我們喝了口酒。

「你是什麼時候到……？」

「你是什麼時候到……？」

我們忍不住淡淡一笑。

我說：「今天下午，你呢？」

「昨天。」

「我有個感覺，好像很難……」

「……避免幫對方把話說完？」

「你知道我現在在想什麼嗎？」

「我不會讀心術。」

真奇怪……我正在對自己說話，可是他的聲音聽起來不像我應該有的聲音。

我說：「我在想，你和我是在多久以前岔開的。你有沒有看到灰渣掉落的世界？」

「有。後來還有冰雪。那次我差點沒能逃過。」

「那雅曼達呢？」我問道。

「我們在暴風雪中走散了。」

我驀地一陣失落，彷彿心窩裡有顆小炸彈爆裂。

我說：「在我的世界裡，我們待在一起，躲進了一間屋子。」

「埋到老虎窗高度的那間？」

「沒錯。」

「我也找到那間屋子了。裡面死了一家人。」

「那麼後來你……？」

「那麼後來你……？」

「你先說。」他說。

他啜著啤酒時，我問道：「那個冰雪世界之後，你去了哪裡？」

「我走出箱體跑進一個人的地下室，那個人完全失控。他有槍，把我綁了起來。本來很可能會殺了我，結果卻拿了一瓶安瓿，決定自己去看看長廊。」

「所以他進去就再也沒出來了。」

「沒錯。」

「後來呢？」

他眼神放空片刻。接著又長飲一口啤酒。

「後來我看到一些可怕景象，眞的很可怕。一些黑暗的世界，邪惡的地方。你呢？」

我分享了我的經歷，雖然總算能一吐爲快，但無可否認地，向他吐露的感覺很奇怪。

直到一個月前，我和這個男人都還是同一個人，也就是說我們有百分之九十九點九的經歷是相同的。

我們說過相同的話，作過相同的選擇，體驗過同樣的憂懼、同樣的愛戀。

當他請我喝第二杯酒，我忍不住直盯著他看。

我就坐在自己身旁。

他有種不太眞實的感覺。

也許因爲我是從一個不可思議的角度觀看吧——從自己的軀殼外看著自己。

他看起來強壯，但也顯得疲憊、受傷害又驚怕。

這感覺很像在跟一個熟知你一切的朋友交談，但偏偏又多了一層令人痛苦難忍的熟悉感。除了上個月之外，我們之間毫無祕密。他知道我做過的所有壞事、我腦中興起的所有念頭、我的弱點、我內心的恐懼。

「我們叫他傑森2號，」我說：「也就意味著我們自認爲是傑森1號，是最初的那個。但我們不可能兩個都是傑森1號。而且外面還有其他人認爲**他們自己**才是最初的傑森。」

「我們全都不是。」

「對，我們是一件複合物當中的一小片。」

「一個面向。」他說：「有些很接近於同一個人，大概就像你和我。有些則是天差地別。」

我說：「這能讓你從另一個角度想自己，不是嗎？」

「我不禁要想，誰才是理想的傑森？這樣的傑森眞的存在嗎？」

「你能做的只是活出最好的自己，對吧？」

「我正想這麼說。」

酒保提醒客人快打烊了。

我說：「沒有太多人能說自己做過這種事。」

「什麼？和自己喝啤酒嗎？」

「對。」

他乾了啤酒。

我也乾了。

他滑下高腳椅，說道：「我先走。」

「你要往哪邊去？」

他猶豫一下才說：「北邊。」

「我不會跟著你。你也能做到嗎？」

「可以。」

「我們不可能兩個人都擁有他們。」

他說：「問題是誰有資格，但也許沒有答案。不過假如最後剩下你和我，我不會讓你阻止我和丹妮樂和查理團圓。雖然很不想，但是到了逼不得已，我還是會殺了你。」

「謝謝你的啤酒，傑森。」

我看著他走。

等候五分鐘。

我最後一個離開。

外面還下著雪。

街上新積了十五公分的雪，鏟雪車出動了。

步上人行道後，我仔細觀察四周片刻。

酒吧裡的幾名酒客正踩著蹣跚步伐遠去，可是街上沒看見其他人。

我不知道該往哪去。

我**沒有**地方可去。

口袋裡有兩張有效的旅館房卡，但無論用哪一張都不安全。其他傑森輕易就能取得複製卡，他們現在可能已經在我房裡，等著我回去。

我猛然驚覺——最後一瓶安瓿還放在第二間旅館裡。

現在沒了。

我開始走下人行道。

現在凌晨兩點，我已經快沒力氣。

此刻，還有多少個傑森正在這附近的街頭遊蕩，面對著同樣的恐懼、同樣的問題呢？

有多少人已經被殺？

有多少人還在外面獵殺？

我總忍不住覺得自己在羅根廣場並不安全，即使三更半夜也一樣。每經過一條巷弄、一個黑影深深的門口，我就會留意有無動靜，留意有沒有人跟在後面。

走了八百公尺來到洪堡公園。

我在雪地上留下足跡。

進入一片寧靜。

我已經累不可支。兩條腿疼痛不已。飢腸轆轆。走不動了。

一棵高大的常綠樹聳立在遠方，樹枝被雪壓得往下垂。

最低的枝椏離地大約還有一米高，但似乎足以遮風擋雪。

靠近樹幹的地方，只有些許的雪，我把雪掃開，坐到土地上，靠著樹幹的背風面。

這裡好安靜。可以聽見遠處鏟雪車穿梭市區的隆隆聲。

低低雲層反射所有的燈光，映照出一片霓虹粉紅的天空。

我將外套拉攏一些，雙手包覆成拳頭，保留一些核心溫度。
從我坐的地方望去是一片開闊平野，只有幾棵樹零星散布。
一條長長的步道旁豎立了路燈，雪飛落而下，在燈光周圍形成亮麗的雪花光環。
在這裡，一切都靜定不動。
雖然冷，卻不至於比天氣晴朗無風時更糟。
我想我不會凍死。但應該也不會睡覺。
當我閉上雙眼，忽然靈光一閃。
隨機。
當一個對手天生就具備能預測你一舉一動的條件，該如何才能打敗他？
那就是完全隨機作決定。
毫無計畫。
不假思索地採取行動，幾乎或完全沒有事先盤算。
也許這會是錯誤的一步，讓你重重栽跟頭，全盤皆輸。
但也可能是其他的你料想不到的一著棋，而讓你意外獲得策略上的優勢。
該如何將這樣的思維應用到目前的局勢呢？
我該怎樣才能做出完全隨機、讓人意想不到的事呢？
不知怎的我睡著了。
在一個灰灰白白的世界裡顫抖著醒來。

風雪停了，透過枯枝可以看見遠方的片片天空，最高的幾棟建築剛好碰觸到懸在城市上空的雲台。

開闊的平野雪白寧靜。

天剛亮。路燈熄滅了。

我坐直身子，沒想到如此僵硬。

外套上面有星星點點的雪跡。

一吐氣就在冷空氣中形成白煙。

在我見過的所有芝加哥當中，從無一個能及得上今天清晨的寧謐祥和。

街道上空空蕩蕩，闃靜無聲。

白色天空、白色大地，將建築物與樹木襯托得格外分明。

我想到七百萬居民也許還在床上被窩裡，也許站在窗口，從窗簾縫看著風雪過後的景象。

想像著這些，有一種無比安全又安心的感覺。

我勉強站起來。

方才一醒來就生出一個瘋狂念頭。

是昨晚在酒吧，就在另一個傑森出現前不久發生的一件事激發的靈感。我自己絕不可能想得到，因此我幾乎信心十足。

我回頭穿過公園，往北走向羅根廣場。

走向家的方向。

見到第一家便利商店，我就進去買了一根 Swisher Sweets 雪茄和一個迷你ＢＩＣ打火機。剩下八塊兩毛一。

外套被雪浸濕了。

我把它掛在入口旁，走向長吧台。

這個地方逼眞得値得稱道，好像老早老早就在這裡了。一九五〇年代的氛圍不是來自雅座與高腳椅的紅色塑膠皮面，或是掛在牆上數十年來常客的裱框照片。我想，那氛圍是來自始終不變。整間餐廳瀰漫著培根的油脂味、現煮咖啡的香味，還有殘留自某個時代、難以抹滅的味道，而在那個年代，走到桌位前恐怕得先穿過一群呑雲吐霧的客人。

除了吧台前的幾個客人之外，我還注意到有個雅座坐了兩名警察，另一個坐了三名剛下班的護士，另外有個穿黑色西裝的老先生，露出窮極無聊的眼神盯著自己的咖啡。

我坐到吧台只是爲了靠近開放式烤盤散發出的熱氣。

一個年紀頗大的女服務生走過來。

我知道我看起來想必像個疲累不堪的遊民，但她沒有表露任何想法、沒有批判，只是用一種疲憊的、中西部人特有的禮貌爲我點餐。

待在室內感覺眞好。窗子都起霧了。

寒意漸漸從我體內退散。

這間通宵營業的快餐店與我家只隔八條街，我卻從未光顧過。

咖啡送上來的時候，我用髒兮兮的手指捧著陶瓷馬克杯取暖。

我事先算了一下。

結果只能買得起這杯咖啡、兩顆蛋和一些吐司。

我試著要吃慢一點、久一點，但實在餓到極點。

女服務生看我可憐，多送了我幾片吐司。

她人眞好。

但也讓我對即將發生的事更過意不去。

我看了看預付卡手機上的時間，就是我在另一個芝加哥買來打給丹妮樂那支。在這個世界不能用——我猜平行宇宙間的通話分秒是不能轉移的。

上午八點十五分。

傑森2號很可能已經在二十分鐘前出門搭車，以便趕上九點半的課。

也或許他根本沒出門。或許他病了，或是某個我意想不到的原因，讓他今天待在家裡。那可就糟透了，但若是要到家裡附近去確認他不在家，又太冒險。

我從口袋掏出八塊兩毛一，放到吧台上。

剛好勉強可以付我的早餐外加一點零頭小費。

我喝下最後一口咖啡。

然後將手伸進法蘭絨襯衫的貼袋，拿出雪茄與打火機。

四下環顧一周。

此時餐館裡坐滿客人。

我剛進來時還在這裡的兩個警察已經走了，但現在有另外一個坐在最裡面角落的雅座。

我撕開包裝時，兩手微微顫抖，幾乎細不可察。

這雪茄倒是名副其實，末端略帶甜味。

我按了三下才點起火來。

我點燃雪茄末端的菸草，吸入一大口，然後對著正在烤盤上翻動鬆餅的快餐廚師的背，吹出長長一縷煙。

十秒鐘內，無人察覺。

接著坐在我旁邊一位年紀較大、外衣上沾滿貓毛的婦人轉頭對我說：「你不能在店裡抽菸。」

我則回了一句我本來十輩子都不可能會說的話：「可是飯後來根雪茄是莫大的享受。」

她透過平板玻璃鏡片看著我，好像覺得我瘋了。

女服務生提著一壺熱騰騰的咖啡走過來，神情顯得極度失望。

她搖著頭，用母親責備孩子的口吻說：「你要知道這裡不能抽菸。」

「可是很享受啊。」

「需要我叫經理來嗎？」

我再抽一口。吐出來。

那位廚師——身材壯碩、肌肉發達，手臂上布滿刺青——轉過身來，怒瞪著我。

我對女侍說：「那好極了。妳最好馬上去叫經理來，因爲我不會把菸熄掉。」

女侍離開後，在我旁邊、被我搞壞了用餐心情的老婦人嘟嚷道：「這年輕人眞沒教養。」

她說完丟下叉子，爬下高腳椅，便往門口走去。

在我附近的其他一些顧客也開始注意到了。

但我還是繼續抽，直到一個長相有點像秧雞的男人從餐廳後面出來，女侍尾隨在後。那個男人穿黑色牛仔褲和側邊留有汗漬的白色牛津襯衫，搭了一條素色領帶，領結已經鬆開。

從他整體的邋遢外觀看來，八成已經工作一整夜。

他來到我身後停下，說道：「我是值班經理尼克。店裡不能抽菸，你這樣會讓客人不舒服。」

我坐在高腳椅上微微轉身，與他正眼對看。他看起來疲倦又氣惱，這樣找他麻煩，我也覺得自己很混蛋，可是現在無法喊停。

我瞄了四周一眼，發現所有目光都在我身上，烤盤上甚至有塊鬆餅焦了。

我問道：「我的高級雪茄讓你們全都不舒服嗎？」

肯定的答案此起彼落。

有人罵我爛人。

餐廳最裡面的動靜引起我注意。

終於。

那名警察靜靜離開角落雅座，沿著通道向我走來，我聽見他無線電的沙沙聲。

他很年輕。要我猜的話，將近三十吧。

眼神中有一種海軍陸戰隊員的強硬，也透著智慧。

經理往後退一步，鬆了口氣。

這時警員站在我旁邊，說道：「我們這裡有室內空氣品質管理法，你現在已經違法了。」

我又抽一口雪茄。

警察說：「這位先生，我已經熬了大半個晚上，店裡很多其他顧客也一樣。你爲什麼非要破壞每個人吃早餐的心情？」

「你又爲什麼要破壞我抽雪茄的心情？」

警察臉上閃過一絲怒氣。瞳孔開始放大。

「馬上把你的雪茄熄了。這是最後一次警告。」

「要不然呢？」

他嘆了口氣。「這不是我想聽到的回答。站起來。」

「爲什麼？」

「因爲你得進拘留所去。你要是不在五秒鐘內熄滅雪茄，我會認定你是拒捕，也就是說我可不會再這麼客氣了。」

我把雪茄丟進咖啡杯，當我跨下高腳椅，警員迅速扯下腰帶間的手銬，往我的手腕一扣。

「有沒有攜帶任何武器或針頭？任何可能傷害我或是我應該知道的東西？」

「沒有，警官。」

「你現在有沒有吸毒或用藥？」

「沒有，警官。」

他搜了我的身，然後抓住我的手臂。

我們走向門口的途中，其他顧客都拍手叫好。

他打開後車門，叫我小心頭。

雙手反銬在背後，幾乎很難優雅地彎身坐進警車後座。警察隨後坐上駕駛座。

他繫上安全帶，啓動引擎，駛入下雪的街道。

這後座似乎是特別設計得很不舒服，完全沒有伸腿的空間，膝蓋緊緊壓靠著座椅骨架，而座椅本身的材質是一種堅硬的塑膠化合物，坐起來感覺好像水泥。

我透過保護車窗的鐵欄凝視車外，看著住家附近熟悉的建築物緩緩後退，心裡想著：這麼做到底有沒有一點成功的希望？

我們停進第十四區警局的地下停車場。

警員哈蒙將我拖出後座，押著我通過一扇對開鐵門進入登記室。

裡面有一排桌子，一邊放著給犯人坐的椅子，中間有一塊壓克力隔板，另一邊則放置工作站電腦。

這個房間裡有種嘔吐混合絕望的氣味，連清潔劑都難以掩蓋。

這麼一大早，除了我只有另外一個囚犯，是一名女子，坐在最遠那一頭，被銬在桌邊。她發癲似的前後搖晃，不停搔抓、拉扯自己。

哈蒙再次搜我的身，然後叫我坐下。

他解開我左手腕的手銬，改銬到桌邊一個環眼螺栓，然後說：「請出示你的駕照。」

「弄丟了。」

他把這點記在文件上，隨後繞到桌子另一邊，登入電腦。

他問了我的名字。

社會安全卡號碼。地址。雇主。

我問道：「我到底犯了什麼罪？」

「行爲脫序，擾亂治安。」

哈蒙開始填寫逮捕報告。

幾分鐘後，他停止打字，隔著刮痕累累的隔板看我。「我覺得你不像瘋子或混球。你沒有前科，以前從來沒惹過事。所以剛才是怎麼回事？簡直就像……是**故意**想被逮捕。有什麼話想跟我說嗎？」

「沒有。很抱歉搞砸了你的早餐。」

他聳聳肩。「不是我也會是別人。」

我壓了指紋。拍了照片。

他們拿走我的鞋子，給了我一雙拖鞋和一條毯子。

他登記完我的資料後，我問道：「我什麼時候可以打電話？」

「現在就可以。」他說著拿起一支固定線路電話的話筒。「你想打給誰？」

「我太太。」

我說出號碼，看著他撥號。

電話鈴響後，他越過隔板將話筒交給我。

我的心怦怦跳得厲害。

接電話，親愛的，快點。

語音信箱。

我聽到我的聲音，但不是我的留言。傑森２號重錄留言是爲了在小地方劃定自己的地盤？

我對警員哈蒙說：「她沒接。麻煩你掛斷好嗎？」

他就在嗶聲響起前一秒掛上電話。

「丹妮樂很可能是不接陌生電話。能不能請你再試一次？」

他又撥了一次。

電話再次響起。

我在想：如果她還是沒接，我應該冒險留言嗎？

不行。萬一被傑森２號聽到呢？假如她這次沒接，我得想想其他辦法去……

「喂？」

「丹妮樂。」

「傑森？」

聽見她的聲音，淚水立刻刺痛我的雙眼。「是啊，是我。」

「你在哪裡打的電話？電話上顯示來電是芝加哥警局。我還以爲是哪個兄弟會要來募款，所以才沒……」

「妳先仔細聽我說。」

「沒事吧？」

「我去上班的路上出了點事，我晚一點再跟妳解釋……」

「你還好嗎？」

「我沒事，只不過現在人在拘留所。」

一時間，電話另一頭靜悄悄，可以聽到後面傳來她正在聽的全國公共廣播電台的節目。

最後她終於開口：「你被捕了？」

「對。」

「爲什麼？」

「我需要妳來保我出去。」

「天哪，你做了什麼？」

「拜託，我現在眞的沒時間解釋。我好像只能打這麼一通電話。」

「我該找律師嗎？」

「不用，只要盡快趕來就好。我在第十四區的……」我看向哈蒙，以眼光詢問地址。

「加利福尼亞北路。」

「加利福尼亞北路。順便帶支票過來。查理去上學了嗎？」

「去了。」

「妳來的時候順便去接他，把他也帶過來。這非常……」

「絕對不行。」

「丹妮樂……」

「我不會帶我兒子去接他爸爸出獄。到底是怎麼回事，傑森？」

哈蒙警員用指節敲敲壓克力板，然後一根手指橫劃過喉嚨。

我說：「我的時間到了。請妳盡快趕過來。」

「好。」

「親愛的。」

「什麼？」

「我眞的好愛妳。」

她掛斷電話。

我的單人拘留室內有一張薄如紙的床墊放在水泥地板上。有馬桶。水槽。門上還有監視攝影機對著我。

我躺在床上，身上蓋著所方發放的毯子，兩眼瞪著上方一塊天花板，我猜之前有形形色色的人在絕望、無助與坐立難安交迫之下，都盯著同一個地方看過。

此時我心裡想的是：有太多事情可能出錯，輕易便能阻止丹妮樂來見我。

她有可能打手機給傑森2號。

他有可能在課間空檔打電話給她，只是爲了打個招呼。

其他某個傑森也可能決定採取行動。

只要發生其中一件，整個計畫就會立刻泡湯。

我胃痛了起來。心跳加速。

我試著讓自己冷靜，卻抑制不了恐懼。

不知道有沒有其他分身預料到這一步。我試著自我安慰說不可能，要不是昨晚在酒吧看見那個找碴的醉漢因爲騷擾幾名女子，被保鏢給架出去，我絕對不會想到要讓自己被逮捕，以便誘使丹妮樂和查理到一個安全的環境來找我。

我之所以作出這個決定，起因於一個只有我經歷過的獨特事件。

但話說回來，我也可能想錯了。我可能把一切都想錯了。

我起身，在馬桶與床之間來回踱步，但是在這間一米八乘二米四大的囚室內，能走的空間實在有限，愈是踱步，四面牆彷彿愈是寸寸進逼，到最後眞的能感覺到囚室引發的幽閉恐懼讓我的胸口緊束起來。

漸漸感到呼吸困難。

最後我走到門上與眼齊高的小窗前。

望出去是一條單調的白色走廊。

鄰近某間囚室裡傳出女人的哭聲，回響在混凝土空心磚牆之間。聽起來好像全無希望。

不知道是不是我剛進登記室時看見的那個女人。

有名警衛走過去，抓著另一名囚犯的手肘上方。

我回到床上，蓋上毯子蜷縮起來，面對著牆壁，盡可能不去想，但不可能。

感覺彷彿過了好幾個小時。

怎麼可能這麼久？

我只想得到一個原因。

有什麼事情發生。

她不會來了。

我囚室的門鎖開了，發出一聲機械巨響，讓我的心跳速率瞬間飆升。

我坐起身來。

那個娃娃臉警衛站在門口說：「你可以回家了，戴申先生。你太太剛剛來交保了。」

他帶我回到登記室，我看都懶得看就簽了一些文書。

他們將鞋子還給我，送我穿過一連串的走廊。

當我推開最後一道走廊盡頭的門，氣息忽然卡在喉嚨裡，霎時間熱淚盈眶。

我想像過我們最後團聚的各種地點，卻從未包含十四區警局大廳。

丹妮樂從椅子上站起來。

不是一個不認識我的丹妮樂，也不是嫁給另一個男人或嫁給另一個我的丹妮樂。

而是**我的**丹妮樂。獨一無二。

她穿著偶爾畫畫時會穿的襯衫——一件褪色的藍襯衫，濺滿了油彩與壓克力顏料——當她看到我，立即困惑而不敢置信地皺起臉來。

我衝過大廳，張開雙臂抱住她，她在喊我的名字，那口氣好像有什麼地方想不通，但我不會放手，因爲**不能**放手。我一瞬間想到的是——我經歷過什麼樣的世界，我做過哪些事、吃過哪些苦、受過哪些煎熬，才回到這個女人的懷抱。

眞不敢相信這感覺有多好——能碰觸她。能呼吸同樣的空氣。能聞到她的氣味。能體驗與她肌膚相貼時觸電的感覺。

我將她的臉捧在手裡。與她接吻。

那雙唇——柔軟得叫人爲之瘋狂。

然而她拉開了身子。

然後將我往後推，兩手抵在我胸口，雙眉緊皺。

「他們跟我說你是因爲在餐廳裡抽雪茄被捕，說你不肯……」她的思路脫離了正軌，卻開始研究起我的臉來，好像有什麼地方不對勁。她的手指撫摸著兩個禮拜沒刮的鬍碴。當然不對勁了——這不是她今天醒來時看到的臉。「傑森，你今天早上鬍子沒這麼長。」她上下打量我。「你好瘦。」接著又摸摸我身上破爛骯髒的襯衫。「這不是你今天出門穿的衣服。」

看得出來她努力地想釐清這一切，卻徒勞無功。

「妳帶查理來了嗎？」我問道。

「沒有。我說了我不會帶他來。是我瘋了還是……？」

「妳沒瘋。」

我輕輕拉著她的手臂，將她帶到一個小小等候區的兩張直背椅前。

我說：「我們稍坐一下。」

「我不想坐，我要你……」

「拜託了，丹妮樂。」

我們於是坐下。

「妳信任我嗎？」我問道。

「我不知道。這一切……讓我害怕。」

「我會全部解釋給妳聽，但是首先我要妳叫一輛計程車。」

「我的車就停在兩條街……」

「我們不能走路到妳停車的地方。」

「爲什麼？」

「外面不安全。」

「你在胡說什麼？」

「丹妮樂，拜託妳就相信我這次好嗎？」

我以爲她會拒絕照做，不料她卻拿出手機，打開一個app，叫了車。

最後她抬起眼睛看著我說：「好了，三分鐘。」

我環視大廳一周。

從登記室送我到這裡來的警員已經走了，此時，大廳裡除了我們倆，就只有接待窗口的女職員，不過她坐在一道厚厚的防護玻璃後面，我自然覺得她聽不到我們說話。

我看著丹妮樂。說道：「我現在要說的話，聽起來會像是瘋言瘋語，妳會覺得我瘋了，但是我沒有。記得萊恩在小村啤酒館慶祝的那個晚上嗎？慶祝他得到那個獎？」

「記得，那是一個多月以前的事了。」

「自從那天晚上走出家門，一直到五分鐘前妳走進那道門，我始終沒有再見過妳。」

「傑森，那天晚上過後我每天都見到你。」

「那個人不是我。」

「你在說什麼？」

「他是我的另一個分身。」

她只是愣愣地看著我的雙眼。

「這是什麼惡作劇嗎？還是在玩什麼遊戲？因爲……」

「不是惡作劇。不是遊戲。」

我從她手裡拿過手機看時間。「現在是十二點十八分。也是我的學生諮詢時間。」

我打了我在學校的專線電話，隨即將手機交給丹妮樂。

響了兩聲後，我聽見我的聲音回答：「嗨，美女。我正在想妳呢。」

丹妮樂的嘴巴慢慢張開。臉色像生病似的。

我按了擴音，然後用嘴型對她說：「**說話**。」

她說：「嗨，今天都還好嗎？」

「好極了。早上的課上完了，現在趁午餐時間見幾個學生。沒事吧？」

「嗯，沒事。我只是……想聽聽你的聲音。」

我從她手裡抓過電話，開啓靜音。

傑森說：「我滿腦子都在想妳。」

我看著丹妮樂說：「跟他說妳一直在想，去年聖誕節我們去佛羅里達礁島玩得很過癮，妳想再去一次。」

「我們去年聖誕節沒去礁島群啊。」

「我知道，可是他不知道。我想向妳證明他不是妳以爲的那個男人。」

我的分身說：「丹妮樂？電話斷了嗎？」

她關掉靜音。「沒有，我還在。其實我打電話來的眞正原因是……」

「不就只是想聽聽我甜蜜悅耳的聲調？」

「我想到去年聖誕節去佛羅里達的礁島，玩得眞的很開心。我知道我們手頭有點緊，可是能不能再去一次？」

傑森毫不猶豫。「當然了，一切都依妳，心愛的。」

丹妮樂一面直視著我，一面對著話筒說：「你想我們還能租到同一棟房子嗎？就在海灘上，粉紅白色相間的那棟，眞的是太完美了。」

說到最後一個字，她的聲音忽然變得沙啞，我以爲她馬上就要情緒失控，但她終究勉強把持住了。

「我們會想出辦法的。」他說。

握在她手裡的電話開始抖動。

我要慢慢地折磨他。

傑森說：「親愛的，現在有人在走廊上等著見我，我要趕緊掛電話了。」

「好。」

「那就今晚見了。」

不，你們不會再見了。

「今晚見，傑森。」

她結束通話。

我緊握住她的手，說道：「看著我。」

她一臉茫然、混亂。

我說：「我知道妳現在頭昏腦脹。」

「你怎麼可能人在雷克蒙校園，又同時坐在我面前？」

她的電話嗶了一聲。

螢幕上出現一則簡訊，通知我們車子到了。

我說：「我會說明一切，但現在我們得上這輛車，到學校去接兒子。」

「查理有危險嗎？」

「我們都有危險。」

這句話似乎將她強拉回到現實。

我一面起身一面扶她從椅子上站起來。

我們穿過大廳，朝警局門口走去。

一輛黑色凱迪拉克 Escalade 停在前方六公尺處的路邊。

推開門出來以後，我拉著丹妮樂沿人行道走向那輛怠速的 Escalade。

昨晚的暴風雪已無影無蹤，至少天空上完全看不出來。強烈的北風把雲都吹散了，留下一個陽光燦燦的冬日。

我打開後車門，跟在丹妮樂後面上車，她把查理學校的地址告訴穿黑色西裝的司機。

「請盡量開快點。」她說。

車窗顏色染得很深，當我們加速離開警局，我轉頭對丹妮樂說：「妳應該傳個訊息給查理，讓他知道我們要去，做好準備。」

她把手機轉到正面，可是手抖得太厲害，無法打訊息。

「來，給我。」

我拿過手機，打開簡訊 app，找到她和查理最後的通訊。

我打字寫道：

我和爸爸現在要到學校接你。沒時間替你請假，所以你直接跟老師說要上洗手間，然後到校門口來。我們搭一輛黑色 Escalade。10分鐘後見。

司機將車駛出停車場，進入一條已經剷過積雪的街道，路面在絢爛冬陽照耀下漸漸乾了。過了兩條街後，我們經過丹妮樂那輛海藍色的 Honda。

在她的車前面隔著兩輛車，有一輛白色廂型車，我看見車內駕駛座坐了一個和我長得一模一樣的人。

我從後車窗瞄了一眼。

我們後面有一輛車，可是離得太遠，看不清駕駛的臉。

「怎麼了？」丹妮樂問道。

「我想確定沒有被跟蹤。」

「有誰會跟蹤我們？」

她的電話震動了一下，有新簡訊進來，剛好讓我不必回答她的問題。

查理：沒什麼事吧？

我：沒事。我們見面再說。

我伸手摟住丹妮樂，將她拉近我身邊。

她說：「我覺得好像困在噩夢裡面醒不過來。到底怎麼回事？」

「我們要去個安全的地方。」我低聲說：「一個可以私下說話的地方。到時我會把事情原原本本地告訴妳和查理。」

查理的學校是一大棟不規則的複合建築，看起來很像精神病院混合蒸氣龐克風城堡。

我們的車停進接送區車道時，他就坐在前門階梯上看手機。

我叫丹妮樂等著，然後自己下車走向兒子。

他站起來，有些迷惑，因爲看到我靠近。

看到我出現。

我衝上前去，緊緊抱住他說：「天哪，我好想你。」根本來不及想到要制止自己。

「你怎麼會在這裡？」他問道：「車子呢？」

「來，我們得走了。」

「去哪裡？」

但我只是抓起他的手臂，拉著他走向 Escalade 敞開的右後門。

他先上車，我隨後跟上，然後關上車門。

司機往後一瞄，用濃重的俄國口音問道：「現在去哪？」

從警局過來的路上我就想過了，要去一個又大又吵的地方，即使有另外一個傑森跟來，我們也可以輕易混入人群中。但現在我卻想推翻這個選擇，另外想了三個替代方案：林肯公園溫室、威利斯大樓的觀景台和玫瑰崗墓園。玫瑰崗似乎是最安全的選項，最令人意想不到。不過威利斯和林肯公園也同樣吸引我。因此我違背自己的直覺，又回到最初的選擇。

我告訴司機：「去水塔廣場。」

我們靜靜地搭車進入市區。

當市中心的大樓逐漸靠近，丹妮樂的手機震動了。

她看一眼螢幕，然後遞到我眼前，讓我看看她剛收到的訊息。是個「七七三」開頭的號碼，我不認得。

丹妮樂，我是傑森。我現在用陌生的號碼傳簡訊給妳，但是等我見到妳，我會向妳解釋一切。你們現在有危險，妳和查理都是。妳在哪？請盡快回電給我。我非常愛妳。

丹妮樂似乎嚇傻了。

車內的空氣宛如帶電，會刺人。

司機轉上密西根大道，被午餐時間的車潮塞得動彈不得。

遠處隱約可見芝加哥水塔大廈的黃色石灰岩，比起寬闊的壯麗大道兩旁那群摩天大樓，卻是矮了一截。

Escalade 停在大門口，但我請司機改讓我們在地下室下車。

於是我們從栗子街進入幽暗的地下停車場。

往下四層樓之後，我請他在下一排電梯處停車。

據我看起來，沒有車輛尾隨我們進來。

司機開走之後，我們的關門聲仍回響在水泥牆壁與梁柱間。

水塔廣場是個垂直式的購物中心，高級服飾專櫃與名牌店共有八層樓，環繞著一個鋁合金與玻璃打造的中庭。

我們搭電梯到美食廣場所在的夾層樓面，步出玻璃電梯。

刮風下雪的天氣把民眾都趕進室內了。

至少在當下，我覺得我們絲毫不引人注目。

我們在一個僻靜角落找到一張長椅，遠離人來人往。

我坐在丹妮樂和查理中間，想著此時此刻在芝加哥，有那麼多傑森爲了坐在我現在坐的位置，可以不計一切，甚至於殺人。

我吸了一口氣。該從何啓齒呢？

我注視著丹妮樂的眼睛，替她將一綹頭髮撥到耳後。

我又注視著查理的雙眼。告訴他們我有多愛他們。

說我是歷經了千辛萬苦，如今才能坐在他們中間。

我從我被綁架開始說起，那是個涼爽的十月夜晚，我被人用槍挾持，開車到南芝加哥一座廢棄電廠。

我說出我的恐懼，說我以爲自己會被殺，不料醒來卻置身於一座神祕的科學實驗室的機棚，在那裡出現了一群我從未見過的人，而他們不但認識我，還一直在等著我回去。

他們倆豎耳傾聽我娓娓道出我如何在第一晚逃離速度實驗中心，回到我們位於伊麗娜街的住處，但那裡卻不是我的家，而是當初選擇將一生奉獻於研究的我獨居的住所。

在那個世界，我和丹妮樂從未結婚，也沒有生下查理。

我告訴丹妮樂，我在巴克鎮的裝置藝術展上遇見她的分身。接著被抓又被關到實驗室。

後來與雅曼達逃進箱體。

我描述了平行宇宙。

描述我走入的每一道門。每一個崩壞的世界。

每一個不太對勁的芝加哥，但它們卻一步步帶著我回到了家。

有些事情我刻意未提。

因爲還說不出口。

就是藝術展開幕酒會後與丹妮樂共度的那兩個晚上。

我目睹她死去的那兩次。

我終究會告訴他們的，等時機成熟的時候。

我試著想像丹妮樂和查理聽到這些會是什麼感覺。

當淚水開始從丹妮樂臉上滑落，我問道：「妳相信我嗎？」

「我當然相信。」

「查理呢？」

兒子點點頭，但他的目光卻遠在數里之外。他呆呆看著購物民眾溜達而過，我不禁納悶我說的這些，他究竟聽進去多少。

一個人該如何去面對這種事？

丹妮樂擦乾眼睛說道：「我只想確定一下我眞的聽懂了你說的話。你的意思是，你去參加萊恩·霍德的慶功宴那晚，另一個傑森偷走了你的生活？他把你送進箱體，把你困在他的世界，好讓他自己可以住在這個世界？和我在一起？」

「正是這個意思。」

「也就是說我一直和一個陌生人一起生活囉。」

「也不盡然。我想直到十五年前爲止，我和他都還是同一個人。」

「十五年前發生了什麼事？」

「妳告訴我妳懷了查理。平行宇宙之所以存在，就是因爲我們所作的每個選擇讓人生產生一條岔路，通向一個平行的世界。妳跟我說妳懷孕的那個晚上，不只是妳和我記憶中的那個樣子，而是以許許多多的排列方式展開。在某個世界，例如我們現在生活的這個，妳和我決定共度人生，於是我們結婚、生下查理、共組家庭。在另一個世界，我認爲二十好幾就當父親不是我理想的人生道路，我擔心會丟掉工作，雄心壯志也會一蹶不振。

「所以在我們某個版本的人生中，我們沒有留下查理。妳追求妳的藝術，我追求我的科學，最後我們分道揚鑣。那個男人，就是過去這個月和妳一起生活的我的分身，是他製造了這個箱體。」

「就是我們剛認識的時候，你在研究的那樣東西的放大版？那個立方體？」

「沒錯。在某個時間點，他發覺自己放棄了一切，讓工作成爲他這一生最重要的價值。當他回顧十五年前所作的決定，忽然感到後悔。可是箱體無法帶人回到過去或進入未來，它只能連結當下同一時刻所有可能存在的世界。於是他找了又找，直到找到我的世界，然後和我互換人生。」

丹妮樂臉上的表情只能以驚愕與嫌惡來形容。

她從長椅上起身，跑進洗手間。

查理想追過去，但我按住他的肩膀說：「就給她一點時間吧。」

「我就知道有點不太對。」

「什麼意思？」我問道。

「你——不，不是你，是**他**——他有一種不一樣的，怎麼說，精力吧。我們比較常說話，尤其是吃晚飯的時候。他就是……我也不知道……」

「什麼？」

「不一樣。」

有些事我想問問兒子，一些有如赤焰閃過心底的問題。

他是不是比較風趣？

是不是比較好的父親？

比較好的丈夫？

和這個冒牌貨一起過日子是不是比較刺激有趣？

但我擔心自己承受不了答案。

丹妮樂回來了。臉色慘白。

她重新坐下後，我問道：「妳還好嗎？」

「我想問你一個問題。」

「什麼問題？」

「今天早上，你讓自己被捕……是爲了讓我去找你嗎？」

「是。」

「爲什麼？爲什麼不直接上家裡來，只要等……天哪，我都不知道該怎麼叫他了。」

「傑森2號。」

「等傑森2號出門以後。」

我說：「說到這個就眞的很瘋狂了。」

查理問：「之前那些還不算瘋？」

「我不是唯一一個……」話還沒說出口就覺得自己瘋了。

但還是得告訴他們。

「什麼？」丹妮樂問。

「我不是唯一一個拚了命回到這個世界的人。」

「這是什麼意思？」她問道。

「還有其他傑森也回來了。」

「什麼其他傑森？」

「在那個實驗室逃入箱體裡的我的分身，只是他們選擇了不同的途徑進入平行宇宙。」

「有多少人？」查理問。

「不知道，可能很多。」

我解釋了在運動用品店和聊天室發生的事，也告訴他們有個傑森追蹤到我住的旅館，還有一個拿刀子攻擊我。

我妻兒臉上的困惑隨即轉化成一目了然的恐懼。

我說：「所以我才故意讓自己被捕。據我所知，有很多個傑森一直在觀察你們、尾隨你們、追蹤你們的一舉一動，試圖想出下一步該怎麼做。我需要你們到一個安全的地方來找我，所以才讓妳叫車。我知道至少有一個我跟著妳去了警察局。我們搭車從妳的 Honda 旁邊經過時，我看見他了。所以我才想讓妳帶著查理一起來。不過無所謂。現在我們一起在這裡，很安全，而你們倆也都知道眞相了。」

丹妮樂過了好一會才能出聲。

她輕聲說道：「其他這些個……傑森……是什麼樣子？」

「妳想問什麼？」

「他們都跟你有同樣經歷嗎？他們基本上就是你嗎？」

「是的。直到我踏入平行宇宙之前，我們是同一個人。後來我們全都選擇了不同的路，有了不同的經驗。」

「可是有些人就跟你一樣？是我丈夫的不同分身拚死拚活回到這個世界，只爲了想和我、和查理團聚。」

「對。」

她瞇起眼睛。

她心裡該是什麼感覺？

看得出她很努力地想了解這不可思議的一切。

「丹妮，看著我。」

我凝視著她淚光閃閃的雙眼。

我說：「我愛妳。」

「我也愛你，但其他那些人也一樣，對吧？就跟你一樣。」

聽到這句話眞讓我肝腸寸斷。我不知怎麼回答。

我抬頭看著附近的民眾，心想不知道有沒有被監視。

我們坐在這裡以後，夾層樓面愈來愈擁擠。

我看見一個女人推著嬰兒車。

年輕情侶在購物中心裡慢慢地逛，牽著手、吃著冰淇淋，沉浸在自己的幸福當中。

有個老先生拖著腳步跟在妻子後面，臉上的表情像是在說：**拜託妳帶我回家**。

我們在這裡不安全。我們無論在這座城市的哪個地方都不安全。

我問道：「妳要跟著我嗎？」

她猶豫地看了看查理。然後又看我。

「要，我要跟著你。」她說。

「好。」

「那我們現在怎麼辦？」

14

我們離開時，除了身上的衣服，就只帶了一個銀行信封，裡面裝滿從支票與儲蓄帳戶全部提領出來的現金。丹妮樂用信用卡租車，但接下來的每筆交易都會以現金進行，以增加追蹤的難度。

下午兩三點，我們緩緩行駛過威斯康辛。

綿延的草地。

低矮的山丘。

紅色穀倉。

一個個筒倉形成一道鄉村天際線。

農舍煙囪冒出縷縷炊煙。

大地新覆蓋了一層白雪，晶瑩閃耀，天空則是一片明豔冬藍。

前進的速度緩慢，因爲我避開了公路。走的始終是鄉村道路。

沒有既定的目的地，隨心所欲、毫無計畫地轉彎。

停車加油時，丹妮樂讓我看她的手機。上面有一連串未接來電與新訊息，全都來自以七七三、八四七與三一二開頭的芝加哥地區電話號碼。

我打開簡訊 app。

丹妮，我是傑森，請立刻回撥這個電話給我。
丹妮樂，我是傑森。首先，我愛妳。有太多事想告訴妳。收到訊息請立刻回電。
丹妮樂，如果還沒有其他一堆傑森跟妳聯絡，那麼很快就會有了。妳想必已經頭昏腦脹。我是妳的。妳是我的。我永遠愛妳。收到訊息馬上打給我。
丹妮樂，和妳在一起的傑森是個冒牌貨。打給我。
丹妮樂，妳和查理不安全。和妳在一起的傑森不是妳想的那個人。馬上打給我。
他們沒有一個像我這麼愛妳。打給我，丹妮樂。拜託，求妳，愛妳。
我會為妳殺光他們，解決這件事。只要妳出個聲。我會為妳做任何事。

我不再往下讀，將每個號碼加以封鎖，並刪除訊息。
不過有一則訊息特別引起我注意。
那不是陌生的號碼。
是來自**傑森**。
我的手機。我的手機一直都在他手上，自從他從街上把我擄走那一晚之後。
妳不在家，也不接手機。想必已經知道了。我只能說我是因為愛妳，所以才這麼做。和妳在一起這段日子，是我這一生最美好的時光。請打給我，聽我解釋。
我關掉她手機的電源，也叫查理關掉他的。「我們必須和他們斷絕聯繫。」我說：「就從現在開始。如果他們繼續發送訊息，任何人都可能追蹤到我們。」

當太陽開始西斜，暮色漸漸降臨之際，我們駛入了遼闊的北林區。

馬路空空蕩蕩。專屬於我們。

我們到威斯康辛度過無數個暑假，但從未冒險跑到這麼北邊來，更從未在冬天來過。我們開了好幾公里，沒有見到一點文明的跡象，而且經過的城鎮似乎愈來愈小，四周荒僻杳無人煙。

我們的 Cherokee 吉普車內飄蕩著一片令人難捱的沉默，我不知道該如何打破。

又或者應該說，我有沒有勇氣去打破？

人活一輩子，聽到的總是：你是獨一無二的個體，地球上沒有和你一樣的人。

這是對人類的頌歌。可是對我而言，再也不是如此。

丹妮樂怎麼可能愛我勝過愛其他傑森？

我看著坐在副駕駛座的她，納悶著她現在怎麼看我，對我又是什麼感覺。

去你的，**我**怎麼看我自己才是應該探討的重點吧。

她靜靜坐在我旁邊，只是看著窗外的森林向後飛逝。

我伸手越過中間的置物箱，握住她的手。

她轉頭看了看我，隨即又繼續望向窗外。

黃昏時分，我駛進一座名叫冰河的小鎮，的確是名副其實的偏鄉僻壤。

我們隨便買了點速食，然後順路到一家雜貨店備置食物與基本用品。

芝加哥像是沒完沒了。

就連在郊區也毫無喘息空間。

但是到了冰河就真的結束了。

我們一進小鎮，便經過一個已經廢棄的單排小商場，店門都用木板封死了。緊接著，建築物與燈光從後照鏡中逐漸遠去，我們緩緩穿梭在黑暗林間，兩旁高大的松樹將道路緊緊夾住，車頭燈在狹窄路上射出圓錐形亮光。

道路在燈光下流動著。

我們沒有超越任何一輛車。

到了小鎮北方將近兩公里處，我轉進第三條岔路，進入一條單行道，積雪的車道在雲杉與樺木林間蜿蜒而過，最後通往一座小半島。

過了幾百公尺，車燈照見一棟小木屋，似乎正是我想找的地方。

就像威斯康辛州這一帶大多數的湖邊住宅，這間木屋裡頭暗暗的，看似無人居住。

冬天關閉不用。

我將吉普車停在環形車道上，熄滅引擎。

這裡非常地暗，非常地靜。

我看著丹妮樂，說道：「我知道妳不喜歡這樣，不過去租房子會留下可以追蹤的書面紀錄，還是闖空門風險小一點。」

從芝加哥一路北上至此，六小時車程，她幾乎都沒開口。

彷彿處於驚嚇狀態。

她說：「我懂。反正走到這一步，也老早超過非法入侵的程度，對吧？」

我打開車門，踩進剛下不久、深約三十公分的積雪。

寒意徹骨。空氣中沒有一絲風。

有一間臥室窗戶沒拴上，根本無須打破玻璃。

我們提著塑膠購物袋走上覆蓋著雪的前門廊。

屋內冷得像冰庫。

我打開燈。正前方，一道樓梯通往漆黑的二樓。

查理說：「這裡好噁心。」

與其說噁心，倒不如說是疏於照顧、霉味瀰漫。

一間正值淡季期間的度假小屋。

我們把袋子拿進廚房，放到流理台上，然後在屋裡轉一轉、看一看。

內部的裝潢既溫馨舒適，卻也老派過時。

白色家電設備都已老舊。

廚房的亞麻地板已出現龜裂，硬木地板則是磨損嚴重，還會吱吱嘎嘎響。

客廳裡，砌磚壁爐上方有一尾大口黑鱸的標本，牆上掛滿裱框的釣餌，至少有上百幅。

樓下有一間主臥房，二樓有兩個房間，其中一間塞滿了三層床。

我們就著油膩膩的紙袋吃從 Dairy Queen 速食店買來的餐點。

頭上的燈在廚房餐桌投下強烈刺眼的光芒，但屋內其他角落都還是暗的。

中央空調努力地將室內加熱到可堪忍受的溫度。

查理看起來很冷。

丹妮樂沉默、疏離。像個自由落體，慢慢墜入某個黑暗的地方。

她幾乎碰都沒碰食物。

晚餐後，我和查理從門廊上搬了好些柴火進來，我再用速食紙袋和一張舊報紙當火引子。

木柴灰灰乾乾的，放了幾季了吧，火很快就燒了起來。

不久，客廳牆壁便被火光照亮。

黑影在天花板上跳動。

我們替查理把沙發床拉開，並拖到離壁爐近一點。

丹妮樂則去準備我們的房間。

我和查理並肩坐在床墊尾端，讓火焰的熱氣流遍全身。

我說：「你要是半夜醒來，就再添一塊柴火。也許可以讓火燒到天亮，讓整個地方暖起來。」

他踢掉腳上的 Chuck Taylor 帆布鞋，脫去帽T。見他鑽進被子，我忽然想到他已經滿十五歲了。

他的生日是十月二十一日。

我「嘿」了一聲，他轉頭看我。「生日快樂。」

「你在說什麼？」

「我錯過了。」

「喔，對啊。」

「過得怎麼樣？」

「還好吧。」

「你們做什麼了？」

「去看電影，上館子。然後我就跟喬爾和安琪拉出去了。」

「安琪拉是誰？」

「朋友。」

「女朋友嗎？」他的臉在火光中泛紅。「還有我最想知道的是……你駕照考過了嗎？」

他淺淺一笑。「我要很自豪地說，我已經拿到學習駕照了。」

「那太好了。他帶你去的嗎？」

查理點點頭。

媽的，心好痛。

我把被單和毯子拉高蓋住查理的肩膀，親親他的額頭。我已經好多年沒有替兒子蓋被哄他睡覺，因此試著好好享受這一刻，讓時間過慢一點。但正如同所有的美好事物，這一刻過得特別快。

查理在火光中注視著我，問道：「爸，你還好吧？」

「不好，不太好。但我現在和你們在一起了，這才是最重要的。那另一個我……你喜歡他嗎？」

「他不是我爸爸。」

「我知道，可是你……？」

「他不是我爸爸。」

我從沙發床站起來，往火裡又丟一塊木柴之後，拖著沉重的腳步穿過廚房，走向房子另一頭，腳下的硬木地板被我壓得咿呀作響。

這個房間幾乎冷得無法入睡，但丹妮樂已經把樓上的床組剝光，還從壁櫥裡搜刮來更多毯子。

四面都是木板牆。角落裡有一台電暖器發出亮光，讓房裡充滿燒焦的塵味。

浴室傳出一個聲響。

是啜泣聲。

我敲敲空心門。

「丹妮樂？」

我聽見她屏住氣息。

「什麼事？」

「我能進來嗎？」

她靜默片刻。接著門鎖彈開。

我發現丹妮樂縮靠在角落裡一座貴妃缸旁邊，膝蓋抱在胸前，眼睛又紅又腫。

我從來沒見過她這副模樣——當著我的面全身發抖、情緒崩潰。

她說：「我沒辦法。我就是……沒辦法。」

「沒辦法什麼？」

「你現在就在我面前，我也那麼愛你，可是我再想到你其他那些分身……」

「他們現在不在這裡，丹妮樂。」

「他們想啊。」

「可是他們不在。」

「我不知道該怎麼想或該有什麼感覺。然後我又懷疑……」

她僅存的些許冷靜也消失了。我就像看著冰塊破裂。

「妳懷疑什麼？」我問道。

「我是說……你眞的是你嗎？」

「妳在說什麼？」

「我怎麼知道你就是**我的**傑森？你說你在十月初走出我們家門，直到今天早上在警察局之前都沒有見過我。但我怎麼知道你就是我愛的那個男人？」

我蹲低下來。

「看著我，丹妮樂。」

她照做了。透過迷濛淚眼。

「妳看不出來是我嗎？妳分辨不出來嗎？」

她說：「我沒法不去想跟他在一起的這一個月。想到都會起雞皮疙瘩。」

「你們的生活怎麼樣？」

「傑森，別這麼對我。也別這麼對你自己。」

「我每天在那條長廊上，在那個箱體裡面，努力想找到回家的路的時候，總會想到你們倆。我也不願意這樣，但妳設身處地想一想。」

丹妮樂張開膝蓋，我往中間爬過去時，她將我拉靠在她胸口，手指輕撫我的頭髮。

她問道：「你眞的想知道嗎？」

不想。

但我非知道不可。

我說：「不然我心裡會一直有疙瘩。」

我把頭靠在她身上。感受著她胸部的起伏。

她說：「老實說，一開始太美好了。我之所以清清楚楚記得你從萊恩的慶功宴回來的那天晚上，就是因為你——應該說**他**——回到家以後的舉止。起初我以爲你喝醉了，但不是。那感覺就像……就像你用一種新的眼光在看我。

「我還記得，好多年前，我們在我的公寓第一次做愛的情景。當時我赤裸著身子，躺在床上等你。而你卻只是呆站在床尾，注視了我好一會，就好像是第一次眞正看到我，或許也是第一次有人眞正看到我。那是最能勾起情慾的了。

「這一個傑森就是用這種眼神看我，我們之間產生了一種新的能量。有點像以前你週末出差開會回來以後的感覺，不過還要更激烈得多。」

我問道：「所以跟他在一起，一定就像我們剛剛交往的時候了？」

她沒有馬上回答。只是吸氣吐氣片刻。

最後才終於開口：「眞的很對不起。」

「這不是妳的錯。」

「兩個禮拜以後，我忽然想到這不只是一個晚上或一個週末的事，這才發覺你有點變了。」

「什麼地方不一樣？」

「許許多多小地方，像是穿著打扮，像是早上準備出門的方式，像是晚餐時聊的話題等等。」

「還有我上妳的方式？」

「傑森！」

「請不要說謊。不然我不能接受。」

「對，那也不一樣。」

「更好嗎？」

「就彷彿又回到第一次。你會做一些以前從來沒做過，或是很久沒做的事。我覺得你好像不是想要我，而是需要我，好像我是你的氧氣。」

「妳想要另外那個傑森嗎？」

「不想，我想要那個和我一起創造人生，和我一起生下查理的男人。但是我需要知道你就是那個人。」

在這個地處窮鄉僻壤、略微散發霉味、沒有窗戶又窄小的浴室裡，我坐挺起來凝視著她。她也凝視著我。

疲憊萬分。

我勉強站起身，然後扶她一把。

我們移身到臥室裡。

丹妮樂爬上床，我關了燈，也爬進冷冰冰的被子裡，躺到她身邊。

床架會發出吱吱嘎嘎的聲響，而且只要稍微一動，床頭板就會砰地撞到牆壁，也震得相框咔嗒咔嗒響。

她穿著內褲和白T恤，身上味道就像坐了整天車沒洗澡——變淡的體香劑略帶刺鼻氣味。

我愛極這個味道。

她在黑暗中輕聲說：「這件事該怎麼解決，傑森？」

「我正在解決。」

「什麼意思？」

「意思就是明天早上再問我一次。」

她吹在我臉上的氣息溫熱香甜。

這氣息正是讓我聯想到家的一切精華所在。

她很快就睡著了，呼吸深沉。

我以為我也馬上會隨她入睡，不料閉上眼睛後，思緒竟如萬馬奔騰。我看見自己的許多分身跨出電梯、坐在停著的車內、坐在我們褐石屋對街的長椅上。

到處都能看見我。

房裡一片黑，只有電暖器的線圈在角落裡發光。

屋內靜悄悄。

我睡不著。

得把這事解決掉。

我悄悄溜出被窩，走到門口，停下來回頭瞄丹妮樂一眼，只見她安全地蓋在一堆毯子底下。

我走過走廊那不停發出嘈雜聲響的硬木地板，愈接近客廳愈感到暖和。火已經轉弱。我加了幾塊木柴。

很長一段時間，我只是呆坐著凝視火焰，看著木頭慢慢崩塌成一床火紅餘燼，聽著兒子在身後輕輕打呼。

這個念頭是今天開車往北走的時候第一次浮現腦海，之後便不停地反覆琢磨到現在。一開始覺得很瘋狂。

但愈是針對它作加壓檢測，愈是感覺我別無選擇。

客廳的電視音響櫃旁邊有張書桌，桌上擺了一台十年的 Mac 和一台古董級印表機。我打開電腦電源，若需要密碼或是沒有網路連線，就得等到明天，到鎮上找一家網咖或咖啡館再說了。

運氣不錯。有一個訪客登入的選項。

我開啓網頁瀏覽器，進入那個「asonjayessenday」電郵信箱。超連結仍可運作。

歡迎來到 UberChat 聊天室！目前線上人數 72 人。

你是新使用者嗎？

我按下「否」，並以我的使用者名稱與密碼登入。

傑森9號，歡迎回來！正在為你登入聊天室！

這次對話長了許多，見到參與者如此眾多，不由得讓我冷汗直流。

我瀏覽了所有的對話，一直看到最近一則訊息，不到一分鐘前留的。

傑森42號：至少從下午兩三點開始，屋裡就沒人了。

傑森28號：所以是誰幹的？

傑森4號：我跟蹤丹妮樂從伊麗娜街四十四號去了加利福尼亞北路的警察局。

傑森14號：她去那裡做什麼？

傑森25號：她去那裡做什麼？

傑森10號：她去那裡做什麼？

傑森4號：不知道。她進去以後就沒再出來。她的Honda還停在那裡。

傑森66號：意思是說她知道了？她還在警局嗎？

傑森4號：我不知道。一定出了什麼事。

傑森49號：昨晚我差點被我們當中某個人殺死。他有我旅館房間的鑰匙，大半夜拿著刀跑進來。

我開始打字……

傑森9號：**丹妮樂和查理跟我在一起**。

傑森92號：安全嗎？

傑森42號：安全嗎？

傑森14號：怎麼會？

傑森28號：拿出證據。

傑森4號：安全嗎？

傑森25號：怎麼會？

傑森10號：你這王八蛋。

傑森9號：怎麼會這樣不重要，不過，是的，他們都安全，也非常害怕。我想了很久，我想我們所有人都有同樣的願望，那就是無論如何都不能讓丹妮樂和查理受到傷害，對吧？

傑森92號：對。

傑森49號：對。

傑森66號：對。

傑森10號：對。

傑森25號：對。

傑森4號：對。

傑森28號：對。

傑森14號：對。

傑森103號：對。

傑森5號：對。

傑森16號：對。

傑森82號：對。

傑森9號：我寧可死也不想看到他們出什麼事。所以我有個提議。兩天後的午夜，我們全部到電廠集合，平和地進行抽籤。抽中的人就可以和丹妮樂和查理一起在這個世界生活。同時我們也要毀掉箱體，以免又有其他的傑森找來。

傑森8號：不要。

傑森100號：想都別想。

傑森21號：這要怎麼做？

傑森38號：絕不可能。

傑森28號：先證明他們跟你在一起，不然就閉嘴。

傑森8號：為什麼要碰運氣？為什麼不爭取到底？就各憑本事。

傑森109號：那輸的人呢？自殺嗎？

管理員傑森：為了不讓這段對話變得語無倫次，我暫時凍結了所有參與者的帳號，只留下我和傑森9號。其他人仍然可以觀看對話內容。傑森9號，請繼續說。

傑森9號：我明白這麼做有很多地方可能出錯。我可能會決定不現身，你們誰也不會知道。任何一個傑森都可能選擇不參與，在一旁等待混亂平息之後，再對我們其中一人做出傑森

2號所做的事。只不過我知道自己會遵守承諾，也許是我太天真，但我認為這表示你們所有人也都會遵守。因為你們遵守承諾不是為了我們，而是為了丹妮樂和查理。我還有另一個選擇，就是帶著他們遠走高飛，換新的身分，一輩子逃亡，還要時時留意背後。儘管我很想和妻兒在一起，卻不希望他們過這種日子。而且我沒有權利獨自占有他們。我是深深這麼感覺，所以甘願參加抽籤，哪怕光是從人數看來，我幾乎已注定要失敗。我得先和丹妮樂談過，但同時也要把消息傳開。明天晚上我會再上線，告訴大家更多細節，也包括傑森28號要的證據在內。

管理員傑森：我想已經有人問過，那輸的人怎麼辦？

傑森9號：我還不知道。現在最重要的是讓我們的妻兒下半輩子過得平靜安全。如果有人不這麼想，就不配得到他們。

日光從窗簾透進來，曬醒了我。

丹妮樂在我懷裡。

我就這麼靜靜躺著，好久好久。抱著她。

這個非同一般的女人。

過了好一會，我抽出身，抓起堆在地上的衣服。

我在餘火（其實只剩一堆灰燼）旁換好衣服，又丟進最後兩塊柴火。

我們睡晚了。

壁爐上的時鐘顯示九點半，從水槽上方的窗戶望出去，可以看見陽光斜斜射進常綠樹與樺樹群間，在我目光所及的林地上，照出許多光圈與黑影。

我走到屋外，在晨寒中步下門廊階梯。

小屋後方的土地緩緩向下傾斜，連到湖邊。

我走上一道積雪覆蓋的碼頭，一直走到盡頭。

離岸邊一兩公尺處有一圈薄冰，但現在才剛入冬，即使最近颳過暴風雪，其餘湖面仍未結冰。

我撥掉一張長椅上的雪，坐下來，看著太陽悄悄從松林背後爬升上來。

寒意讓人精神爲之一振，彷彿喝了一杯濃縮咖啡。

水面上漫起一片薄霧。我聽到身後雪地上響起嘎吱嘎喳的腳步聲。

回過頭，看見丹妮樂正踩著我的腳印，往碼頭走來。

她拿了兩只冒著熱氣的馬克杯，頭髮蓬亂得十分有型，幾條毛毯像披肩一樣披掛在肩頭。

當我看著她慢慢靠近，忽然驚覺這極有可能是我和她共度的最後一個早晨。明天一大早我就要回芝加哥。一個人。

她將兩只杯子交給我，取下一條毯子將我包住，然後也坐到長椅上。我們喝著咖啡，眺望湖水。

我說：「以前我總覺得我們會在這樣的地方終老。」

「我怎麼不知道你想搬到威斯康辛來。」

「我是說年紀再大一點的時候，找一間木屋，整治一下。」

「**你**能整治什麼呀？」她笑著說：「開玩笑的。我懂你的意思。」

「也許每年可以跟孫子到這裡避暑。妳可以在湖邊畫畫。」

「那你要做什麼？」

「不知道。也許終於能按進度把我訂的《紐約客》雜誌看完。反正能跟妳在一起什麼都好。」

她伸手摸了摸還綁在我無名指上的線圈。「這是什麼？」

「傑森２號拿走了我的婚戒，起初有一段時間我開始變得混亂，不知道什麼才是眞實，不知道自己是誰，到底有沒有和妳結過婚。所以才在手指綁了這條線提醒自己：妳——**這個**妳——是存在的。」

她吻了我。

吻了很久。

我說：「我得跟妳說一件事。」

「什麼？」

「在我醒來後的第一個芝加哥，就是我在一個關於平行宇宙的裝置藝術展上找到妳的那回……」

「怎麼樣？」她微笑問道：「你跟我上床了？」

「對。」

微笑頓時僵住。

她就這麼瞪了我一會，然後用幾乎沒有情感的聲音問道：「爲什麼？」

「當時我不知道自己在哪裡，或是發生了什麼事。每個人都以爲我瘋了，我自己也慢慢這麼覺得。後來我找到了妳，這是我在一個完全不對勁的世界裡，唯一熟悉的人事物。我多希望那個丹妮樂就是妳，只可惜她不是，她不可能是，就像另一個傑森也不是我。」

「所以你就這樣一路在平行宇宙裡跟人上床？」

「只有那一次，而且事情發生的時候，我並不知道自己身在何處，也不知道自己是瘋了還是怎樣。」

「她表現如何？我表現如何？」

「也許我們不應該……」

「我也這麼說過。」

「那好吧。就像妳形容另一個傑森第一天回到家的情形一樣。那就像在我還不知道自己愛上妳以前，跟妳在一起的感覺。就像再度體驗到第一次那種不可思議的親密連繫。妳現在在想什麼？」

「我在想我應該要有多生氣？」

「妳爲什麼要生氣？」

「喔，這就是你的論點？反正是另一個我，所以不算外遇？」

「我是說，至少這是原版。」

她忍不住被逗笑了。

她會被逗笑正足以說明我爲什麼愛她。

「她是什麼樣的人？」丹妮樂問道。

「她是個沒有我、沒有查理的妳。好像在跟萊恩·霍德交往。」

「不會吧。我是個很成功的藝術家？」

「是的。」

「你喜歡我的裝置藝術嗎？」

「太棒了，妳太棒了。妳想不想聽聽？」

「好啊。」

我向她描述那座壓克力迷宮，描述走在裡面的感覺，描述那令人驚嘆的影像、壯觀的設計。

她聽得雙眼發亮。但也感傷起來。

「什麼意思？」

「你覺得我快樂嗎？」她問道。

「在我放棄了那麼多而成爲那個女人以後。」

「我不知道。我只和那個女人在一起四十八小時。我認爲她就像妳、像我、像每一個人一樣，有自己的遺憾。我想她偶爾午夜夢迴，也會懷疑自己當初選擇的路對不對，會擔心自己選錯路，會好奇和我在一起的人生會是什麼樣子。」

「有時候我也會好奇這些事。」

「我看過好多版本的妳，有些跟我在一起，有些沒有，有藝術家、有老師、有平面設計師。但說到底，一切都只是人生。我們看到它的宏觀面，像一個大故事，可是一旦進入其中，也不過就是日常生活，對吧？這不正是人需要學著以平常心看待的事嗎？」

湖心處有條魚一躍而出，濺起水花後，在玻璃般的水面泛起一圈又一圈完美的漣漪。

我說：「昨天晚上，妳問我要怎麼解決這件事。」

「有什麼好主意嗎？」

我第一個直覺就是保護她，不讓她知道我的打算，可是我們的婚姻不是建立在保密上面。我們倆無所不談。即使是最艱難、難以啓口的事。這是我們夫妻關係中深扎的根基。

因此我說出昨晚在聊天室上的提議，眼看著她臉上先後閃過憤怒、恐懼、驚愕與不安的表情。

最後她說道：「你想把我當獎品送出去？就像一籃沒人要的水果？」

「丹妮樂……」

「我不需要你有什麼英雄之舉。」

「不管怎麼樣，我都會回到妳身邊。」

「但那是另一個你。你的意思是這樣，對吧？萬一他也跟毀掉我們人生的那個王八蛋一樣呢？萬一他不像你這麼好呢？」

我轉移目光，望向湖的另一頭，一面眨去淚水。

她問道：「你爲什麼要犧牲自己，讓別人跟我在一起？」

「我們都必須犧牲自己，丹妮樂。這是妳和查理唯一的出路。求求妳，就讓我恢復你們在芝加哥的安全生活吧。」

我們走回屋裡時，查理正在爐子上煎薄餅。

「好香啊。」我說。

他問道：「你可以弄你那個水果的玩意嗎？」

「當然可以。」

我花了點時間才找到砧板和刀子。

我站在兒子旁邊，先在鍋子裡將楓糖漿用慢火煮沸，再把削皮切丁的蘋果放進去。

從窗口可以看到太陽爬得更高了，森林中亮晃晃的。

我們一起吃早餐，輕鬆閒聊，有好幾度感覺近乎正常，「這有可能是最後一次和他們共進早餐」的事實，並未一直盤踞在我心頭。

中午剛過不久，我們徒步到鎮上去，走在褪去色彩的鄉村道路中央，陽光底下的路面已經乾了，陰影處仍有積雪。

我們在一家二手店買了衣服，然後上一家小戲院看早場電影，是六個月前上院線的片子。是一部荒唐的浪漫喜劇。正符合我們的需求。

我們一直待到片尾字幕跑完、燈光亮起，走出戲院時，天色已暗。

來到城邊上，我們走進唯一一家開業的餐廳碰碰運氣，店名叫「冰河公路」。

我們坐在吧台的位子。

丹妮樂點了一杯黑皮諾，我自己點啤酒，給查理點了可樂。

餐廳裡擠滿了人，這是威斯康辛州冰河鎮上，唯一會在平日夜晚營業的店家。

我們點了些吃的。

我又喝了杯啤酒，接著再一杯。

不久，我和丹妮樂都有些許醉意，餐廳裡也更加嘈雜。

她一手擱在我腿上。

雙眼因爲喝了酒而失去光采。能夠再次離她這麼近，感覺眞好。我盡量不去想現在發生的每件小事都將是我最後一次的體驗，但既然心知肚明，難免沉重無比。

餐廳裡仍持續不斷地湧入客人。美妙的嘈雜聲。

後側的小舞台上，有支樂隊開始在做準備。

我喝醉了。沒有找碴挑釁也沒有發牢騷。只是醉得恰到好處。

只要心思一飛到其他地方，我就把它打亂，讓自己專心於當下。

台上表演的是一支四人組鄉村西部樂隊，不久我和丹妮樂已經和一群人在狹小的舞池跳起慢舞來。

她的身體緊貼在我身上，我一手摟著她的後腰，耳邊聽著鐵弦吉他的聲音，加上她凝視我的眼神，我眞恨不得立刻帶她回到那張床頭板鬆脫、吱嘎作響的床上，把牆上所有相框都撞落下來。

我和丹妮樂大聲笑著，我卻不知道爲何而笑。

查理說：「你們倆都醉茫了。」

他或許言過其實，但也不算太誇張。

我說：「我們需要發洩一下。」

他對丹妮樂說：「已經一整個月沒有這種感覺了，對不對？」

她看著我。

「對，沒錯。」

我們踉踉蹌蹌走在漆黑的公路上，前後都沒有車燈。

樹林裡萬籟俱寂。連一絲風也沒有。

靜得像幅畫。

我鎖上我們的房門。

丹妮樂幫我把床墊搬下床。

我們把它放到地板上，關了燈，身上脫得一絲不掛。

儘管開著電暖器，房裡還是冷颼颼。

我們光著身子鑽進毯子底下，冷得直發抖。

她的肌膚與我相貼，平滑而冰涼，她的嘴柔嫩溫熱。

我親吻她。

她說她需要我立刻進入她的身體，說她快受不了了。

和丹妮樂在一起不是像回家。

這就是家。

我記得曾經想起過十五年前第一次和她做愛，覺得好像找到一樣我甚至不知道自己一直在尋找的東西。

今晚，當硬木地板在我們身子底下輕輕呻吟，少許月光從窗簾縫間流洩進來，照亮她張著嘴、頭往後仰、低聲卻急切地呼喚我名字的模樣。這就是家的感覺更加強烈了。

我們汗流浹背，寂靜中心跳怦然。

丹妮樂用手指梳過我的頭髮，我最喜歡她像這樣在黑暗中凝視著我。

「怎麼了？」我問道。

「查理說得對。」

「哪方面？」

「他在回家路上說的那句話。自從傑森2號來了以後，我們**從來**沒有像這樣過。誰都代替不了你，就算是你也一樣。我不斷地想起我們相遇的情景。在那個人生階段，我們有可能邂逅任何人。但偏偏是**你**出現在那個後院派對上，從那個痞子手裡把我救出來。我知道我們相戀有一半是因爲我們很來電，但另一半原因也同樣神奇。原因很簡單，你剛好就在那一刻走進我的生命。是你而不是其他人。就某些方面說來，這不是比來電本身更不可思議嗎？我們竟然能找到彼此！」

「是很神奇。」

「我發覺到，同樣的事昨天又發生了。那麼多個傑森當中，是你在快餐店裡演了那齣鬧劇，把自己送進拘留所，才能讓我們安全團聚。」

「妳是說這是命中注定。」

她微微一笑。「我想我要說的是：我們又再一次找到彼此。」

我們再享受一次魚水之歡，然後入睡。

深夜時，她叫醒我，在我耳邊悄聲說：「我不要你走。」

我轉身側躺，面對著她。

黑暗中，她兩眼睜得斗大。

我頭在痛。

嘴巴發乾。

正夾在酒醉與宿醉之間混沌不明的過渡期，愉悅也正慢慢轉變成痛苦。

「要不要我們繼續往前開？」她說。

「去哪裡？」

「不知道。」

「那要怎麼跟查理說？他有他的朋友，也許還有女朋友。難道就叫他把這些都忘了？他好不容易才開始喜歡上學。」

「我知道，」她說：「我也不想這樣，不過沒錯，我們就這麼跟他說。」

「我們的居住地、朋友、工作……我們得靠這些事情來定義自我。」

「但不是全靠這些。只要和你在一起，我就能百分之百知道自己是誰。」

「丹妮樂，我是巴不得能跟妳在一起，可是假如我明天不這麼做，妳和查理永遠不會安全。而且不管怎麼樣，妳都還是有我。」

「我不要你的其他分身，我要你。」

我在黑暗中醒來，頭不停抽痛，口乾舌燥。

穿上牛仔褲和襯衫後，蹣跚走過走廊。

今晚沒有生火，整個一樓唯一的光源，就是插在廚房流理台上方插座的一盞微弱夜燈。

我從櫃子裡拿出杯子，盛了一杯水龍頭的水。

一飲而盡。

再盛一杯。

中央空調停止了運作。

我站在碗槽前面，小口小口喝著冰涼的井水。

小屋悄然無聲，甚至可以聽見遠處角落裡，地板木材纖維膨脹與收縮所發出的嗶剝聲。

我從廚房水槽上方的窗子，凝望外面的森林。

我很高興丹妮樂想要我，但卻不知道接下來該往何處去，不知道該怎麼保護他們安全。

我開始頭暈。

在吉普車稍微後面一點的地方，有個東西引起我注意。

有個黑影在雪地上移動。

腎上腺素立刻飆升。

我放下杯子，往前門走去，穿上靴子。

到了門廊上，我扣好襯衫，走進前門階梯與車子之間腳印雜沓的雪地。

然後再經過吉普車。

就在那裡。我看見了在廚房裡留意到的東西。

我趨近時，它還在移動。

體型比我原先想的還大。很像個男人。

不。

天哪。就是個男人。

他拖行過的路徑看得清清楚楚，因爲身後留下血跡，在星光下看起來是黑色的。

他一邊爬向前門廊一邊呻吟。看來他永遠也爬不到。

我走到他身邊蹲跪下來。

是我，從外套到速度實驗中心的背包再到手指上的線戒，都是我。

他一手抱著不斷湧出血來的肚子，抬起頭看我，那是我這輩子見過最絕望的眼神。

我問道：「是誰幹的？」

「我們當中的一個。」

「你怎麼找到這裡來的？」

他咳出一口血霧。「救我。」

「來了多少人？」

「我想我快死了。」

我環顧四周，馬上就掃描到一對血腳印從這個傑森所在處移向吉普車，接著繞過小屋側面。

垂死的傑森在喊我的名字。

我們的名字。

哀求我救他。

我也想救他，可是滿腦子卻只想到：他們找到我們了。

他們不知用什麼方法找到我們了。

他說：「別讓他們傷害丹妮樂。」

我回頭看看車子。

剛才一開始沒發現，但現在看到四個輪胎都被劃破。

就在不遠的雪地裡，我聽見有腳步聲。

我掃視林間想看看有什麼動靜，可惜星光未能照進更外圍、更濃密的森林。

他說：「我還沒準備好。」

我低頭看著他的雙眼，感覺到自己心裡的驚慌恐懼逐漸加劇。「如果這是盡頭，勇敢一點吧。」

忽然一聲槍響劃破寂靜。

聲音來自小屋後方，湖畔附近。

我跑過雪地，經過吉普車，衝向前門，試圖分析現在是怎麼回事。

小屋裡，丹妮樂喊著我的名字。

我爬上階梯。從前門衝進屋去。

丹妮樂正要從走廊下來，身上裹著毯子，從主臥室灑出的光線照亮她的背後。

兒子則從廚房過來。

丹妮樂與查理在起居室會合後，我反手將前門鎖上。

她問道：「剛才那是槍聲嗎？」

「是。」

「出了什麼事？」

「他們找到我們了。」

「誰？」

「我。」

「那怎麼可能？」

「我們馬上就得走。你們倆到我們的房間去，換好衣服，趕緊收拾東西。我去檢查後門有沒有上鎖，然後就去跟你們會合。」

他們走過走廊。

前門沒有問題。

那麼要進屋便只剩下從裝設了紗窗紗門的密閉式後門廊通往客廳的那扇落地窗了。

我穿過廚房。

丹妮樂和查理會期待我告訴他們接下來該怎麼辦。

而我毫無概念。

不能開車。只能徒步離開。

當我來到客廳，思緒有如洶湧澎湃的意識流。

我們需要帶上什麼東西？

電話。

錢。

我們的錢呢？

放在臥室抽屜櫃最底層的一個信封裡。

另外還需要什麼？

有什麼是不能忘記的？

有多少個我追蹤到了這裡？

我今晚會死嗎？

被自己所殺？

我在黑暗中摸索前進，經過沙發床，來到落地窗前。伸出手去檢查門把時便驚覺了——這裡不應該這麼冷。

除非最近開過落地窗。

譬如幾秒鐘前。

現在鎖住了，我卻不記得上過鎖。

透過玻璃窗，可以看見後院平台上有東西，可是太暗了，看不清任何細節。好像在動。

我得回到家人身邊。

才剛剛從落地窗前轉身，沙發床後面便竄出一個黑影。

我的心瞬間停止跳動。

一盞燈忽然亮起。

我看見自己站在三公尺外，一手按著電燈開關，另一手拿槍指著我。

他身上只穿了一條四角短褲。

兩手沾滿鮮血。

他用槍口對準我的臉，一面繞過沙發，一面輕聲說：「把衣服脫掉。」

他臉上那道疤痕暴露了他的身分。

我回頭瞄向落地窗外。

燈光的亮度正好讓我可以看見後院平台上有一堆衣物——Timberland 鞋子和毛呢外套——還有另一個傑森側躺在地，頭倒在血泊中，喉嚨被割開。

他說：「我不會再說一遍。」

我開始解開襯衫釦子。

「我們認識。」我說。

「那還用說。」

「不，你臉上的傷。兩天前的晚上，我們一起喝過啤酒。」

我眼看這項訊息讓他有所觸動，卻並未如我預期讓他改變心意。

他說：「這改變不了什麼。到此爲止了，兄弟。換作是你，你也會這麼做的，這你知道。」

「老實說，我不會。我起先也以爲我會，但我不會。」

我最後脫下袖子，把襯衫丟給他。

我知道他的打算：穿上我的衣服，到丹妮樂面前假裝是我。他還得重新劃開臉上的疤，好讓它看起來像新的傷口。

我說：「我想了一個可以保護丹妮樂的計畫。」

「是啊，我看到了。但我不會犧牲自己，讓別人跟我的妻兒在一起。還有牛仔褲。」

我解開褲子的鈕釦，心想我失算了。我們並不是全部都一樣。

「你今晚殺了多少個我們？」我問道。

「四個。如果有必要，我會殺死上千個你。」

我慢慢脫下牛仔褲，先脫一邊再脫另一邊，同時說道：「你在箱體裡面，在你提到的那些世界裡，發生了一些事情。是什麼讓你變成這樣？」

「也許你沒那麼想和他們團圓。如果是這樣，你就不配……」

這時我趁機將牛仔褲丟向他的臉，朝他衝過去。

我兩手抱住傑森的大腿，使盡全力把他抱起來，直接往牆壁撞過去，他一口氣喘不過來。槍掉落在地上。

我趁傑森痛得縮身之際把槍踢進廚房，同時用膝蓋猛力撞上他的臉。

我聽見骨頭碎裂的聲音。

接著我一把抓住他的頭，膝蓋往後拉，正打算再撞一次，不料他從底下掃我的左腳。

我砰一聲倒在硬木地板上，重重撞到後腦勺，痛得眼冒金星。轉眼間他已經壓到我身上，一手掐住我的喉嚨，血不斷從他受傷的臉滴下來。

他打我的時候，我感覺到顴骨斷裂，左眼下方一陣有如恆星爆炸般的劇痛。

他又接著打。

我在血淚迷濛中眨著眼睛，再次得以看清時，他正握著刀向我揮刺而來。

一聲槍響。

我開始耳鳴。

一個小黑洞穿透他的胸骨，血湧了出來，順著他胸膛中央流下。他手中的刀子也落在我身旁地上。我看著他用一根手指插入彈孔，想把它塞住，但血仍泉湧不止。

他吸了口氣，氣息中帶著濕濕、粗粗的雜音，同時抬頭看著開槍射他的人。

我也伸長脖子去看，恰好看見另一個傑森用槍指著他。這一個鬍子刮得乾乾淨淨，穿著一件黑色皮夾克，是十年前結婚紀念日丹妮樂送我的禮物。

他的左手上，一枚金色婚戒閃閃發亮。

是我的戒指。

傑森2號又開一槍，第二顆子彈削過我的攻擊者的頭骨側邊。

他踉蹌倒下。

我轉過身，慢慢坐起來。

啐了一口血。

臉上熱辣辣的。

傑森2號拿槍瞄準了我。

他就要扣下扳機。

我眞眞切切看見了自己的死亡降臨，腦海中浮現的不是話語，而是自己小時候在愛荷華州西部，爺爺家農場上的一連串畫面。暖和的春日，遼闊的天空，玉米田，我在後院裡，盤著球朝向防守「球門」的哥哥推進——球門其實就是兩棵楓樹間的空地。

我暗忖，爲何瀕死前的最後記憶會是這個？當時的我最快樂嗎？是最純正的自己嗎？

「住手！」

丹妮樂站在廚房的角落裡，已經換好衣服。

她看看傑森2號。

然後看看我。

又看看被子彈貫穿腦袋的傑森。

再看看密閉式門廊內，喉嚨被割斷的那個傑森。

然後也不知是怎麼辦到的，她不帶一絲顫音地問道：「我丈夫在哪裡？」

傑森2號似乎一時不知所措。

我擦去眼睛的血。「我在這裡。」

「我們今天晚上做了什麼？」她問道。

「我們邊聽著差勁的鄉村音樂邊跳舞，然後回家，然後做愛。」我看著那個奪走我人生的男人。「就是你綁架我的？」

他看著丹妮樂。

「她全都知道了。」我說：「沒有必要再說謊。」

丹妮樂問道：「你怎麼能這麼對我？這麼對我們家人？」

查理出現在母親身邊，四周的可怕景象他都看在眼裡。

傑森2號看著她。然後看著查理。

傑森2號和我只相隔不到兩公尺，但我坐在地上。

我還沒能碰到他，他就會開槍了。

我心想，讓他說話。

「你怎麼找到我們的？」我問道。

「查理的手機有搜找電話的 app。」

查理說：「我只是昨天深夜開機傳了一封訊息。我不想讓安琪拉以爲我把她甩了。」

我看著傑森 2 號說：「那其他傑森呢？」

「不知道。大概是跟著我來的吧。」

「有多少人？」

「我不曉得。」他轉向丹妮樂。「凡是我想要的，我都得到了，除了妳。我一直沒法忘記妳，一直在想我們若沒分手會怎樣，所以我才……」

「十五年前，在你還有機會的時候，你就應該留下。」

「那麼我就造不出這個箱體了。」

「那可眞是太好了，爲什麼呢？你自己看看，你一生的心血除了帶來痛苦還有什麼？」

他說：「每個時刻、每次呼吸，都包含了一個選擇。可是人生是不完美的。我們會做錯選擇，所以最後總會活在無盡的懊悔中，還有什麼比這個更糟的嗎？事實上我建造的這樣東西，能將懊悔連根拔除，讓我們找到做出正確選擇的世界。」

丹妮樂說：「人生不是這樣運作的。你要承擔自己的選擇，從中學得教訓，而不是投機取巧。」

這時候我慢慢地，將重心移到腳上。

生，好好過日子。」

可是他發現了，說道：「試都別試。」

「你要當著他們的面殺了我？眞的嗎？」我問道。

「你曾有過那麼遠大的夢想。」他對我說：「你大可以待在我的世界，待在我打造的人生，好好過日子。」

「你就是拿這個理由爲自己辯護？」

「我知道你的心思，知道你每天走路去搭電車上班時要面對的恐懼：**我這一生眞的就是這樣了嗎？**或許你有足夠的勇氣敢承認，也或許沒有。」

我說：「你沒有資格……」

「說實話，我絕對有資格評判你，傑森，因爲我**就是**你。也許我們在十五年前分岔進入不同的世界，但我們先天的條件是一樣的。你不是天生來教大學物理，來看萊恩・霍德這樣的人獲得了原本應該屬於你的榮耀。你**沒有**什麼做不到的，我知道，因爲我全做到了。看看我打造了什麼。我可以每天早上在你那棟褐石屋醒來，問心無愧地看著鏡中的自己，因爲我實現了我想要的一切成就。你能說出同樣的話嗎？你成就了什麼？」

「我和他們一起創造了人生。」

「我把每個人暗自希望的東西交給了你，交給了我們倆。那就是過兩種人生，我們最好的兩種人生。」

「我不要兩個人生，我要他們。」

我看看丹妮樂，又看看兒子。

丹妮樂對傑森2號說：「而我也要他。拜託你，讓我們過自己的生活吧，你用不著這樣。」

他的表情轉趨強硬。

眼睛瞇了起來。

往我這邊移動。

查理尖叫道：「不要！」

槍口離我的臉只有幾公分。

我直視著我的分身的雙眼，問道：「你現在殺了我，然後呢？你能得到什麼？她不會因爲這樣就想要你。」

他的手在顫抖。

查理眼看就要朝傑森2號撲過去。

「不許你碰他。」

「別衝動，兒子。」我瞪著槍管。「你輸了，傑森。」

查理還是過來了，丹妮樂抓住他的手臂試圖阻止，卻被他掙脫。

查理接近時，傑森2號的目光從我身上移開了那麼一剎那。

我立刻一巴掌揮掉他手中的槍，抓起地上的刀子，深深刺進他的肚子，刀刃幾乎毫無阻力地往內滑入。

我站著，手用力一扭將刀子抽出，當傑森2號倒向我，抓住我的肩膀時，我再次把刀刃往裡送。

刺了一次、一次又一次。

好多血從他的襯衫滲透到我手上，屋內瀰漫著鐵鏽般的血腥味。

他緊緊抓著我，刀子還插在他肚子上。

我想到他和丹妮樂在一起的情形，恨得將刀刃用力一轉拔了出來，然後將他推開。

他搖搖晃晃。

皺著臉。

抱著肚子。

血從他的指縫間流出來。

他的腿再也無力支撐。

他坐了下來，然後隨著一聲呻吟側身倒地，頭靠在地板上。

我兩眼直盯著丹妮樂和查理不放。過了一會才走到傑森2號身旁，不理會他的呻吟，只顧往他口袋裡摸索，最後終於找到我的車鑰匙。

「雪佛蘭停在哪裡？」我問道。

他回答時，我得貼近才聽得清。「岔路口再過去四百公尺，停在路肩。」

我奔向剛才脫下的那堆衣服，很快地穿上。

扣好襯衫鈕釦後，我彎身去綁靴帶，無意間瞄了傑森2號一眼，他就這樣躺在這間老舊木屋的地板上，血流不止。

我拿起地上的槍，在牛仔褲上擦了擦槍把。

我們得走了。

誰知道還有多少人會來。

我的分身喊了我的名字。

我看過去，只見他沾滿血的手裡拿著我的結婚戒指。

我走向他，取過戒指，直接套到無名指的線圈上面。這時傑森2號抓住我的手臂，把我往下拉向他的臉。

他有話想說。

我說：「我聽不見。」

「看……看……車上置物箱裡面。」

查理走過來，猛力地環抱住我，強忍著淚水，但他的肩膀不停抖動，最後還是哭了起來。當他像個小男孩在我懷裡哭泣，我不禁想到他剛剛目睹的可怕情景，忍不住也熱淚盈眶。

我兩手捧起他的臉，說：「是你救了我。要不是你試著阻止他，我絕不可能有機會。」

「真的嗎？」

「真的。而且我還要把你那支該死的手機踩爛。好了，我們該走了。從後門。」

我們跑過客廳，一面閃避一灘灘的血。

我打開落地窗，當查理和丹妮樂進到密閉式門廊，我往後覷了一眼這一切的始作俑者。

他的眼睛還睜著，緩緩地眨動，看著我們離開。

到了外面，我隨手將門關起。

來到紗門之前，還得再涉過另一個傑森的血泊。

不知該往哪邊走。

我們往下走到湖邊，沿著水岸線往北穿過樹林。

湖水又黑又光滑，宛如黑曜石。

我不斷環視樹林，尋找其他傑森的蹤跡——隨時可能會有一個從樹後面冒出來要殺我。

走了百來公尺後，我們離開了湖岸邊，大致往馬路的方向移動。

小屋傳出四聲槍響。

此時我們開始奔跑，費力地在雪地裡跋涉，三人都氣喘吁吁。

激增的腎上腺素讓我感覺不到臉被打傷的疼痛，但還能撐多久呢？

我們衝出森林來到馬路上。

我站在雙黃線上，片刻間，樹林裡安靜無聲。

「往哪邊？」丹妮樂問道。

「往北。」

我們沿著路中央跑。

查理說：「我看到了。」

就在正前方，右線道的路肩上，我發現我們那輛雪佛蘭半停進樹林裡，只露出車尾。

我們一一上車後，我插入鑰匙，忽然從側面後照鏡瞥見有動靜——路上有個黑影衝了過來。

我連忙發動引擎，鬆開手剎車，然後打檔。

我將車猛然回轉後，油門踩到了底。

我說：「趴下。」

「爲什麼？」丹妮樂問。

「趴下就對了！」

我們加速駛入黑暗中。

我打亮車燈。

直接照見一個傑森站在路中央，舉槍對準了車。

接著一聲槍響。

一顆子彈打穿擋風玻璃，射入頭枕，離我的右耳只差兩三公分。

槍口火光再次閃動，又一記槍響。

丹妮樂大聲尖叫。

我的這個分身該有多沮喪絕望，竟然甘冒打中丹妮樂和查理的風險？

傑森試圖閃躲，卻晚了一秒鐘。

保險桿右側邊緣撞到他的腰，這一撞可不輕。

他很快被重重拋摔出去，頭直接撞擊到副駕駛座側的玻璃，力道之大把玻璃都撞破了。

我仍繼續加速前進，只從後照鏡看著他滾過馬路。

「有人受傷嗎？」我問道。

「我沒事。」查理說。

丹妮樂重新坐起來。

「丹妮樂。」

「我也沒事。」她邊說邊撥落頭髮裡的車窗玻璃碎片。

我們疾駛而過幽暗的公路。

誰都沒有說話。

現在是凌晨三點，路上只有我們一輛車。

夜風從擋風玻璃的子彈孔流洩進來，車子行駛的噪音從丹妮樂旁邊那扇破掉的玻璃傳入，震耳欲聾。

我問道：「妳的手機還在嗎？」

「在。」

「給我。你的也是，查理。」

他們遞過手機後，我將我這側的窗子搖下幾公分，把手機丟出車外。

「他們還會再來，對不對？」她問道：「他們永遠不會停止。」

她說得對，其他那些傑森不可靠，我抽籤的提議是錯了。

我說：「我本來以爲有辦法可以解決的。」

「現在我們怎麼辦？」

我頓時感到心力交瘁。

我的臉一秒比一秒更疼。

我望著丹妮樂。「打開置物箱。」

「要找什麼？」她問道。

「我也不知道。」

她拿出了車主使用手冊、我們的保險和車輛登記文件。

一個胎壓計、一把手電筒。

然後是一個我再熟悉不過的小皮袋。

15

我們此時坐在被槍打得滿目瘡痍的雪佛蘭車上，車子則停在一個空蕩蕩的停車場。

我開了整夜的車。

仔細照照鏡子，發現左眼發紫，腫得厲害，左邊顴骨部位也因爲皮下大量出血而變黑。整張臉一碰就痛不可當。

我回頭看看查理，再看看丹妮樂。

她伸手越過中央置物箱，用指甲順著我的頸背輕撫而下。

她說：「我們還有什麼選擇？」

「查理，你說呢？這也是你要作的決定。」

「我不想離開。」

「我知道。」

「但我猜我們非走不可。」

我的意識中閃過一個非常奇怪的念頭，彷彿夏日流雲。

我們分明已經山窮水盡。我們所建立的一切——房子、工作、朋友、群體生活——全都沒了，如今只剩下彼此，但在此時此刻，我卻感到前所未有的快樂。

早晨陽光從屋頂的裂縫灑進來，在陰暗荒涼的廊道上映出斑駁亮點。

「這地方眞酷。」查理說。

「你知道你要去哪裡嗎？」丹妮樂問。

「很不幸，我能帶我們去的地方只能盲目前去。」

當我引領他們通過一條條廢棄走道時，已經不只是精疲力盡，全靠咖啡因與恐懼支撐著。從小屋取得的槍塞在背後腰帶裡，傑森2號的小皮袋則夾在腋下。我忽然想到，黎明時分開車前來南區，在經過市中心西側時，竟然一眼都沒有瞥向建築群的天際線。

那怕最後再看一眼都好啊。

我感覺到一絲悔意，但隨即壓制下來。

我想到那無數個夜晚，自己躺在床上想像：如果情勢有所不同，如果我選擇的岔路不是當父親與平凡的物理教授，而是在我的領域中發光發熱，會是什麼樣子？我想總歸一句話，就是人都想要得到自己沒得到的東西，認爲只要作了不同選擇就能得到那些東西。

但事實上，我也作了許多不同的選擇。

因爲我不單只是我。

我對於自身認知的理解被完全粉碎了——有一個名叫傑森．戴申的人**曾經**作過每一種可能的選擇，也過了每一種可以想像得到的生活，而我只是這個具有無限多面向的人其中一面。

我不由得認爲我們其實是自己所有選擇的總合，就連我們原本**可能**選擇的路，多少都應該要納入身分計算的考量當中。

不過其他的傑森都不重要。

我不想要他們的生活。

我想要我的。

因爲儘管一切都一塌糊塗，我還是哪裡都不想去，只想和這個丹妮樂、這個查理在一起。只要有一丁點不一樣，他們便不是我愛的人。

我們慢慢步下樓梯前往發電室，足音迴盪在空闊、開放的空間裡。

到了距離底端一層樓的地方，丹妮樂說：「那下面有人。」

我停下腳步。

雙眼凝視下方幽暗處時，開始覺得嘴巴發乾。

我看見一個原本坐在地上的男人站起來。

接著他旁邊又站起一個。

接著又一個。

在最後一台發電機與箱體間的整個陰暗處，我的各個分身一一站起身來。

該死。他們爲了抽籤提早來了。

有數十人。全部都看著我們。

我回頭往樓梯上面看，血液奔湧進耳內，驚慌之餘只聽見一陣如瀑布般的嘩嘩聲，一時間將所有聲音都隔絕在外。

丹妮樂說：「我們不跑。」她從我的腰帶拔出槍，一手勾住我的臂彎。「查理，抓住你爸爸的手臂，不管發生什麼事都別放手。」

「妳確定要這樣嗎？」我問道。

「百分之一百萬確定。」

我兩手分別被查理和丹妮樂勾住後，緩緩跨下最後幾階，走過破裂的水泥地。

我的眾分身就站在我們與箱體之間。

室內就像沒有氧氣。

四下只有我們的腳步聲，以及從高處沒有玻璃的窗口吹進來的風聲。

我聽到丹妮樂吐出顫抖的氣息。

我感覺到查理的手心在冒汗。

「繼續走。」我說。

他們當中有個人站出來。

他對我說：「這和你提議的不一樣。」

我說：「事情有了變化。昨晚，我們當中有幾個人試圖想殺死我，而且……」

丹妮樂打斷我：「有個人對著我們的車開槍，而查理在車上。就這樣，沒得說了。」

她拉我往前。我們向他們逐步接近。

他們並未讓路。

有人說：「現在你來了，我們就來抽籤吧。」

丹妮樂把我的手臂抓得更緊。

她說：「我和查理要和**這個**男人進入箱體。」她聲音忽然沙啞。「如果還有其他方法……

但我們最多也只能做到這樣。」

無可避免——我與最靠近的傑森四目相交，他的羨慕與忌妒鮮活生猛，彷彿觸手可及。他一身破爛衣服，散發著無家可歸與絕望的臭味。

他用一種憤怒低吼的聲音對我說：「爲什麼是**你**得到她？」

站在他旁邊的傑森說：「問題不在他，而在於丹妮樂想要什麼，我們的兒子需要什麼。這才是現在最重要的。讓他們過去吧，各位。」

大家開始退開。

我們慢慢通過眾位傑森排列成的廊道。

有些人在掉淚。

熾熱、憤怒、絕望的淚水。

我也是。

丹妮樂也是。

查理也是。

其他人則是表情堅忍、緊繃。

最後一個終於也退開了。

箱體就在眼前。大門洞開。

查理先進去，接著是丹妮樂。

我的心在胸腔裡猛烈跳動，總覺得會有什麼事情發生。

到了這個地步，再也沒有什麼能令我意外。

我跨過門檻，手放在門上，最後再看一眼我的世界。

這幅景象我畢生難忘。

陽光穿過高處的窗子照射在底下的舊發電機上，我的五十幾個分身全部盯著箱體看，四下一片驚愕、詭異、身心交瘁的沉默。

箱體大門的關閉機制啓動了。

門栓卡入定位。

我打開手電筒，看著家人。

有一度，丹妮樂眼看就要崩潰，但畢竟還是克制住了。

我拿出針筒、針頭、安瓿。

將一切準備就緒。

就像以前那樣。

我幫忙將查理的袖子捲到手肘上方。

「第一次會有點猛，準備好了嗎？」

他點點頭。

我按住他的手，將針頭插入血管，推桿往後拉，看見血混入注射筒內。

當我將萊恩研製的整劑藥打入兒子的血管，他隨即翻起白眼，砰一聲倒靠在牆邊。

我把止血帶綁到自己手臂上。

「藥效會持續多久？」丹妮樂問。

「大約一個小時。」

查理坐了起來。

「你還好吧？」我問道。

「感覺好奇怪。」

我給自己打了針。已經有幾天沒注射，藥性的衝擊似乎更甚以往。

等我恢復過來，又拿起最後一根針筒。

「換妳了，心愛的。」

「我討厭打針。」

「放心，我已經很熟練了。」

不久我們三人都感受到藥效發作。

丹妮樂從我手裡拿過手電筒，並從門邊退開。

當燈光照亮長廊，我觀察她的臉，觀察兒子的臉。他們的表情很害怕，充滿敬畏。我回想起自己第一次看見長廊時，滿懷憂懼與驚嘆的感覺。

那是一種不存在任何地方的感覺。

介於中間地帶。

「它有多長？」查理問。

「沒有盡頭。」

我們一齊沿著這條無限延伸的長廊走下去。

我不太敢相信自己又回到這裡。

而且是跟他們一起。

說不出這是什麼樣的感覺，總之不是之前那種赤裸裸的恐懼。

查理說：「所以說這每一扇門……」

「都通往另一個世界。」

「哇。」

我看著丹妮樂問道：「妳還好嗎？」

「很好，我跟你在一起。」

我們已經走了好一會，時間快用完了。

我說：「藥效很快就會消失，我們恐怕是該離開了。」

於是我們在一道與其他門全然無異的門前停住。

丹妮樂說：「我在想，其他那些傑森都找到了回自己世界的路，誰敢說他們不會找到我們最後落腳的世界？理論上，他們的想法都跟你一樣，對吧？」

我轉向查理。

「對，不過這次開門的不會是我，也不會是妳。」

他說：「我？萬一被我搞砸了呢？萬一我把我們帶到一個可怕的地方呢？」

「我相信你。」

「我也是。」丹妮樂說。

我說：「即使開門的人是你，進入下一個世界的路其實是我們，我們三人共同創造的。」

查理看著門，神情緊張。我說道：「我已經試著向你解釋箱體的運作方式，不過暫時把那些都忘記。重點是，箱體和人生其實沒什麼不同，如果你帶著恐懼進去，就會發現恐懼。」

「可是我根本不知道該從何開始。」他說。

「這是一面空白畫布。」

我抱抱兒子。告訴他我愛他。告訴他我有多麼以他為傲。

然後我和丹妮樂坐到地上，背靠著牆，面向查理和門。她把頭倚在我肩上，握著我的手。

昨晚開車來的路上，我以為要走進新世界的這一刻我會非常害怕，沒想到一點也不。

反而充滿童稚的興奮，想看看接下來會怎樣。

只要家人與我同在，我已準備好面對一切。

查理往門口上前一步，握住門把。

就在開門前，他吸了一口氣，回頭瞅我們一眼，顯露出一種我從未見過的勇敢與堅強。

像個男人。

我點點頭。他轉動門把，我聽見門栓向外滑開。

一道光刃刺入長廊，光芒耀眼，我不得不暫時遮蔽雙眼。眼睛好不容易調適後，我看見箱體開啓的門口映著查理的身影。

我一面起身一面拉起丹妮樂，我們走向兒子時，冰冷、毫無生氣的真空長廊裡充滿溫暖與光亮。

從門口吹入的風帶著濕潤泥土與不知名花朵的香氣。

是一個暴風雨剛過的世界。

我把手搭在查理肩上。

「準備好了嗎？」他問道。

「我們就在你身後。」

致謝

《人生複本》是我寫作生涯中最困難的一本書。寫作過程中，若沒有那一大群慷慨、有才華又了不起的人給予幫助與支持，讓我的天空豁然開闊，我絕不可能撐到終點。

這一次，我的經紀人兼好友 David Hale Smith 確實變出了神奇魔術，而這一路走來，也多虧 Inkwell Management 經紀公司的全體團隊在背後支持。感謝 Richard Pine 在我們最需要的時候，提供了睿智的建議；感謝聰明又有毅力的 Alexis Hurley，將我的作品行銷到國際上；也感謝 Nathaniel Jacks，神奇的文件處理專家。

我的影視經紀人 Angela Cheng Caplan 與律師 Joel VanderKloot，在各方面都出類拔萃，很幸運能有他們幫我。

Crown 出版團隊是我合作過的對象中極爲頂尖的。他們對此書的熱忱與付出，確實令人嘆爲觀止。Molly Stern、Julian Pavia、Maya Mavjee、David Drake、Dyana Messina、Danielle Crabtree、Sarah Bedingfield、Chris Brand、Cindy Berman，還有企鵝藍燈書屋公司的每一個人，謝謝你們支持這本書。

另外要再次感謝我的優秀編輯 Julian Pavia，我從未受過如此嚴格的鞭策，也讓此書的每一頁都更加完善。

要想實現將《人生複本》拍成電影的夢，恐怕無法奢求到更堅強的團隊了。深深感謝索尼影業的 Matt Tolmach、Brad Zimmerman、David Manpearl、Ryan Doherty 和 Ange Giannetti。也要感謝 Michael De Luca 與 Rachel O'Connor 當初對此書的大力支持。Jacque Ben-Zekry 是我的《松林異境》（*Wayward Pines*）三部曲的編輯，儘管這本不是由她負責，她仍給予同樣的關注。若少了她的精闢洞見，《人生複本》將會遜色許多。

承蒙物理學與天文學教授 Clifford Johnson 博士的協助，讓我在討論量子力學的重要概念時，不至於完全像個門外漢。書中若有什麼地方說錯了，錯全在我。

若非諸多物理學家、天文學家與宇宙學家畢生戮力於尋找關於人類生存本質的基本眞相，我不可能寫出《人生複本》來。史蒂芬・霍金、卡爾・沙根、Neil deGrasse Tyson、加來道雄、Rob Bryanton 與 Amanda Gefter 助我良多，讓我對一切量子學的相關知識有了粗淺的認識。尤其是加來道雄所提出池塘、錦鯉與超空間的優美比喻，更讓我得以了解維數的概念，進而成爲傑森2號向丹妮樂解釋多重宇宙的基礎。

有幾位初期讀者不辭辛苦看了多份草稿，一路以來也給了我許多不可或缺的回饋意見。在此特別感謝我的寫作夥伴兼摯友 Chad Hodge、我的親兄弟 Jordan Crouch、我同父異母的兄弟 Joe Konrath 與 Barry Eisler、可愛的 Ann Voss Peterson，以及我那主意特別多的靈魂伴侶 Marcus Sakey，兩年前我造訪芝加哥時，便是他在無數個看起來成功無望的想法中，爲我點出此書的潛能，並鼓勵我儘管心生恐懼也要動筆。**正因爲**心生恐懼，才要動筆。我也要衷心讚揚（芝加哥）羅根廣場的知名酒吧 Longman & Eagle，《人生複本》的大致形式與定位就是在這裡清楚浮現的。

最後也是最重要的，我要感謝我的家人：Rebecca、Aidan、Annslee 和 Adeline。感謝你們的一切。我愛你們。

國家圖書館出版品預行編目資料

人生複本／布萊克．克勞奇（Blake Crouch）著；顏湘如 譯.
-- 初版 -- 臺北市：寂寞，2017.04
416面；14.8×20.8公分 --（Cool；24）
譯自：Dark Matter
ISBN 978-986-91709-8-7（平裝）

874.57　　106001216

Eurasian Publishing Group
圓神出版事業機構
用心與你對話．視野無限寬廣
寂寞出版社
Solo Press

www.booklife.com.tw　　reader@mail.eurasian.com.tw

Cool 024

人生複本 Dark Matter

作　　者／布萊克．克勞奇（Blake Crouch）
譯　　者／顏湘如
發 行 人／簡志忠
出 版 者／寂寞出版社股份有限公司
地　　址／台北市南京東路四段50號6樓之1
電　　話／（02）2579-6600．2579-8800．2570-3939
傳　　真／（02）2579-0338．2577-3220．2570-3636
總 編 輯／陳秋月
主　　編／李宛蓁
責任編輯／朱玉立
校　　對／李宛蓁．朱玉立
美術編輯／林雅錚
行銷企畫／陳姵蒨．張鳳儀
印務統籌／劉鳳剛．高榮祥
監　　印／高榮祥
排　　版／杜易蓉
經 銷 商／叩應股份有限公司
郵撥帳號／ 18707239
法律顧問／圓神出版事業機構法律顧問　蕭雄淋律師
印　　刷／祥峯印刷廠
2017年4月　初版
2023年8月　29刷

定價 390 元　　ISBN 978-986-91709-8-7